IMPOSTORA

YELLOWFACE

R.F. KUANG

Tradução de Yonghui Qio

Copyright © 2023 by Rebecca Kuang

TÍTULO ORIGINAL
Yellowface

PREPARAÇÃO
Gabriela Peres

REVISÃO
Juliana Souza

LEITURA SENSÍVEL
Diana Passy

DIAGRAMAÇÃO
Ilustrarte Design e Produção Editorial

ILUSTRAÇÃO DA PÁGINA I
Natata / ShutterStock

DESIGN DE CAPA
Ellie Game / HarperCollins*Publishers* Ltd 2023

ILUSTRAÇÃO DE CAPA
Shutterstock.com

ADAPTAÇÃO DE CAPA
Anderson Junqueira

CIP-BRASIL. CATALOGAÇÃO NA PUBLICAÇÃO
SINDICATO NACIONAL DOS EDITORES DE LIVROS, RJ

K96i

    Kuang, R. F. (Rebeca F.), 1996-
        Impostora : yellowface / R. F. Kuang ; tradução Yonghui Qio.
- 1. ed. - Rio de Janeiro : Intrínseca, 2024.
        352 p. ; 21 cm.

    Tradução de: Yellowface
    ISBN 978-85-510-1007-5

    1. Ficção chinesa. I. Qio, Yonghui. II. Título.

24-92306   CDD: 895.13
                                CDU: 82-3(510)

Meri Gleice Rodrigues de Souza - Bibliotecária - CRB-7/6439

[2024]
Todos os direitos desta edição reservados à
EDITORA INTRÍNSECA LTDA.
Av. das Américas, 500, bloco 12, sala 303
22640-904 – Barra da Tijuca
Rio de Janeiro – RJ
Tel./Fax: (21) 3206-7400
www.intrinseca.com.br

Para Eric e Janette

Um

A NOITE EM QUE PRESENCIO A MORTE DE ATHENA LIU É A mesma em que comemoramos seu contrato de direitos audiovisuais com a Netflix.

Já digo de antemão que, para esta história fazer sentido, é necessário saber duas coisas sobre Athena.

A primeira é que ela tem tudo. Assim que se formou na faculdade, conseguiu um contrato para publicar vários livros em uma editora renomada, além de um mestrado no curso de escrita do qual todo mundo já ouviu falar, um currículo recheado de residências artísticas de prestígio e um histórico de indicações a prêmios mais extenso do que minha lista de compras do mercado. Aos vinte e sete anos, já publicou três romances, um mais bem-sucedido do que o outro. Para Athena, o contrato com a Netflix não representava uma grande mudança na vida, apenas mais um motivo para se orgulhar, uma das vantagens de decolar rumo ao estrelato literário desde a graduação.

A segunda, que deve ser consequência da primeira, é que ela quase não tem amigos. Escritores da nossa idade (jovens, ambiciosos e promissores, já beirando os trinta anos) tendem a andar em bandos. É possível encontrar sinais disso por todas as redes sociais: escritores puxando o saco uns dos outros por trechinhos de manuscritos no prelo (TÔ SURTANDO COM ESSE PROJETO!), enlouquecendo com revelações de capa (QUE LINDA EU VOU TER UM TRECO!!!) e postando selfies de grupinhos em eventos literários ao redor do mundo. Mas não há ninguém com Athena nas fotos do Instagram. Ela sempre posta atualizações sobre sua carreira e conta piadinhas peculiares para seus setenta mil seguidores no Twitter, mas raramente interage com outras contas. Não cita nomes para contar vantagem, não escreve blurbs nem recomenda os livros de seus colegas, e não fica rondando os outros publicamente daquele jeito exibido e desesperado típico de autores novatos. Desde que a conheço, nunca a ouvi mencionar nenhuma amizade próxima a não ser eu.

Antes eu achava que ela só não ligava para essas coisas. Athena é tão estupidamente e ridiculamente bem-sucedida que faz sentido não querer se misturar com meros mortais. Ao que parece, ela só conversa com quem tem contas verificadas e com autores best-sellers, pois eles conseguem entretê-la com seus comentários elitistas sobre a sociedade moderna. Athena não tem tempo de fazer amizade com proletários.

Mas, nesses últimos anos, tenho acreditado em outra teoria: todo mundo a acha tão insuportável quanto eu. Afinal, é difícil ser amigo de alguém que nos ofusca o tempo todo. Mais ninguém deve aturar Athena, porque não suportam a ideia de não estar à altura dela. Talvez eu só esteja aqui porque sou patética mesmo.

Então, naquela noite, estamos apenas Athena e eu no terraço de um bar superestimado e barulhento em Georgetown. Ela entorna drinques como se tivesse a obrigação de provar que está se divertindo, e eu bebo para aquietar a escrota dentro de mim que adoraria que ela estivesse morta.

* * *

Athena e eu nos tornamos amigas por acaso. Morávamos no mesmo andar durante nosso primeiro ano em Yale, e já que nós duas sabíamos que queríamos ser escritoras desde que nos entendíamos por gente, acabamos nos mesmos grupos de estudo sobre escrita durante a graduação. Bem no comecinho da carreira, nós duas publicamos contos nas mesmas revistas literárias, e, alguns anos depois da formatura, nos mudamos para a mesma cidade. Athena estava lá por causa de uma bolsa de estudos de prestígio na Georgetown, cujo corpo docente, segundo os boatos, ficou tão impressionado com uma aula que ela foi convidada a ministrar na American University que o departamento de literatura criou uma vaga de escrita criativa só para ela; e eu, porque a prima da minha mãe concordou em me alugar seu apartamento em Rosslyn desde que eu pagasse as contas de água e luz e me lembrasse de regar suas plantas. Athena e eu nunca sentimos uma conexão profunda, nem nos aproximamos por ter algum tipo de trauma em comum. Estávamos apenas sempre no mesmo lugar, fazendo as mesmas coisas, então era conveniente ser amigável uma com a outra.

Por mais que a gente tenha começado do mesmo ponto de partida (na aula de introdução a contos da professora Natalia Gaines), nossas carreiras tomaram rumos totalmente distintos após a formatura.

Escrevi meu primeiro romance em um surto de inspiração depois de passar um ano morrendo de tédio na Teach for America, a organização educacional sem fins lucrativos em que eu trabalhava. Todos os dias, eu voltava do trabalho e me dedicava a escrever a trama que queria contar desde a infância: uma história de amadurecimento ricamente detalhada e sutilmente mágica sobre luto, perdas e a relação entre irmãs, intitulada *Sobre a figueira*. Depois de ter conversado com quase cinquenta agentes literários sem o menor sucesso, o livro foi comprado por uma editora independente chamada Evermore durante uma chamada para submissão de originais. O adiantamento me pareceu uma quantia absurda na época (dez mil dólares, com direito a royalties assim que o lucro das vendas quitasse esse valor), mas isso foi antes de eu saber que Athena arrematou um contrato de seis dígitos pelo seu livro de estreia na Penguin Random House.

A Evermore faliu três meses antes de meu livro ir para a gráfica. Os direitos de publicação foram revertidos. Por um milagre, minha agente literária (que havia assinado comigo depois da oferta inicial da Evermore) vendeu os direitos para uma das Big Five, as cinco grandes editoras dos Estados Unidos, por um adiantamento de vinte mil dólares, um "ótimo negócio", de acordo com o anúncio no *Publishers Marketplace*. Parecia que eu tinha finalmente Chegado Lá, que todos os meus sonhos de ser famosa e bem-sucedida estavam prestes a se tornar realidade, até que às vésperas do lançamento a primeira tiragem do livro foi reduzida de dez para cinco mil exemplares, minha turnê de divulgação por seis cidades foi reduzida para três paradas na área metropolitana de Washington e a promessa de receber recomendações de autores famosos caiu por terra. Nunca cheguei a uma reimpressão. Vendi dois, talvez três mil exemplares no total. Meu editor foi demitido durante um daqueles cortes que acontecem toda vez que a economia aperta, e me passaram para um cara chamado Garrett que até então se mostrou tão desinteressado em apoiar meu romance que às vezes me pergunto se ele sequer lembra que eu existo.

Mas todos me dizem que isso faz parte. Todo mundo tem uma estreia ruim pra cacete. As editoras São Assim Mesmo. É sempre um caos em Nova York, os editores e gerentes de marketing trabalham em dobro e recebem por um, então deixam a peteca cair o tempo todo. A grama do vizinho nunca é mais verde. Todos os autores odeiam suas editoras. Não existem contos de fada como o da Cinderela, apenas trabalho pesado, persistência e tentativas frequentes de tirar a sorte grande.

Então por que algumas pessoas chegam ao estrelato de primeira? Seis meses antes de o livro de estreia de Athena ser lançado, ela conseguiu uma matéria em uma revista literária popular, com uma foto de página dupla enorme e sexy, sob a manchete A MAIS NOVA PRODÍGIO DO MERCADO LITERÁRIO CHEGOU PARA DAR VOZ AOS ASIÁTICOS E SEUS DESCENDENTES. Os direitos do livro foram vendidos para mais de trinta países. Sua estreia rendeu elogios eufóricos dos críticos de veículos de comunicação como *New Yorker* e *New York Times*, e ela ocupou as primeiras colocações das listas de mais vendidos durante semanas. O circuito de premiações no ano seguinte não fugiu do esperado. O livro de estreia de Athena, *Voz e eco*, sobre uma menina sino-americana que consegue invocar os fantasmas de todas as mulheres falecidas da própria família, foi um daqueles raros romances que se encaixavam na linha tênue entre ficção especulativa e comercial, então ela acumulou indicações para prêmios como Booker Prize, Nebula, Hugo e World Fantasy, dois dos quais ela ganhou. E isso foi há apenas três anos. Athena publicou mais dois livros desde então, e o consenso da crítica é que ela está cada vez melhor.

Não é que Athena não tenha talento. Ela escreve bem pra *cacete*. Li todas as suas obras, e não sou tão invejosa a ponto de não reconhecer algo bem escrito. Mas é óbvio que o brilho de Athena não tem nada a ver com escrita. É por causa *dela*. Athena Liu é, em resumo, descolada pra caramba. Até mesmo seu nome, Athena Ling En Liu, é descolado; meus cumprimentos, sr. e sra. Liu, por terem escolhido a combinação perfeita entre clássico e exótico. Nascida em Hong Kong, criada em Sydney e

Nova York e educada em internatos britânicos que lhe concederam um sotaque elegante e singular. Alta e esbelta, graciosa como toda ex-bailarina, com uma pele pálida feito porcelana e cílios longos e volumosos que adornam os olhos castanhos e a fazem parecer uma versão chinesa da Anne Hathaway (não estou sendo racista ao dizer isso, a própria Athena postou uma selfie ao lado da "Annie" em algum evento de tapete vermelho, com quatro enormes olhos enfileirados, cuja legenda era simplesmente Gêmeas!).

Ela é inacreditável. Literalmente inacreditável.

Então é claro que Athena consegue tudo, porque é assim que essa indústria funciona. O mercado editorial escolhe um queridinho (alguém bonito o bastante, alguém descolado e jovem e, ah, qual é, vamos admitir que estamos todos pensando a mesma coisa, alguém "diverso" o suficiente) e então enche a pessoa de dinheiro e recursos. É arbitrário pra cacete. Ou talvez não seja arbitrário, mas depende de fatores que não têm nada a ver com a qualidade da escrita de alguém. Athena, uma mulher racializada, ambiguamente *queer*, linda, educada em Yale, cosmopolita, foi escolhida pelos Todo-Poderosos. Já eu sou só June Hayward da Filadélfia, de olhos e cabelos castanhos, e não importa o quanto me esforce ou quanto eu escreva bem, jamais serei Athena Liu.

Eu imaginava que ela já teria metido o pé e me largado a essa altura. Mas as mensagens amigáveis não param de chegar (como vai a escrita? conseguiu escrever tanto quanto gostaria? boa sorte com o prazo!), assim como os convites: happy hours regados a margaritas no El Centro, brunch na Zaytinya, uma batalha de rimas na U Street. A gente tem uma daquelas amizades superficiais, em que se consegue passar muito tempo com a pessoa sem de fato a conhecer. Ainda não sei se ela tem irmãos ou irmãs. Ela nunca me perguntou sobre namorados. Mas continuamos saindo, porque é muito conveniente que nós duas estejamos em Washington, e porque é difícil fazer novas amizades a essa altura da vida.

Para ser sincera, nem sei por que Athena gosta de mim. Ela sempre me abraça quando me vê. Curte minhas postagens nas redes sociais pelo menos duas vezes por semana. A gente sai para beber no mínimo uma vez por mês, e quase sempre a convite dela. Não faço ideia do que eu tenho a oferecer. Não estou nem perto de ter a influência, a popularidade ou as conexões que valeriam o tempo que ela gasta comigo.

No fundo, sempre suspeitei que Athena gostasse da minha companhia exatamente porque não chego aos pés dela. Eu entendo seu mundo, mas não sou uma ameaça, e suas conquistas estão tão fora da minha realidade que ela nem se sente mal de alardear suas vitórias na minha cara. Todo mundo quer uma amiga que jamais vai desafiar nossa superioridade, que sabe que é um caso perdido, não quer? Todo mundo precisa de alguém que sirva de saco de pancadas, não precisa?

— Não deve ser tão ruim assim — diz Athena. — Tenho certeza de que eles só vão adiar a publicação da edição em brochura por mais alguns meses.

— Não foi adiado — respondo. — Foi cancelado. Brett me contou que eles só... não conseguiram encaixar meu livro no cronograma de publicação deles.

Ela me dá tapinhas no ombro.

— Ah, não se preocupe. A gente ganha mais royalties nas edições em capa dura, afinal! É melhor pensar pelo lado positivo, não acha?

Que ousadia da parte dela presumir que eu vou chegar a receber algum royalty. Não digo isso em voz alta. Se você repreende Athena pela falta de tato, ela se afunda em uma culpa exagerada, e isso é mais difícil de suportar do que minha mera irritação.

Estamos no bar do terraço do Graham, sentadas em uma namoradeira com vista para o pôr do sol. Athena está tomando seu segundo whisky sour, e eu estou na minha terceira taça de vinho pinot noir. Já abordamos o exaustivo tema dos problemas com minha editora, conversa da qual me arrependo profundamente, porque as tentativas de Athena de oferecer conforto ou conselhos sempre soam como se ela estivesse esfregando suas vitórias na minha cara.

— Não quero irritar o Garrett — continuo. — Bem, na verdade, acho que ele está ansioso para rejeitar logo meu próximo livro, para que eles possam se livrar de mim de uma vez por todas.

— Ah, não seja modesta — responde Athena. — Ele comprou seu livro de estreia, não comprou?

— Na verdade, não — retruco.

Preciso lembrar isso a Athena o tempo todo. Ela tem a memória de um peixinho dourado quando se trata dos meus problemas. É preciso repetir duas ou três vezes para que ela de fato assimile algo.

— O editor que comprou foi demitido, e aí passaram a bola para ele. Sempre que tocamos no assunto, parece que Garrett está só cumprindo tabela.

— Bem, que ele se dane! — exclama Athena, com alegria. — Quer mais um?

Os drinques são incrivelmente caros neste lugar, mas tudo bem, porque é Athena quem está pagando. Ela sempre paga; a essa altura, eu já parei de me oferecer. Acho que Athena nem entende conceitos como "caro" e "barato". Ela foi de Yale e um diploma de mestrado a estar com centenas de milhares de dólares na conta bancária. Uma vez, quando comentei que uma vaga júnior no mercado editorial em Nova York paga só 35 mil dólares por ano, ela piscou, confusa, e perguntou se aquilo era muito.

— Eu adoraria um malbec — respondo.

Uma taça desse vinho custa dezenove dólares.

— Pode deixar, querida.

Athena levanta e caminha até o bar. O bartender sorri para ela, que solta um gritinho de surpresa, com as mãos cobrindo a boca como se ela fosse a Shirley Temple. Parece que um dos cavalheiros no balcão lhe ofereceu uma taça de champanhe.

— Sim, estamos *mesmo* comemorando. — Sua risada delicada e radiante paira sobre a música. — Mas posso pegar uma pra minha amiga também? Por minha conta?

Não tem ninguém por aí me pagando champanhe. Mas isso é normal. Athena recebe uma avalanche de atenção sempre que saímos, se não de leitores desesperados por uma selfie e um autógrafo, então de homens e mulheres que a consideram encantadora. Mas eu sou invisível.

— Bom... — Athena se acomoda ao meu lado e me oferece minha taça. — Você quer saber da reunião com a Netflix? Ai, meu deus, Junie, foi uma loucura. Eu conheci o cara que produziu *A máfia dos tigres. A máfia dos tigres!*

Fique feliz por ela, digo a mim mesma. *Só fique feliz por ela, deixe que ela aproveite esta noite.*

As pessoas sempre descrevem a inveja como uma coisa cortante, verde e venenosa. Infundada, avinagrada, maldosa. Mas eu descobri que a inveja, para pessoas que escrevem, é mais parecida com medo. Inveja é a palpitação no meu peito quando vejo notícias do sucesso de Athena no Twitter: outro contrato, indicação a prêmios, edições especiais, direitos vendidos para outros países. Inveja é a constante comparação que faço entre mim e ela, em que eu sempre perco; é o pânico por sentir que não escrevo bem o suficiente ou rápido o suficiente, que *eu* não sou, nem nunca serei, boa o bastante. Inveja é saber que o contrato de seis dígitos que Athena assinou com a Netflix vai me deixar sem chão por dias, incapaz de me concentrar no trabalho, paralisada de vergonha e autodesprezo toda vez que eu vir um dos livros dela na vitrine de uma livraria.

Que eu saiba, toda pessoa que escreve se sente assim em relação a alguém. Escrever é uma atividade muito solitária. Não tem como ter certeza de que se está criando algo valioso, e basta suspeitar que você está ficando para trás nessa competição desenfreada para afundar em um poço de desespero. *Olhe apenas para o próprio manuscrito*, é o que dizem. Mas é difícil quando todo mundo parece esfregar os respectivos manuscritos na sua cara.

Mas eu também sinto o tipo de inveja cruel ao ver Athena falar sobre o quanto ama a *editora* dela, uma figura literária poderosa chamada Marlena Ng, que "me tirou da escuridão" e "entende de verdade o que estou tentando fazer em nível criativo, sabe?". Observo os olhos castanhos de Athena, margeados pelos cílios enormes e ridículos que a fazem parecer um bichinho da Disney, e me pergunto: *Como é ser você?* Como é ser tão inacreditavelmente perfeita e ter tudo de bom que existe no mundo? E talvez sejam as bebidas, ou minha imaginação hiperativa de escritora, mas sinto um nó escaldante no estômago, uma vontade bizarra de enfiar os dedos naquela boca pintada de vermelho-cereja e rasgar o rosto dela, descascar com precisão a pele do corpo feito uma laranja e me cobrir com ela.

— E, tipo, ela *me entende*, como se estivesse transando com as minhas palavras. Tipo sexo mental. — Athena solta uma risadinha, depois franze o nariz de um jeito adorável. Eu reprimo o impulso de cutucá-lo. — Você já pensou que o processo de edição é tipo transar com seu editor? Como se vocês estivessem concebendo um enorme bebê literário?

Percebo que ela está embriagada. Só dois drinques e meio e ela está trêbada; já esqueceu mais uma vez que, na verdade, eu odeio meu editor.

Athena é fraca para bebida. Descobri isso na primeira semana da faculdade, numa festa na casa de algum veterano no East

Rock, quando segurei seu cabelo enquanto ela vomitava no vaso sanitário. Athena gosta de coisas sofisticadas; ama exibir tudo que sabe sobre uísque (ela chama de *"whisky"*, e às vezes de *"whisky* das Terras Altas"), mas mal bebeu e já está com o rosto corado e a fala enrolada. Athena ama ficar bêbada, e Athena bêbada sempre afaga o próprio ego e age de maneira dramática.

Notei esse comportamento pela primeira vez na Comic-Con de San Diego. Estávamos espremidas em volta de uma mesa enorme no bar do hotel e ela ria alto demais, as bochechas vermelhas feito pimentão, rodeada de caras. Um deles, que logo seria exposto no Twitter por ser um embuste assediador, secava avidamente os peitos dela.

— Ai, meu deus — disse Athena. — Não estou pronta pra isso. Vai dar tudo errado. Não estou pronta. Vocês acham que eles me odeiam? Acham que todo mundo me odeia em segredo e ninguém nunca vai me contar? *Vocês* contariam se me odiassem?

— Não, claro que não odeiam — garantiram os homens, fazendo carinho nas mãos dela. — Ninguém seria capaz de te odiar.

Eu costumava achar que isso era uma tática para chamar atenção, mas Athena também age assim quando estamos a sós. Ela fica muito vulnerável, como se estivesse prestes a cair no choro, ou como se estivesse sendo corajosa por revelar segredos que nunca contou para ninguém. Dá dó de ver. Tem um quê de desespero nesse comportamento, e não sei o que seria mais assustador: ela ser manipuladora a ponto de o teatrinho parecer convincente ou tudo que ela diz ser mesmo verdade.

Apesar de todo o estrondo da música e das vibrações do baixo, o Graham está vazio, o que não surpreende. É uma quarta-feira à noite. Dois homens aparecem para dar seus números de telefone para Athena, e ela os dispensa. Somos as únicas mulheres no recinto. O terraço está quieto e claustrofóbico de um jeito aterrorizante, então terminamos os drinques e vamos embora. Com certo alívio, penso que acabou. Mas Athena me chama para dar um pulinho em seu apartamento, a poucos minutos de carro dali, perto do Dupont Circle.

— Anda, vamos — insiste ela. — Tenho um *whisky* maravilhoso guardado para este momento. Você precisa experimentar.

Estou cansada, e não estou me divertindo tanto assim (a inveja é pior durante a bebedeira), mas sinto curiosidade de ver o apartamento dela, então concordo.

É chique pra cacete. Eu sabia que Athena era rica (afinal, royalties de um best-seller não são pouca coisa), mas não tinha entendido *quanto* até entrar no apartamento de dois quartos em que ela mora sozinha, no nono andar. Um dos quartos é o de dormir, o outro é para escrever; com pé-direito alto, piso de madeira reluzente, janelas que vão do chão ao teto e uma varanda de fora a fora. Athena decorou o lugar naquele estilo universal e famoso do Instagram, todo minimalista mas refinado: elegantes móveis de madeira, estantes de design discreto e carpetes monocromáticos singelos. Até as plantas parecem caras. Um umidificador chia debaixo de uma calathea.

— E aí, *whisky* mesmo? Ou algo mais leve? — Athena aponta para a adega climatizada. Ela tem a porra de uma adega climatizada. — Que tal Riesling? Ou então o *excelente* sauvignon blanc que tenho aqui, a menos que você queira continuar bebendo vinho tinto...

— Uísque — respondo, porque a única maneira de aguentar o resto da noite é ficar o mais bêbada possível.

— Excelente. Puro ou com gelo? Ou que tal um *old fashioned*?

Não faço ideia de como se bebe uísque.

— Hã, igual ao seu.

— Um *old fashioned*, então.

Ela dispara para dentro da cozinha. Depois de um instante, ouço armários se abrindo e pratos tilintando. Quem diria que o jeito tradicional dava tanto trabalho?

— Tenho este esplêndido WhistlePig de dezoito anos — anuncia ela. — É muito suave, parece uma mistura de caramelo e pimenta-do-reino. Você vai ver.

— Maravilha — respondo. — Parece ótimo.

Ela está demorando um pouco, e eu preciso muito fazer xixi, então perambulo pela sala de estar em busca do banheiro. Eu me pergunto o que vou encontrar lá. Talvez um difusor de aromaterapia chique. Talvez um cesto de ovos de jade para a vagina.

Nessa hora, percebo que a porta do escritório está escancarada. É um espaço magnífico; não consigo evitar dar uma olhada. Eu o reconheço das postagens no Instagram, seu "palácio criativo", como Athena o chama. Há uma enorme escrivaninha de mogno com pernas curvas sob uma janela emoldurada por cortinas rendadas em estilo vitoriano. Ali em cima está sua amada máquina de escrever preta.

É isso mesmo. Athena usa uma máquina de escrever. Não há cópias no Word, nem no Google Docs ou no Scrivener: só rabiscos em cadernos Moleskine que se transformam em esboços em notas adesivas que se tornam rascunhos inteiros e completos em sua máquina de escrever Remington. Isso a força a se concentrar na estrutura das frases, ou pelo menos é isso que Athena diz. (Ela deu essa resposta em tantas entrevistas que até memorizei.) Do contrário, ela digere parágrafos inteiros de uma só vez e não vê as agulhas escondidas no palheiro.

Fala sério. Quem fala assim? Quem *pensa* assim?

Existem máquinas de escrever eletrônicas, feias e superfaturadas, perfeitas para autores que não conseguem compor um mísero parágrafo sem perder a concentração e abrir o Twitter. Mas Athena as odeia; ela usa uma máquina vintage, uma coisinha desengonçada que a obriga a comprar cartuchos especiais de tinta e páginas grossas e robustas para os manuscritos.

— Não consigo escrever em uma tela — contou-me certa vez. — Preciso ver as letras impressas. Tem alguma coisa reconfortante na solidez das palavras. Parece permanente, como se tudo que escrevo tivesse peso. Isso me mantém com o pé no chão, dá clareza aos meus pensamentos e me força a ser específica.

Adentro ainda mais o escritório, porque estou bêbada o bastante para esquecer que isso é falta de educação. Há uma folha de papel no carro da máquina, onde se vê uma única palavra: *FIM*. Bem ao lado, noto uma pilha de páginas de quase trinta centímetros de altura.

Athena se materializa ao meu lado, com um copo de vidro em cada mão.

— Ah, esse é o projeto da Primeira Guerra Mundial. Finalmente terminei.

Ela é conhecida por ser reservada em relação aos próprios projetos até que estejam finalizados. Não faz uso de leitores beta, não dá entrevistas nem compartilha trechos nas redes sociais. Nem mesmo seus agentes e editores veem sequer um esboço até que Athena tenha terminado definitivamente.

— Eu preciso gestar o texto dentro de mim até que esteja viável — explicou-me certa vez. — Se eu o expuser ao mundo antes de estar completamente formado, ele morre.

(Fico chocada que ninguém nunca tenha dado um puxão de orelha nela por essa metáfora grotesca, mas acho que qualquer coisa que Athena diz é considerada aceitável.)

As únicas coisas que ela revelou nos últimos dois anos é que este romance está relacionado à história militar do século XXI e que representa um "enorme desafio artístico" para ela.

— Caramba — digo. — Parabéns.

— Digitei a última página hoje de manhã — conta ela, alegre. — Ninguém leu ainda.

— Nem o seu agente?

Athena solta uma risadinha abafada.

— Jared só lida com as burocracias e assina meu contracheque.

— É tão grande!

Eu me aproximo mais da escrivaninha, estendendo a mão para a primeira página, mas logo a recolho. Burra, bêbada. Não posso simplesmente sair por aí mexendo nas coisas dos outros. Mas em vez de esbravejar comigo, Athena assente.

— O que você acha?

— Você quer que eu leia?

— Bom, acho que agora não tudo. — Ela ri. — É *bem* longo. Só... Só estou feliz que terminei. Essa pilha não está linda? Ficou bem robusta. Ela... tem significado.

Athena está tagarelando; está tão bêbada quanto eu, mas entendo exatamente o que quer dizer. O livro é imenso, em vários sentidos. É o tipo de livro que deixa sua marca na história.

Meus dedos pairam sobre a pilha.

— Posso...?

— Claro, claro. — Athena assente com entusiasmo. — Preciso me acostumar, agora que ele está no mundo. Dei à luz.

Mas que insistência nessa metáfora bizarra. Sei que ler essas páginas só vai colocar ainda mais lenha na minha inveja, mas não consigo me conter. Pego umas dez ou quinze páginas do topo e dou uma lida.

Minha nossa, está tudo ótimo.

Não consigo ler direito quando estou meio alta, e meu olhar fica deslizando para o final de cada parágrafo, mas só de correr os olhos pelas páginas dá para ver que este livro será deslumbrante. A escrita é firme e resoluta. Não há nenhum deslize juvenil como no livro de estreia dela. Sua voz amadureceu e se aperfeiçoou. Cada descrição, cada frase canta.

É melhor do que qualquer coisa que eu poderia escrever, talvez durante toda a minha vida.

— Gostou? — pergunta Athena.

Ela está nervosa. Seus olhos estão arregalados, quase assustados; ela remexe no colar que pende do pescoço enquanto me observa. Com que frequência ela faz esse showzinho? Com quanta intensidade as pessoas a enchem de elogios quando ela faz isso?

É por pura birra, mas não quero lhe dar esse tipo de validação. Essa tática funciona com críticos e fãs. Não comigo.

— Não sei — respondo, sem emoção. — Não consigo ler direito quando estou bêbada.

Athena parece cabisbaixa, mas apenas por um momento. Logo a vejo forçar um sorriso.

— Claro, que burrice a minha, é claro que você não quer… — Ela pisca para o próprio copo, depois para mim e então para a sala de estar. — Bem, você quer só… passar um tempo aqui?

Então aqui estou eu, só passando um tempo com Athena Liu.

Quando está trêbada, pelo jeito ela fica extremamente comum. Não me faz perguntas sobre Heidegger ou Arendt, nem sobre a meia dúzia de filósofos que ela ama mencionar em entrevistas. Não fica se gabando sobre como foi incrível ser convidada para ser modelo da Prada em Paris (aconteceu por mero acaso; o diretor a viu sentada do lado de fora de um bistrô e pediu a ela que participasse). Nós rimos das celebridades. Confessamos que não vemos a menor graça no mais recente *twink* com olhinhos de cachorro pidão, mas que Cate Blanchett pode pisar na gente sempre que quiser. Athena elogia meu estilo. Pergunta onde comprei meus sapatos, meu broche, meus brincos. Fica encantada com minha habilidade para garimpar em brechós ("Eu ainda compro quase tudo na Talbots, como se fosse uma velhinha"). Eu a faço rir com histórias de meus alunos, uma procissão de adolescentes cheios de espinhas e cara de tédio que poderiam se valer dos contatos dos pais para entrar em uma universidade de elite de menor prestígio, desde que se dessem ao trabalho de ir um pouquinho melhor no vestibular. Também falo sobre como suas redações escritas por ghost-writers estão cheias de dificuldades pessoais inventadas, quando está na cara que nunca passaram por nada disso. Compartilhamos histórias sobre encontros ruins, sobre pessoas que conhecemos na faculdade, sobre como, de alguma forma, calhamos de dormir com os mesmos dois caras de Princeton.

Acabamos esparramadas no sofá de Athena, rindo tanto que nossas barrigas doem. Não sabia que era possível me divertir tanto com ela. Nunca fui tão *eu mesma* perto dela. Já nos conhecemos há mais de nove anos, mas sempre fui muito cautelosa. Em parte porque fico com receio de que ela perceba que não sou tão brilhante ou interessante quanto ela pensa, em parte por conta do que aconteceu no nosso primeiro ano da faculdade.

Mas esta noite, pela primeira vez em muito tempo, não sinto que preciso filtrar cada palavra que digo. Não estou me esforçando para impressionar a porra da Athena Liu. Só estou passando um tempo com ela.

— A gente deveria fazer isso mais vezes — sugere Athena. — Sério, Junie, como é que a gente nunca fez isso antes?

— Não sei — respondo, e aí, tentando soar profunda, acrescento: — Talvez porque estivéssemos com medo de quanto poderíamos gostar uma da outra.

É uma coisa idiota de se dizer, e está longe de ser verdade, mas isso parece agradar Athena.

— Talvez — concorda ela. — Talvez. Ah, Junie. A vida é tão curta. Por que a gente fica se protegendo assim?

Os olhos dela estão brilhando. Ela umedece os lábios. Estamos sentadas lado a lado no futon, com os joelhos tão próximos que quase se tocam. Por um instante, acho que ela vai se aproximar e me beijar (e que baita história *isso* daria, que reviravolta), mas então ela se sobressalta e solta um gritinho, e percebo que meu copo está tão inclinado que derramei uísque no chão. Ainda bem que caiu no piso de madeira, porque se eu tivesse estragado um dos tapetes caríssimos de Athena eu teria me jogado da varanda. Ela ri e corre até a cozinha atrás de um guardanapo, e eu dou mais uns goles para me acalmar, sem saber por que meu coração está batendo tão rápido.

De repente já é meia-noite e estamos fazendo panquecas do zero, sem mistura pronta de caixinha, e pingando várias gotas de extrato de pandan na massa, que agora está verde-neon, pois Athena Liu não faz panquecas *normais*.

— É tipo baunilha, só que melhor — explica ela. — Tem um aroma delicioso de ervas, que dá a sensação de respirar fundo o ar de uma floresta. *Não acredito* que as pessoas brancas ainda não descobriram o pandan.

Ela vira a frigideira e as panquecas caem no meu prato. Estão queimadas e irregulares, mas têm um cheiro muito bom, e é aí que percebo que estou faminta. Devoro uma com as mãos, depois ergo o olhar e vejo Athena me encarando. Limpo os dedos, temendo que a tenha deixado enojada, mas ela ri e me desafia a ver quem come mais. De repente há um cronômetro rolando enquanto enfiamos panquecas ainda meio cruas e pegajosas goela abaixo, tão rápido quanto possível. Bebemos leite aos montes entre uma mordida e outra para ajudar os bolos de comida a descerem pela garganta.

— Sete — anuncio, ofegante, tentando respirar. — Sete, quantas você...

Mas Athena não está olhando para mim. Está piscando com muita força, de cenho franzido. Uma das mãos sobe ao pescoço. A outra estapeia meu braço freneticamente. Os lábios dela se abrem, e deles sai um ruído abafado e mórbido.

Ela está engasgando.

Conheço a manobra de Heimlich, ou pelo menos acho que conheço. Não penso nela desde o ensino fundamental. Eu me posiciono atrás de Athena, envolvo sua cintura com os braços e pressiono as mãos na altura de seu estômago, o que deveria expulsar a panqueca (*cacete*, como é magra), mas ela ainda está balançando a cabeça de um lado para o outro e batendo no meu braço. Não está saindo. Eu pressiono de novo. E de novo. Não está funcionando. Me passa pela cabeça que eu deveria pegar o celular e jogar "Heimlich" no Google, talvez assistir a um tutorial no YouTube. Mas não dá tempo, isso demoraria demais.

Athena está esmurrando o balcão. Seu rosto fica roxo.

Eu lembro de ler uma notícia alguns anos atrás sobre uma universitária que morreu engasgada em uma competição de quem comia mais panquecas. Lembro de estar sentada no vaso sanitário enquanto rolava a página para ler os detalhes, sentindo um fascínio obsceno, porque era uma maneira muito repentina, ridícula e devastadora de morrer. *As panquecas pareciam um bloco de cimento na garganta dela*, disseram os paramédicos. Um bloco de cimento.

Athena me puxa pelo braço e aponta para meu celular. *Socorro*, diz ela apenas com os lábios. *Socorro, socorro...*

Meus dedos ainda tremem. Preciso tentar três vezes até desbloquear a tela e ligar para a emergência. Eles me perguntam o que aconteceu.

— Estou com uma amiga — informo, sem fôlego. — Ela está engasgando. Tentei fazer a manobra de Heimlich, mas não está saindo...

Ao meu lado, Athena curvou-se sobre uma cadeira. Ela está esmurrando o próprio esterno contra o encosto, tentando aplicar a técnica em si mesma. Seus movimentos ficam cada vez mais frenéticos (*Parece que ela está roçando na cadeira*, penso, de maneira idiota), mas não parece funcionar. Nada sai voando de sua boca.

— Senhora, onde você está?

Ah, porra. Não sei o endereço de Athena.

— Não sei, estou na casa de uma amiga.

Tento pensar.

— Hã, do outro lado do restaurante mexicano, e da livraria, não sei bem onde é...

— Poderia ser mais específica?

— Dupont! Dupont Circle. Hã... É a um quarteirão da estação de metrô. O prédio tem uma porta giratória...

— É um prédio residencial?

— Isso.

— Independent? Madison?

— Isso! Madison. Esse aí.

— Qual apartamento?

Não sei. Eu me viro para Athena, mas ela está encolhida no chão, se debatendo de um jeito horrível de ver. Eu hesito, sem saber se a ajudo ou se checo o número na porta. Mas aí eu me lembro: estamos no nono andar, tão lá no alto que é possível ver Dupont Circle inteiro da varanda.

— É o 907 — respondo, arfante. — Por favor, venham logo, ai, meu deus...

— Uma ambulância está a caminho, senhora. A paciente está acordada?

Olho por cima do ombro. Athena parou de se debater. A única coisa que ainda se mexe são seus ombros, que dão espasmos tão violentos que ela parece estar possuída.

Então isso também para.

— Senhora?

Abaixo o celular. Minha visão está turva. Estendo a mão e sacudo o ombro dela. Nada. Os olhos de Athena estão completamente arregalados. Não aguento olhar para eles. Coloco os dedos em seu pescoço, checando a pulsação. Nada. A atendente ao telefone fala mais alguma coisa, mas não consigo entender. Não entendo nem meus próprios pensamentos. Tudo o que acontece a seguir, das batidas na porta à entrada apressada dos paramédicos no apartamento, passa em um borrão sombrio e desconcertante.

***

Só chego em casa na manhã do dia seguinte.

Ao que parece, registrar um óbito leva bastante tempo. Os paramédicos precisam checar cada maldito detalhezinho antes de oficialmente escrever em seus prontuários: *Athena Liu, mulher de vinte e sete anos, morreu engasgada com a porra de uma panqueca.*

Eu dou meu depoimento. Olho bem no fundo dos olhos da paramédica à minha frente (são de um azul muito claro, e seus cílios estão grudados com enormes bolotas pretas de rímel) para me distrair da maca na cozinha às minhas costas e do pessoal uniformizado cobrindo o corpo de Athena com um lençol de plástico. *Ai, meu deus. Ai, meu deus, isso é um saco para coleta de cadáver. É tudo verdade. Athena morreu.*

— Seu nome?

— June. Desculpa, Juniper Hayward.

— Idade?

— Vinte e sete.

— Qual a sua relação com a falecida?

— Ela é… era… minha amiga. Somos amigas desde a época da faculdade.

— E o que você estava fazendo aqui hoje à noite?

— Estávamos comemorando. — Lágrimas fazem meu nariz arder. — Estávamos comemorando porque ela tinha acabado de assinar um contrato com a Netflix, e ela estava feliz pra caramba.

Fico estranhamente apavorada com a ideia de me prenderem por assassinato. Mas isso é burrice. Athena se engasgou, e o glóbulo (eles ficam chamando aquele negócio de glóbulo; que tipo de palavra é essa?) está bem ali na garganta dela. Não há sinais de violência. Ela me deixou entrar, as pessoas viram a gente se divertindo no bar. *Liga pro cara no Graham*, sinto vontade de dizer. *Ele vai confirmar minha história.*

Mas por que estou tentando arranjar um álibi? Os detalhes não importam. Eu não fiz nada. Eu não a matei. Isso é ridículo. É ainda mais ridículo que eu esteja com medo. Nenhum júri me consideraria culpada.

Por fim, eles me deixam ir embora. São quatro da manhã. Um policial (em algum momento a polícia chegou, e imagino que é o que acontece quando há um cadáver envolvido) me oferece uma carona até Rosslyn. Passamos a maior parte da viagem em silêncio, e, quando chegamos ao meu prédio, ele me oferece condolências. Eu escuto, mas não processo nada. Entro aos tropeços no meu apartamento, arranco os sapatos e o sutiã, gargarejo enxaguante bucal e desmorono na cama. Choro por um tempo, com soluços bastante altos para colocar para fora essa energia horrorosa no meu corpo. Depois de um comprimido de melatonina e dois de eszopiclona, consigo cair no sono.

Enquanto isso, o manuscrito de Athena está dentro da bolsa ao lado da minha cama, quente feito carvão em brasa.

Dois

O LUTO É UMA EXPERIÊNCIA ESTRANHA. ATHENA ERA SÓ uma amiga, não uma amiga próxima. Eu me sinto uma escrota por dizer isso, mas ela não era tão importante assim para mim, e não deixou um vazio na minha vida que preciso aprender a contornar. Não sinto a mesma sensação sufocante e sombria de perda de quando meu pai morreu. Não tenho dificuldade para respirar. Não fico deitada me perguntando se vale a pena levantar da cama pela manhã. Não sinto ressentimento de todos os desconhecidos em que esbarro, sem saber como conseguem seguir com suas vidinhas como se o planeta não tivesse parado de girar.

A morte de Athena não destruiu meu mundo, só o tornou mais… esquisito. Meus dias passam como de costume. Na maior parte do tempo, se não penso muito no assunto, se não me perco em memórias, eu me sinto bem.

Mas eu estava *lá*. Eu vi Athena morrer. Minhas emoções naquelas primeiras semanas são dominadas menos pela tristeza e mais por um choque estarrecido. Aquilo aconteceu mesmo. Eu realmente vi os pés dela se debatendo contra o piso de madeira, realmente vi os dedos dela arranhando o próprio pescoço. Realmente me sentei ao lado de seu cadáver por dez minutos antes de os paramédicos chegarem. Realmente vi seus olhos esbugalhados, agoniados, desfocados. Essas lembranças não me levam às lágrimas, não dá para chamar essa sensação de sofrimento; mas de fato encaro minhas paredes e sussurro "Que *porra* foi essa?" várias vezes durante o dia.

A morte de Athena deve ter aparecido no jornal, porque meu celular está abarrotado de mensagens de amigos tentando falar a coisa certa e oferecer apoio (Oi, só checando como você tá) ou conhecidos tentando descobrir todos os detalhes sórdidos (MDS eu vi no Twitter, você tava MESMO lá?). Não tenho energia para responder. Sinto um enjoo entusiasmado e maravilhado ao ver os numerozinhos aumentarem mais e mais no canto dos ícones dos meus aplicativos de mensagem.

Seguindo o conselho de minha irmã Rory, frequento um grupo de apoio local e marco uma consulta com um terapeuta especializado em luto. As duas coisas só fazem eu me sentir pior, porque ambas presumem a existência de uma amizade que não existiu de fato, e é difícil demais explicar por que não estou tão abatida por causa de Athena, então não dou continuidade a nenhuma delas. Não quero falar sobre o quanto sinto falta de Athena, ou sobre como meus dias parecem vazios sem ela. O problema é que os dias parecem completamente normais, tirando o fato singular e espantoso de que Athena está *morta*, de que ela se foi assim, sem mais nem menos. Não sei nem como eu deveria me sentir em relação a isso, então começo a beber e comer impulsionada pelo pânico sempre que a tristeza ameaça dar as caras, e fico bem inchada por algumas semanas de tanto comer sorvete e lasanha, mas os problemas param por aí.

Na verdade, estou chocada com a minha resiliência mental. Tenho um colapso nervoso apenas uma vez, uma semana depois do ocorrido. Não tenho certeza do que o desencadeou, mas passo a noite toda assistindo a tutoriais da manobra de Heimlich no YouTube, comparando com aquilo que fiz e tentando lembrar se posicionei as mãos da mesma forma, se puxei com força o suficiente. Eu poderia tê-la salvado. Fico dizendo isso em voz alta, como se fosse a Lady Macbeth gritando sobre a maldita mancha. Eu poderia ter esfriado a cabeça e tentado aplicar a técnica direito. Poderia ter posicionado os punhos do jeito certo sobre o umbigo de Athena, desobstruído suas vias aéreas e permitido que ela respirasse mais uma vez.

Ela morreu por minha causa.

— Não — declara Rory quando ligo às quatro da manhã, chorando tanto que mal consigo falar. — Não, não, não. Não acredite nisso nem por um segundo, está me ouvindo? A culpa não é sua. *Você não matou aquela mulher. Você é inocente.* Está me ouvindo?

Eu me sinto uma criancinha quando murmuro de volta:

— Estou. Tá. Tá bom.

Mas é disto que preciso agora: a crença incontestada de uma criança de que o mundo é simples assim, e que, se eu não tive a intenção de fazer algo ruim, nada disso é minha culpa.

— Você vai ficar bem? — insiste Rory. — Quer que eu ligue pra dra. Gaily?

— Não. Meu deus, não, eu estou bem. Não liga pra dra. Gaily.

— Tá, é só que ela falou pra gente que se você tivesse uma recaída...

— Não estou tendo uma recaída. — Respiro fundo. — Não é isso. Eu estou bem, Rory. Eu não conhecia a Athena tão bem assim. Tá tudo bem.

Alguns dias depois de a notícia estourar, escrevo um longo fio no Twitter sobre o que aconteceu. Parece que estou escrevendo a partir de um modelo já pronto, me inspirando em inúmeros fios de luto que li com ardor ao longo do tempo. Uso frases como "acidente trágico", "a ficha ainda não caiu" e "ainda não parece real". Não me aprofundo nos detalhes, porque isso é repugnante. Escrevo sobre como estou abalada, o que Athena significou para mim e o quanto sentirei sua falta.

Desconhecidos me dizem o quanto lamentam minha perda, que eu deveria ser gentil comigo mesma, que é totalmente válido eu estar inconsolável depois de algo tão traumático. Dizem que sou uma boa pessoa. Me mandam abraços e me desejam tudo de bom. Perguntam se podem abrir uma vaquinha para a minha terapia, e eu fico tentada pelo dinheiro, mas não me sinto confortável o bastante para aceitar. Uma pessoa até se oferece para me trazer comida caseira todos os dias durante um mês inteiro. Mas isso eu ignoro, porque não dá para confiar em ninguém na internet, e sabe-se lá se não é alguém querendo me envenenar.

Meu tuíte recebe trinta mil curtidas em um único dia. Isso é o máximo de atenção que já recebi no Twitter, e a maioria é de pessoas influentes do meio literário e personalidades da internet com contas verificadas. Ver meu número de seguidores aumentar a cada segundo me deixa estranhamente empolgada. Mas depois começo a me sentir enojada, da mesma forma que me sinto depois de me masturbar por tédio, então bloqueio o Twitter em todos os meus aparelhos (Estou tirando um tempo para cuidar da minha saúde mental, mas agradeço a todo mundo pela preocupação) e juro que só vou entrar lá de novo dali a pelo menos uma semana.

Compareço ao funeral de Athena, e a mãe dela me convidou a discursar. Ela me ligou alguns dias depois do incidente, e eu quase deixei o celular cair quando descobri quem era; senti um súbito medo de que ela fosse me interrogar, ou me acusar de matar a filha. Mas em vez disso ela ficou pedindo desculpas, como se Athena tivesse sido muito mal-educada por morrer na minha frente.

O velório acontece em uma igreja coreana em Rockville, o que é esquisito, porque achei que Athena fosse chinesa, mas que seja. Fico impressionada ao ver que quase ninguém ali tem a minha idade. A maioria é de idosos asiáticos, provavelmente amigos da mãe de Athena. Não há um único escritor que eu reconheça, nem ninguém da faculdade. Mas talvez o funeral seja um assunto da comunidade: provavelmente as pessoas que de fato conheciam Athena tenham ido ao velório virtual que o Coletivo de Escritores Asiático-Americanos organizou.

Graças a deus, o caixão está fechado.

Muitos dos discursos fúnebres são feitos em chinês, então fico ali sentada, meio sem jeito, olhando em volta em busca de pistas de quando rir ou balançar a cabeça e chorar. Quando chega minha vez, a mãe de Athena me apresenta como uma das amigas mais próximas de sua filha.

— Junie estava lá na noite em que minha Athena morreu — diz a sra. Liu. — Ela fez o máximo que pôde para salvá-la.

Só preciso disso para que as lágrimas comecem a jorrar. *Mas isso é bom*, comenta uma voz desagradável e cínica na minha cabeça. Chorar faz meu sofrimento parecer genuíno. Desvia a atenção do fato de eu não saber que merda estou fazendo ali.

— Athena era deslumbrante — começo, e de fato estou sendo sincera. — Ela era uma em um milhão. Intocável. Olhar para ela era como olhar para o próprio sol. Ela era tão brilhante que doía se você a olhasse por muito tempo.

Sofro durante meia hora no velório antes de inventar uma desculpa para ir embora. Só consigo aguentar até certo ponto o cheiro pungente de comida chinesa e os velhos que não conseguem ou se recusam a falar em inglês. A sra. Liu me abraça apertado, fungando enquanto me despeço. Ela me faz prometer que vou manter contato e informar como estou. Suas lágrimas manchadas de rímel deixam marcas empelotadas que não saem da minha blusa de veludo, mesmo depois de meia dúzia de lavagens, então acabo jogando aquela roupa toda no lixo.

Cancelo minhas aulas particulares pelo resto do mês. (Trabalho meio período no Veritas College Institute, preparando alunos para o vestibular e como ghost-writer das redações de candidatura para a faculdade, o que é o emprego padrão para todos os graduados de faculdades de elite sem perspectivas de trabalho melhores.) Meu chefe fica irritado, e os pais que me contrataram ficam furiosos, o que é compreensível, mas por ora não consigo me forçar a permanecer sentada em salinhas sem janela e revisar provas de múltipla escolha de interpretação textual enquanto pirralhos de aparelho mascam chiclete. Não consigo mesmo.

— Na semana passada eu vi uma amiga se debater no chão até morrer! — esbravejo com a mãe de um aluno que me liga para reclamar. — Então acho que posso tirar uma licença de luto por uns dias, não posso?

Eu não saio por algumas semanas. Fico no meu apartamento, de pijama o dia todo. Peço comida mexicana pelo menos uma dúzia de vezes. Revejo episódios de *The Office* até que eu consiga recitar todos, palavra por palavra, só para ter alguma coisa para acalmar minha mente.

Além disso, eu leio.

Athena tinha razão de ficar animada. Basicamente, *O último front* é uma obra-prima.

Preciso mergulhar de cabeça na Wikipédia para me situar. O romance discorre sobre as experiências e contribuições desconhecidas do Chinese Labour Corps, grupo de 140 mil trabalhadores chineses que foram recrutados pelo Exército britânico e enviados para a Frente Ocidental durante a Primeira

Guerra Mundial. Muitos morreram por causa de bombardeios, acidentes e doenças. A maioria foi maltratada assim que chegou à França, ludibriada e despojada de salários, acomodada em alojamentos imundos e abarrotados, privada de intérpretes e atacada por outros trabalhadores. Muitos nunca conseguiram voltar para casa.

É uma piada recorrente que qualquer Autor Sério em algum momento vai publicar um romance de guerra imponente e ambicioso, e acho que este seria o de Athena. Ela tem a confiança e a prosa modesta e lírica necessária para contar uma história tão pesada sem passar a impressão de ser pomposa, imatura ou soberba. A maioria dos grandes épicos de guerra escritos por jovens escritores tende a parecer uma mera imitação de grandes épicos de guerra; os autores parecem criancinhas montadas em cavalos de brinquedo. Mas o épico de Athena parece um eco do campo de batalha. Parece *real*.

É visível por que ela chamou isso de uma evolução de sua arte. Até então, seus romances apresentavam narrativas lineares, todas contadas no passado na terceira pessoa do singular, do ponto de vista de um único protagonista. Mas neste Athena faz algo similar ao que Christopher Nolan fez no filme *Dunkirk:* em vez de seguir uma história em particular, ela sobrepõe narrativas e perspectivas discrepantes para formar um mosaico em movimento, como uma multidão gritando em uníssono. Tem um efeito cinematográfico; quase dá para ver as imagens dentro da nossa cabeça, em estilo de documentário: múltiplas vozes desenterrando o passado.

Uma história sem protagonista não deveria ser tão cativante. Mas as frases de Athena são tão envolventes que até me perco na narrativa, avançando a leitura em vez de transcrevê-la para meu notebook. É uma história de amor disfarçada de história de guerra, e os detalhes são tão chocantes e vivos, tão singulares, que é difícil acreditar que não seja um livro de memórias, que ela simplesmente não transcreveu palavras que fantasmas sussurraram em seus ouvidos. Agora entendo por que ela levou tanto tempo para escrever esse livro: a pesquisa minuciosa transparece em cada parágrafo, dos chapéus forrados de pele até as canecas esmaltadas que os trabalhadores usavam para beber chá aguado.

Athena tem uma habilidade sobrenatural de manter os olhos do leitor grudados na página. Preciso saber o que acontece com A Geng, o estudante e tradutor magricela, e Xiao Li, o indesejado sétimo filho. Estou em prantos ao final, quando descubro que Liu Dong nunca voltou para casa nem reencontrou a noiva que esperava por ele.

Mas precisa de uns ajustes. Está longe de ser um primeiro rascunho; nem ao menos pode ser chamado de "rascunho" propriamente dito. Parece mais uma mistura de frases surpreendentemente belas, temas declarados sem sutileza e eventuais "[e aí eles viajam; completar depois]". Mas ela espalhou migalhas o suficiente para que eu consiga seguir a trilha. Consigo ver para onde a história vai, e é fenomenal. É de tirar o fôlego de tão fenomenal.

Tanto que não consigo evitar tentar terminá-la.

No início, é só uma brincadeirinha. Um exercício de escrita. Eu não estava reescrevendo o manuscrito, apenas checando se conseguiria preencher as lacunas; se eu tinha técnica o suficiente para sombrear, ajustar e extrapolar até que a imagem estivesse completa. Eu só ia brincar com um dos capítulos do meio, um com tantas cenas inacabadas que só era possível entender se você conhecesse o processo de escrita, assim como quem escreveu, em sua intimidade.

Mas aí eu só continuei. Não consegui parar. Dizem que editar um texto ruim é bem mais fácil do que escrever um novo do zero, e isso é verdade: sinto *confiança* na minha escrita naquele momento. Encontro palavras e frases que se encaixam muito melhor no texto do que as descrições casuais de Athena. Identifico as perdas de ritmo e, sem dó nem piedade, corto a encheção de linguiça. Desenvolvo o tema central do enredo como uma nota musical límpida e majestosa. Organizo as coisas; aparo as pontas soltas e as embelezo; faço com que o texto *cante*.

Sei que você não vai acreditar em mim, mas nunca houve um momento em que pensei *vou pegar isso aqui e tornar algo meu*. Eu não sentei a bunda na cadeira e bolei um plano maligno para lucrar em cima do trabalho da minha amiga morta. Não, é sério. Pareceu *natural*, como se eu tivesse recebido um chamado, como se tivesse sido por ordem divina. Assim que comecei, parecia que a coisa mais óbvia a fazer era completar e depois refinar a história de Athena.

E aí... vai saber? Talvez eu conseguisse publicar por ela também.

Dou tudo de mim. Escrevo todos os dias, do nascer do sol até depois da meia-noite. Nunca trabalhei tanto em nenhum outro projeto de escrita, nem mesmo no meu livro de estreia. As palavras ardem no meu peito feito brasa, me dando gás, e eu preciso liberar tudo antes que isso me consuma.

Termino o primeiro rascunho em três semanas. Depois tiro uma semana de folga, em que me limito a dar longas caminhadas e ler livros, só para conseguir ver tudo de outra perspectiva. Depois imprimo todo o material numa loja de artigos para escritório, para que eu possa revisar com uma caneta vermelha. Folheio as páginas devagar, murmurando cada frase em voz alta para experimentar a sonoridade, sentir o formato das palavras. Fico acordada a noite inteira para incorporar as mudanças no Word.

De manhã, escrevo um e-mail para o meu agente literário, Brett Adams, com quem não falo há meses, já que andei apagando todas as suas perguntas educadas, porém incisivas, sobre como anda meu segundo livro.

Oi, Brett.

Sei que você está esperando algo sobre o meu segundo livro. Na verdade, eu tenho

Paro por um instante, e então apago a última frase.

Como vou explicar isso tudo para Brett? Se ele souber que Athena escreveu o primeiro rascunho, vai ter que entrar em contato com Jared, o agente dela. Haverá negociações conturbadas com os herdeiros de seus direitos autorais. Não tenho provas de que Athena queria que eu terminasse o livro, embora eu tenha certeza de que é isso que ela teria desejado, já que nenhum escritor quer que o próprio trabalho caia no esquecimento. Mas sem provas documentadas, pode ser que nunca autorizem minha versão.

Só que ninguém sabe que Athena escreveu o primeiro rascunho. Sabe?

Será que importa tanto assim o que vai constar nos créditos? Será que importa mais do que o fato de que, sem mim, o livro jamais veria a luz do dia?

Não posso permitir que o melhor trabalho de Athena vá para a gráfica nesse estado precário. Não posso. Que tipo de amiga eu seria?

Oi, Brett.

Aqui está o manuscrito. Está um pouco diferente do direcionamento que discutimos, mas encontrei uma nova voz, e eu gosto dela. O que você acha?

Abraços,
June

É isso. Enviado. Meu aplicativo de e-mail faz *vupt*. Fecho o notebook e o empurro para o outro lado da mesa, sem acreditar na minha própria audácia.

Esperar é a parte mais difícil. Enviei o e-mail na segunda e Brett só me retorna na quinta, quando me informa que separou o fim de semana para dar uma olhada. Não sei se está sendo sincero, ou se está só me enrolando para eu sair do pé dele. Quando chega a próxima segunda, estou uma pilha de nervos. Cada minuto parece uma eternidade. Já andei pelo meu prédio um milhão de vezes, e decidi enfiar o celular dentro do micro-ondas para não cair na tentação de olhá-lo o tempo todo.

Conheci Brett em um evento de *pitch* no Twitter. Uma vez ao ano, durante vários dias, autores publicam as propostas de seus livros no tamanho de um tuíte e acrescentam a hashtag do evento para que agentes literários olhem o que foi postado e curtam as propostas que despertem interesse. Eu escrevi o seguinte:

> Sobre a figueira: as irmãs Janie e Rose estão passando pelo pior verão de suas vidas. O pai delas está morrendo. A mãe nunca está por perto. Tudo o que elas têm é uma à outra e uma porta misteriosa no quintal. Um portal para outro universo. #Adulto #RomancedeFormação #FicçãoLiterária

Brett pediu meu manuscrito e eu o enviei, mencionando que já tinha um contrato de publicação em mãos, e ele sugeriu uma conversa ao telefone na semana seguinte. Ele me deu a impressão de ser um pouquinho "hétero top": sua fala era salpicada de expressões como "mó brisa" e "ligadaço", e me pareceu jovem demais. Tinha se formado na Hamilton dois anos antes, com um mestrado em editoração, e só fazia alguns meses que trabalhava naquela agência. Mas era uma agência literária de respeito, e os clientes pareciam gostar dele e recomendá-lo, então concordei em fechar um contrato. Até porque não recebi nenhuma oferta melhor.

Ele tem sido razoável comigo nesses últimos anos. Sempre senti que não estava no topo de sua lista de prioridades, ainda mais por não ser muito lucrativa, mas ao menos Brett responde meus e-mails em no máximo uma semana e não mente sobre royalties ou meus direitos, e olhe que já ouvi histórias cabeludas a esse respeito. Claro, me sinto constrangida e envergonhada ao ler mensagens curtas e impessoais como Oi, June. Então, aquela editora não vai publicar seu livro em brochura porque não sabe se ele vai continuar vendendo ou Ei, June. Então, não temos tido procura por direitos de produção em áudio, então vou tirar da lista de submissões por enquanto. Só queria te deixar atualizada. E é claro que vez ou outra já cogitei largar Brett e procurar um novo agente que não fizesse eu me sentir só mais uma. Mas seria assustador estar sozinha no mundo outra vez, sem ninguém que me defenda nessa indústria.

Acho que Brett estava esperando que eu desistisse de escrever por conta própria. Eu daria qualquer coisa para ter visto a cara dele quando soltei aquela bomba na sua caixa de entrada.

Ele finalmente me responde por volta da meia-noite de terça. É bem sucinto.

Oi, June.

Uau, isso aqui é bem especial. Não te culpo por largar tudo pra trabalhar nesse projeto. É um pouco diferente do que você costuma escrever, mas pode ser uma ótima oportunidade para o seu crescimento. Não acho que Garrett seja a pessoa mais adequada para esse livro. Com certeza deveríamos apostar em submeter a mais lugares. Deixa que eu cuido dessa parte.

Só tenho algumas sugestões editoriais. Veja o anexo.

Abraços,
Brett

As edições de Brett são pontuais e pouco invasivas. Tirando a modificação de algumas frases, a maior parte são cortes para melhorar o ritmo (Athena às vezes se deixava levar pelo som da própria prosa), mudanças na ordem de algumas cenas de flashback para deixar a narrativa mais linear e ênfase em alguns temas no final. Eu me acomodo com alguns cafés *espressos* enlatados e termino tudo em setenta e duas horas. As palavras me chegam com facilidade; a parte da edição costuma ser angustiante, mas estou me divertindo. Faz anos que não me divirto assim durante o processo de escrita. Talvez porque sejam as palavras de outra pessoa que estou desfigurando, então não sinto que estou matando meus queridinhos. Talvez porque o material bruto seja *tão bom* que sinto que estou lapidando pedras preciosas, aparando as arestas para permitir que brilhem.

Depois envio de volta a Brett, que o repassa primeiro para Garrett, já que tecnicamente ele tem a opção, ou seja, a preferência de submissão. Garrett decide não fazer uma oferta, exatamente como esperávamos. Acho que ele nem sequer se deu ao trabalho de abrir o arquivo. Brett imediatamente envia o romance para meia dúzia de editores, todos sêniores com cargos importantes em grandes editoras. ("Nossa lista alvo", foi como Brett os chamou, como se estivesse me candidatando a alguma faculdade. Ele nunca enviou nenhum dos meus textos para essa lista antes.) E aí nós esperamos.

* * *

Três semanas mais tarde, um editor da HarperCollins leva meu romance para o setor de aquisições, para a reunião em que todos os figurões se sentam em volta de uma mesa e decidem se vão comprar um livro. Eles ligam para Brett com uma oferta naquela mesma tarde, e o valor me deixa boquiaberta. Eu nem sabia que as pessoas *pagavam* tanto assim por livros. Mas aí a Simon & Schuster entra no jogo; a Penguin Random House também, depois a Amazon (Brett me garante que ninguém em sã consciência escolhe a Amazon, ela só está ali para aumentar o valor final), e em seguida vêm todas as editoras independentes de prestígio que, de alguma maneira, ainda existem. Passamos para o leilão. Os números continuam subindo. Estão falando de cronograma de prestação de contas, bônus para quando eu quitar o adiantamento, direitos mundiais versus direitos na América do Norte, direitos de áudio, todas as coisas que nem sequer foram mencionadas na venda do meu livro de estreia. E então, ao final, *O último front* é vendido para a Eden Press, uma editora independente mediana que tem a reputação de publicar ficções de renome que arrebatam todos os prêmios, por um valor maior do que eu poderia sonhar em receber a vida inteira.

Quando Brett me liga para contar a novidade, deito no chão e só me levanto quando o teto para de girar.

Consigo um anúncio enorme e ostentoso na *Publishers Weekly*. Brett começa a falar sobre interesse pelos direitos no exterior, direitos para um filme, direitos para diferentes mídias, e eu nem ao menos sei do que tudo isso se trata, tirando o fato de que significa mais dinheiro na minha conta.

Ligo para minha mãe e minha irmã, e elas, embora não entendam direito o que a notícia significa, ficam felizes por eu ter garantido uma renda estável pelos próximos anos.

Em seguida ligo para o Veritas College Institute e informo que estou pedindo as contas.

Colegas de escrita com quem falo duas vezes por ano me mandam mensagens de PARABÉNS, que eu sei que estão carregadas de inveja. A conta oficial da Eden no Twitter divulga a notícia, e eu ganho algumas centenas de novos seguidores. Saio para beber com colegas de trabalho do Veritas, amigos de quem eu nem gosto tanto assim e que claramente não têm interesse em saber mais sobre o livro, mas depois de três shots nada disso importa, porque estamos fazendo um brinde a mim.

E, o tempo todo, eu penso que consegui. *Consegui, porra.* Estou vivendo a vida de Athena. Estou vivenciando o mercado editorial do jeitinho que ele deveria funcionar. Venci todos os obstáculos. Tenho tudo que sempre quis, e o sabor é tão delicioso quanto imaginei.

Três

SEI O QUE VOCÊ ESTÁ PENSANDO. *LADRA. PLAGIADORA.* E TAL-vez, já que tudo de ruim sempre tem que envolver raça, *racista.*

Escuta só.

Não é tão ruim quanto parece.

Plagiar é só um atalho, uma forma de trapacear quando você não consegue juntar as palavras por conta própria. Mas o que eu fiz não foi *fácil*. Afinal, de fato reescrevi a maior parte do livro. Os primeiros rascunhos de Athena estavam caóticos, crus, com frases meio inacabadas jogadas por toda parte. Às vezes eu nem conseguia decifrar para onde um parágrafo estava se encaminhando, então cortei tudo. Eu não peguei uma pintura e tentei fingir que era minha. Eu herdei o esboço com apenas alguns trechos irregulares de cor, e o terminei de acordo com o estilo do original. Imagine se Michelangelo tivesse deixado lacunas enormes na Capela Sistina. Imagine se Rafael tivesse que se prontificar a terminá-la.

De certa forma, esse projeto inteiro é lindo. Uma colaboração literária nunca antes vista.

E daí se foi roubado? E daí se eu comprei no atacado? Athena morreu antes que qualquer pessoa soubesse que o manuscrito existia. Ele nunca teria sido publicado, e se tivesse, no estado em que estava, seria conhecido para sempre como o manuscrito inacabado de Athena, tão superestimado e decepcionante quanto *O último magnata*, de F. Scott Fitzgerald. Eu dei ao manuscrito uma chance de vir ao mundo livre do julgamento que obras escritas por múltiplos autores recebem. E por que meu nome não deveria constar na capa depois de todo o trabalho e todas as horas que investi nele?

Afinal de contas, Athena está nos agradecimentos. Minha querida amiga. Minha maior inspiração.

E talvez ela tivesse desejado isso. Sempre curtiu essas gracinhas literárias delirantes. Amava comentar como James Tiptree Jr. havia feito as pessoas de bobas ao levá-las a pensar que era homem, ou como tantos leitores ainda achavam que Evelyn Waugh era mulher.

— As pessoas já se aproximam de um texto cheias de preconceitos pelo que acham que sabem sobre um autor — disse Athena certa vez. — Às vezes eu me pergunto como meu trabalho seria recebido se eu fingisse ser homem ou uma mulher branca. O texto poderia ser exatamente o mesmo, mas um seria um prato cheio para os críticos e o outro um sucesso estrondoso. Por que será?

Então, talvez possamos ver isto como Athena pregando sua maior peça literária, como se eu estivesse complicando a relação entre leitor e autor de modo a oferecer uma matéria-prima escandalosa para os acadêmicos das próximas décadas.

Tá, talvez eu tenha forçado um pouquinho a barra nessa última parte. E se parecer que eu só estava tentando aliviar minha consciência, tudo bem. Tenho certeza de que você prefere acreditar que me senti atormentada durante aquelas semanas, que travei uma guerra incessante contra a culpa.

Mas a verdade é que eu estava animada demais.

Pela primeira vez em meses, eu estava feliz por escrever de novo. Senti que tinha recebido uma segunda chance. Comecei a acreditar naquele sonho de novo, em que se você aperfeiçoar a sua arte e contar uma boa história, a indústria tomará conta do resto. Que você só precisa sentar e escrever, que se der tudo de si e tiver uma escrita boa o bastante, vai se transformar em uma estrela literária da noite para o dia, tudo graças aos Todo-Poderosos.

Até comecei a revisitar algumas das minhas ideias antigas. Agora elas pareciam novas, vivas, e eu conseguia pensar em uma centena de direções para as quais levá-las. As possibilidades pareciam infinitas. Era como dirigir um carro novo ou trabalhar em um novo notebook. De alguma maneira, eu havia absorvido todo o propósito e entusiasmo da escrita de Athena. Eu me sentia, de acordo com as palavras de Kanye, mais firme, mais competente, mais rápida e mais forte. Eu me sentia como o tipo de pessoa que escuta as músicas dele.

Certa vez, fui à palestra de uma escritora renomada de fantasia em que ela afirmou que sua solução para se livrar de um bloqueio criativo era ler mais ou menos cem páginas de uma prosa excelente.

— Ler uma bela frase faz meus dedos formigarem — explicara ela. — Me deixa com vontade de imitar aquilo.

Foi exatamente assim que me senti ao editar o trabalho de Athena. Ela me tornou uma escritora melhor. Foi assustadora a rapidez com que absorvi as habilidades dela; como se, ao morrer, todo aquele talento precisasse escoar para outro lugar e tivesse ido parar justamente dentro de mim.

Agora, era como se eu escrevesse por nós duas. Como se eu estivesse encarregada de levar seu legado adiante.

Isso basta como justificativa para você? Ou ainda acha que sou uma ladra racista?

Tá. Resumidamente, foi deste jeito que realmente me senti. Em Yale, eu saí com um aluno de mestrado do departamento de filosofia que estudava ética populacional. Ele escrevia artigos sobre experimentos mentais tão implausíveis que às vezes eu achava que ele teria se saído melhor como escritor de ficção científica: tentava concluir se temos qualquer obrigação com o futuro, com as pessoas que nem nasceram ainda, por exemplo, ou se tudo bem profanar cadáveres, se isso não causar nenhum mal aos vivos. Alguns dos argumentos dele eram um pouco extremos; ele não achava, por exemplo, que existia qualquer obrigação moral de honrar o testamento de um morto caso houvesse um interesse maior em redistribuir a riqueza em algum outro lugar, ou que existam objeções morais gigantescas em relação a usar o terreno de cemitérios para, sei lá, abrigar os pobres. O tema geral de sua pesquisa englobava sob que circunstâncias alguém é um agente moral que merece ser levado em consideração. Eu não entendia muito bem os artigos, mas o argumento central era bem cativante: não devemos nada aos mortos.

Ainda mais quando a morta também é ladra e mentirosa.

Foda-se, vou falar mesmo: pegar o manuscrito de Athena servia de reparação histórica, uma compensação pelas coisas que Athena tirou de mim.

Quatro

PUBLICAR UM LIVRO É UM PROCESSO DEMORADO, ATÉ QUE de repente o tempo voa. As partes realmente empolgantes, como ir a leilão, negociar contratos, receber ligações de potenciais editores e escolher uma editora, passam feito um tufão, mas o resto consiste em encarar o próprio celular por bastante tempo e esperar as novidades. A maioria dos livros acaba sendo vendida até dois anos antes de sua publicação. Os anúncios importantes que sempre pipocam na internet (Contrato de livro! Contrato de filme! Indicação a prêmios!) são segredos públicos há semanas, se não meses. Finge-se empolgação e surpresa para ganhar influência social.

O último front só será lançado quinze meses depois que eu assinar o contrato. Até lá, é a fase de produção.

Recebo um parecer da minha editora da Eden dois meses depois. Ela se chama Daniella Woodhouse, uma mulher séria de voz grave e fala rápida que me intimida tanto quanto me intriga durante nossa primeira conversa ao telefone. Lembro de ela ter se metido em uma treta numa conferência do ano passado, quando chamou uma das outras palestrantes de "patética" por dizer que o machismo na indústria continua sendo um obstáculo. Depois disso, personalidades da internet de todas as áreas a tacharam de inimiga das mulheres e exigiram que se desculpasse publicamente, ou então pedisse as contas. (Ela não fez nenhuma das duas coisas.) Isso não parece ter impactado sua carreira. No último ano, ela foi responsável por três best-sellers: um romance sobre a vida privada de donas de casa homicidas e sexys, um thriller sobre um pianista clássico que faz um pacto com o capeta em troca de um sucesso estrondoso e a biografia de uma apicultora lésbica.

A princípio hesitei em assinar com a Eden Press, ainda mais por se tratar de uma editora independente, em vez de uma das Big Five: HarperCollins, Penguin Random House, Hachette, Simon & Schuster e Macmillan. Mas Brett me convenceu de que eu seria o carro-chefe em uma editora média, que eu receberia todo cuidado e atenção que nunca tive na minha primeira editora. E, comparada a Garrett, Daniella praticamente me mima. Ela responde a todos os meus e-mails no mesmo dia, quase sempre no decorrer da mesma hora, e sempre minuciosamente. Ela faz eu me sentir valorizada. Quando me diz que meu livro será um arraso, sei que acredita nisso de verdade.

Também gosto do estilo editorial dela. A maior parte de suas emendas são apenas pedidos para esclarecer o texto: *O público americano vai saber o que esta frase significa? Será que este flashback deve ser exposto tão cedo assim sendo que ainda não fomos apresentados aos personagens na linha do tempo principal? Este diálogo é uma obra de arte, mas de que maneira ajuda a trama a avançar?*

Para ser sincera, estou aliviada. Finalmente alguém está apontando as baboseiras da Athena, as estruturas propositalmente confusas de suas frases e alusões culturais. Athena gosta de botar o público dela "para pensar". Ao falar sobre exposição cultural, ela escreveu que não vê "necessidade de aproximar o texto do leitor, pois o leitor tem acesso ao Google e é perfeitamente capaz de se aproximar do texto". Ela solta frases inteiras em chinês sem acrescentar qualquer tradução; sua máquina de escrever não tem caracteres chineses, então ela deixou lacunas onde escreveu cada um deles à mão. Demorei horas mexendo em um programa de reconhecimento ótico de caracteres para procurar todos na internet, e mesmo assim precisei cortar mais ou menos metade. Para se referir a membros da família, ela usa termos chineses em vez de palavras em inglês, então você tem que ficar adivinhando se certo personagem é o tio ou o primo de segundo grau. (Já li uma dezena de guias sobre o sistema de nomenclatura chinês para graus de parentesco. Não faz o menor sentido.)

Athena fez isso em todos os seus romances. Os fãs elogiam essa tática, chamando-a de brilhante e autêntica, e dizem que é uma intervenção necessária de uma autora de diáspora contra a branquitude do inglês. Mas isso não é fazer arte de verdade. Só torna a prosa frustrante e inacessível. Tenho certeza de que isso só serve para fazer Athena e os leitores dela se sentirem mais inteligentes do que de fato são.

Athena é vista como "excêntrica, indecifrável e erudita". Decido que quero passar a imagem de "autora de livros comerciais viciantes, mas ainda assim com um estilo literário requintado".

A parte mais difícil é dar conta de acompanhar todos os personagens. Mudamos quase uma dúzia de nomes para diminuir o risco de confusão. Dois personagens diferentes têm o sobrenome Zhang, e *quatro* têm o sobrenome Li. Athena os diferencia com nomes próprios distintos, que ela só usa de vez em quando, e outros termos que só consigo imaginar que sejam apelidos: A Geng, A Zhu; a menos que A seja um sobrenome e eu esteja por fora. Da Liu e Xiao Liu me parecem algo sem pé nem cabeça, porque eu pensei que Liu fosse um sobrenome, então para que Da e Xiao estão ali? Por que tantas personagens femininas também se chamam Xiao? E se são sobrenomes, quer dizer que todo mundo ali é parente? Esse romance fala de *incesto*? A solução mais fácil é dar alcunhas distintas a todos. Passo horas rolando páginas de história da China e sites de nomes de bebês atrás de alguns que soem culturalmente apropriados.

Cortamos milhares de palavras desnecessárias sobre o passado de alguns personagens. Athena gosta de escrever em estilo rizomático e voltar dez ou vinte anos no passado para explorar a infância de alguém; descrever em detalhes paisagens rurais chinesas durante capítulos longos e desconexos; apresentar personagens que não têm nenhuma relevância óbvia para a trama, e aí esquecer deles pelo resto do romance. Dá para ver que ela está tentando acrescentar textura à vida daquelas pessoas e mostrar aos leitores de onde os personagens vêm e as tramas que habitam, mas ela exagerou. Isso tudo distrai da narrativa principal. Ler deveria ser uma experiência prazerosa, não uma tarefa maçante.

Suavizamos a linguagem. Retiramos todas as referências a "xing ling" e "coolies". *Talvez sua intenção seja subversiva*, escreveu Daniella nos comentários, *mas nos dias de hoje não há mais necessidade de uma linguagem tão discriminatória. Não queremos causar desconforto nos leitores.*

Também suavizamos alguns dos personagens brancos. Não, não é tão ruim quanto você imagina. O texto original de Athena é tão tendencioso que chega a dar vergonha. Os soldados franceses e britânicos são caricaturas racistas. Entendo que ela estava tentando provar um ponto sobre a discriminação dentro da frente dos Aliados, mas essas cenas são tão clichês que nem parecem verossímeis. Tiram o leitor da história. Em vez disso, trocamos um dos brancos malvados por um personagem chinês, e um dos trabalhadores chineses com mais falas por um fazendeiro branco que simpatiza com os imigrantes. Isso acrescenta a complexidade e a nuance humanista que talvez Athena não conseguisse enxergar por estar próxima demais do tema.

No rascunho original, uma série de trabalhadores é levada ao suicídio por causa dos maus-tratos nas mãos dos britânicos, e um homem se enforca na cabine do capitão. O sujeito, ao se deparar com o corpo, pede para um intérprete instruir o resto dos trabalhadores a se enforcar nas próprias cabines se for preciso, já que "Não queremos essa bagunça perto da gente". Parece que toda essa cena foi retirada diretamente de um registro histórico; a cópia de Athena do manuscrito tem observações anotadas à mão nas margens, enfatizando o seguinte: *COMENTAR SOBRE O ASSUNTO NOS AGRADE-CIMENTOS. NÃO DÁ PRA INVENTAR UMA MERDA DESSAS. MEU DEUS.*

É uma cena poderosa, e fiquei horrorizada quando a li pela primeira vez. Mas Daniella acha que é muito exagerada. *Sei que são militares e brutos, mas isso aqui parece uma tragédia obscena,* comenta ela. *Vamos cortar para dar ritmo à história?*

A maior mudança que fazemos acontece na parte final do livro.

O ritmo desacelera bastante aqui, aponta Daniella em seus comentários. *Será que precisamos mesmo de toda essa contextualização sobre o Tratado de Versalhes? Parece meio fora de tom. O foco não deveria ser a geopolítica chinesa?*

No fim do livro, o rascunho original de Athena é tão soberbo que quase não me aguento. Ali ela deixa de lado as narrativas individuais, que são muito mais interessantes, para jogar na cara do leitor de que inúmeras maneiras os trabalhadores foram esquecidos ou ignorados. Os trabalhadores que morreram durante os conflitos não podiam ser enterrados perto dos soldados europeus. Nenhum deles tinha qualificação para receber condecorações militares, já que supostamente não estavam em combate. E a parte da qual Athena mais sentiu raiva: o Tratado de Versalhes ferrou o governo chinês de qualquer forma, cedendo o território de Shandong, que estava ocupado pelos alemães, para os japoneses no final da guerra.

Mas quem é que vai prestar atenção nisso tudo? É difícil se sentir envolvido quando não há um personagem principal. As últimas quarenta páginas parecem mais um artigo de história do que uma narrativa emocionante de guerra. Elas parecem descabidas, como se fossem um trabalho de último semestre da faculdade feito às pressas. Athena sempre teve a mania de ser didática demais.

Daniella quer que eu corte isso tudo. Sugere que a gente conclua o romance com A Geng voltando de barco para casa. É uma imagem final potente, e pega o embalo da cena anterior, que se passa em um enterro. O resto talvez possa ser apresentado em um epílogo, ou em um texto pessoal divulgado mais próximo da data de publicação. Ou talvez como material extra na edição em brochura, para clubes de leitura.

Eu acho que é uma sugestão brilhante. Corto tudo. E então, só para acrescentar certa pompa, incluo um curto epílogo depois da cena de A Geng, que consiste em uma frase de uma carta que um dos trabalhadores escreveu para o kaiser Guilherme II em 1918, implorando pela paz mundial: *Tenho certeza de que é da vontade dos Céus que toda a humanidade viva como uma única família.*

Que incrível, escreve Daniella em resposta à mudança que fiz. *Que maravilha, é tão fácil trabalhar com você. A maioria dos autores é muito fresca quando se trata de matar seus queridinhos.*

Isso me deixa radiante. Quero que minha editora goste de mim. Quero que pense que é fácil trabalhar comigo, que não sou uma mimadinha teimosa, que sou capaz de fazer qualquer mudança que ela sugira. Isso vai aumentar as chances de ela querer fechar contratos comigo para futuros projetos.

Não estou sendo puxa-saco. Eu realmente acho que deixamos o livro melhor, mais acessível, mais simples. O original faria as pessoas se sentirem burras, às vezes alienadas e até mesmo frustradas com toda aquela presunção. Fedia a todas as piores coisas sobre Athena. A nova versão é uma história universal que inspira empatia, uma história em que qualquer um consegue se enxergar.

O processo inteiro leva três rodadas editoriais ao longo de quatro meses. Ao final, estou tão familiarizada com o projeto que não consigo mais dizer onde Athena termina e eu começo, ou quais palavras pertencem a quem. Eu pesquisei muito. Li uma dezena de livros sobre política racial asiática e a história do trabalho chinês na guerra. Li e reli cada palavra, cada frase e cada parágrafo tantas vezes que quase consigo recitar tudo de cor. Porra, eu já devo ter relido esse romance mais vezes do que a própria Athena.

Com essa experiência, aprendi que eu consigo, *sim*, escrever. Alguns dos trechos favoritos de Daniella são obra minha. Há uma parte, por exemplo, em que uma família francesa pobre acusa injustamente um grupo de trabalhadores chineses de roubar cem francos da casa deles. Os trabalhadores, determinados a transmitir uma boa imagem de sua raça e sua nação, arrecadam duzentos francos entre eles e os dão à família, mesmo estando óbvio que são inocentes. O rascunho de Athena fez apenas uma breve menção à acusação, mas a minha versão transformou aquilo em uma demonstração comovente da virtude e da honestidade chinesas.

Toda a confiança e o entusiasmo que foram arruinados pela minha estreia horrível ressurgem das cinzas. Eu levo muito jeito com as palavras. Estudo escrita há quase uma década; sei o que compõe uma frase direta e sucinta, e sei como estruturar uma história que cative os leitores do início ao fim. Eu me esforcei durante anos para aprender a criar. A ideia central desse romance pode até não ser minha, mas fui eu quem o salvei, quem libertou o diamante que se escondia no interior da rocha bruta.

A questão é que ninguém jamais entenderá o quanto investi nessa história. Se a notícia de que Athena escreveu o primeiro rascunho vazar, o mundo inteiro vai olhar para todo o trabalho que fiz, todas as belas frases que produzi, e só vai enxergar Athena Liu.

Mas ninguém precisa saber. Precisa?

A melhor maneira de esconder uma mentira é contar uma meia verdade.

Preparo o terreno bem antes de o romance ser lançado, antes de as provas antecipadas serem enviadas para críticos e influenciadores literários. Minha amizade com Athena nunca foi segredo, e agora a escondo ainda menos. Afinal de contas, no momento eu sou mais conhecida como a pessoa que estava a seu lado quando ela morreu.

Então eu faço valer a nossa conexão. Menciono o nome dela em todas as entrevistas. Meu pesar sobre sua morte se torna um dos pilares da história que me originou. Tá bom, talvez eu esteja exagerando um pouco nos detalhes. Saidinhas para beber a cada três meses passam a acontecer a cada mês, às vezes a cada semana. Só tenho duas selfies com Athena salvas no meu celular, que eu nunca quis compartilhar porque odeio estar descabelada ao lado dela, mas eu as posto no meu Instagram com um filtro preto e branco e escrevo um poema comovente em sua homenagem. Já li todos os textos dela, e ela leu os meus. Trocávamos ideias com frequência. Eu a considerava minha maior inspiração, e o feedback dela em meus rascunhos foi fundamental para que eu crescesse enquanto autora. É isso que eu digo ao público.

Quanto mais próximas parecermos, menos as similaridades entre nossos livros parecerão suspeitas. Athena tem um dedo em todo o projeto. Eu não limpo suas impressões digitais por completo. Apenas ofereço uma explicação alternativa de por que estão ali.

— Eu estava passando por maus bocados com a escrita depois que meu livro de estreia fracassou — digo ao *Book Riot*.

— Nem sabia se queria continuar a escrever. Foi Athena quem me convenceu a dar outra chance a esse manuscrito. E ela me ajudou com toda a pesquisa: explorou todas as fontes primárias em chinês e me ajudou a caçar os textos na Biblioteca do Congresso.

Não estou *mentindo*. As coisas não foram tão psicopatas quanto parecem, eu juro. Só estou ajustando um pouquinho a realidade, dando o toque certo na imagem para que a multidão revoltada à espreita nas redes sociais não me entenda mal. Além disso, agora já era. Me explicar a essa altura do campeonato faria o livro ir pelo ralo, e eu não poderia fazer isso com o legado de Athena.

Ninguém suspeita de nada. A discrição de Athena ajuda. Ela até tinha outros amigos, de acordo com todas as homenagens que li no Twitter depois do funeral, mas estão todos espalhados em outros estados e continentes. Não tem mais ninguém que ela via com frequência em Washington, D.C. Ninguém que possa desmentir minha versão da nossa amizade. O mundo inteiro parece acreditar que eu era a amiga mais próxima de Athena Liu. E sabe de uma coisa? Talvez eu tenha sido mesmo.

Ah, sim. Isso é incrivelmente hipócrita da minha parte, mas o fato de nossa amizade existir lança uma luz desagradável sobre qualquer possível censura. Se alguém me criticar por imitar o trabalho dela, vai ser visto como um monstro por atacar uma pessoa que ainda está de luto.

Athena, a musa morta. E eu, a amiga sofredora, atormentada por seu espírito e incapaz de escrever sem invocar sua voz.

Viu só? Quem disse que eu não sei contar uma boa história?

Eu crio uma bolsa de estudos no nome de Athena no curso anual do Coletivo de Escritores Asiático-Americanos, onde ela passou um verão como estudante e três como professora convidada. A diretora, Peggy Chan, pareceu estar cheia de pulgas atrás da orelha quando liguei para falar de Athena, mas seu tom confuso mudou rapidinho quando percebeu que eu estava oferecendo dinheiro. Desde então, ela tem retuitado todas as notícias sobre o meu livro, enchendo minha página inicial do Twitter com mensagens como PARABÉNS! e MAL POSSO ESPERAR PRA LER!!! #VaiJune!

O entusiasmo dela me deixa um pouco desconfortável, ainda mais pelo fato de o resto de seu perfil conter exclusivamente coisas sobre racismo no mercado literário e a maneira grosseira como a indústria trata escritores de grupos marginalizados. Mas, se ela vai me usar, então também vou usá-la.

Enquanto isso, eu tomo o devido cuidado.

Pesquiso muito. Leio todas as fontes que Athena citou no rascunho, até que eu seja quase especialista no Chinese Labour Corps. Até tento aprender mandarim por conta própria, mas não importa o quanto eu me esforce, todos os caracteres são tão irreconhecíveis quanto as ciscadas de uma galinha no chão, e os diferentes tons parecem uma piada de mau gosto muito complicada, então desisto. (Mas tudo bem: achei uma entrevista antiga em que Athena admite que nem ela mesma falava mandarim fluentemente, e se a própria Athena Liu não conseguia ler as fontes primárias, então por que eu deveria?)

Crio um alerta de pesquisa no Google para o meu nome, o de Athena, e o de ambas em conjunto. A maior parte dos resultados da busca consiste em notas de imprensa que não me dizem nada que eu já não saiba: informações ostensivas sobre meu contrato, homenagens às obras de Athena e uma ou outra menção sobre como minha escrita é influenciada pela dela. Alguém escreve uma matéria sensível sobre amizades no universo literário, e acho engraçado ver June e Athena comparadas a Tolkien e Lewis, Brontë e Gaskell.

Durante algumas semanas, parece que estou a salvo. Ninguém faz perguntas de como cheguei às fontes usadas. Ninguém nem ao menos parece saber no que Athena estava trabalhando.

Um dia, vejo uma manchete no *Yale Daily News* que faz meu estômago se revirar.

Lá diz: YALE ADQUIRE RASCUNHOS E ANOTAÇÕES DE ATHENA LIU. O parágrafo de abertura menciona que OS CADERNOS DE ATHENA LIU, FALECIDA ROMANCISTA E EX-ALUNA DE YALE, EM BREVE FARÃO PARTE DO ARQUIVO LITERÁRIO MARLIN NA BIBLIOTECA MEMORIAL DE STERLING. O MATERIAL FOI DOADO PELA MÃE DE ATHENA, PATRICIA LIU, QUE EXPRESSOU SUA GRATIDÃO PELO FATO DE AS ANOTAÇÕES DA FILHA SEREM ETERNIZADAS PELA UNIVERSIDADE QUE A FORMOU...

Merda. Merda, merda, merda.

Athena registrava todos os seus esboços naquelas porcarias de cadernos Moleskine. Ela falou publicamente sobre esse processo.

— Anoto todas as ideias e pesquisas à mão — contou ela. — Isso me ajuda a pensar melhor, a identificar temas e conexões. Acho que é porque o ato físico de escrever força minha mente a desacelerar, a avaliar o potencial de cada palavra que estou escrevendo. Depois, quando eu termino de preencher uns seis ou sete cadernos, pego a máquina de escrever e começo a fazer um rascunho propriamente dito.

Não sei por que nunca pensei em pegar os cadernos também. Eles estavam bem ali na mesa, pelo menos uns três, com dois abertos ao lado do manuscrito. Mas eu estava em pânico naquela noite. Acho que imaginei que iriam para um depósito com o resto dos pertences de Athena.

Mas um arquivo público? Porra, sabe? A primeira pessoa que for escrever um artigo sobre ela (e haverá vários, tenho certeza) vai ver as anotações para *O último front* na mesma hora, que com certeza são longas e detalhadas. Vai me entregar na lata. E aí toda essa farsa vai pelos ares.

Não tenho tempo de me acalmar ou de pensar direito. Preciso cortar o mal pela raiz. Com o coração acelerado, pego o celular e ligo para a mãe de Athena.

A sra. Liu é deslumbrante. É verdade o que dizem por aí: mulheres asiáticas não envelhecem. Ela já deve estar com uns cinquenta e tantos anos, mas não parece ter passado dos trinta. Dá para perceber, pelo corpinho elegante e as maçãs do rosto acentuadas da mãe, a beldade etérea que Athena teria se tornado. O rosto da sra. Liu estava tão inchado de tanto chorar no funeral que eu não tinha notado como ela era estonteante. Agora, vendo de perto, ela se parece tanto com a filha que chega a assustar.

— Junie. Que bom ver você. — Ela me abraça na soleira. Sinto cheiro de flores secas. — Entre.

Eu me sento à mesa da cozinha. A sra. Liu me serve uma xícara fumegante de um chá de aroma floral intenso antes de se sentar também. Os dedos finos dela se fecham ao redor da própria xícara.

— Acredito que você veio falar sobre as coisas de Athena.

Ela é tão direta que, por um momento, me pergunto se está desconfiada de mim. Nem parece a mesma mulher calorosa e acolhedora que conheci no velório. Mas então noto que sua boca está flácida de cansaço e que as olheiras lançam sombras sobre seu rosto. E aí me dou conta de que ela só está tentando seguir em frente.

Eu tinha todo um leque de assuntos para puxar conversa: histórias sobre Athena, sobre Yale, comentários sobre luto e a dificuldade de aguentar cada minuto de cada dia quando um dos pilares da sua vida se foi tão de repente. Eu sei o que é passar por uma perda. E sei falar com as pessoas sobre isso.

Em vez disso, vou direto ao assunto.

— Eu li que a senhora vai doar os cadernos de Athena para o Arquivo Marlin.

— Vou. — Ela inclina a cabeça. — Acha que não é uma boa ideia?

— Não, não, sra. Liu, não foi isso que eu quis dizer. Eu só... estava me perguntando se poderia me contar como chegou a essa decisão. — Minhas bochechas estão queimando. Não consigo encará-la nos olhos, então baixo o olhar. — Quer dizer, só se a senhora se sentir confortável para falar sobre o assunto. Eu entendo que é impossível realmente falar sobre tudo, eu sei, e a senhora nem me conhece direito...

— Há algumas semanas, recebi um e-mail da bibliotecária encarregada do projeto — conta a sra. Liu. — Ela se chama Marjorie Chee. Uma ótima pessoa. Falamos ao telefone e ela me pareceu ter tanta familiaridade com o trabalho de Athena...

Ela suspira e beberica o chá. Por algum motivo, não consigo evitar pensar que o inglês dela é muito bom. Só há um leve indício de sotaque, e o vocabulário é vasto; as estruturas frasais são complexas e diversificadas. Athena sempre fez questão de falar que os pais dela imigraram para os Estados Unidos sem falar uma única palavra de inglês, mas o da sra. Liu me parece bem razoável.

— Bem, não entendo direito dessas coisas. Mas me parece que um arquivo público é uma boa maneira de fazer com que as pessoas se lembrem de Áthena. Ela era brilhante... Bom, disso você já sabe. A cabeça dela funcionava de um jeito tão fascinante. Tenho certeza de que estudiosos da literatura podem se interessar em fazer pesquisas sobre ela. Athena ficaria feliz com isso. Ela sempre ficava empolgada quando acadêmicos escreviam sobre o trabalho dela. Dizia que era uma validação muito melhor do que... ser adorada pelas massas. Palavras que ela mesma disse. Enfim, e eu nem teria nada de importante para fazer com esses cadernos.

A sra. Liu indica um canto com a cabeça. Sigo seu olhar e de repente perco o fôlego. Eles estão bem ali, todos empilhados sem a menor cerimônia em uma grande caixa de papelão, entre um enorme saco de arroz e o que parece ser uma melancia lisa e sem listras.

Sou tomada pelas fantasias mais bizarras. Eu poderia apanhá-los e sair correndo; já estaria a meio quarteirão de distância antes que a sra. Liu percebesse o que aconteceu. Eu poderia encharcar o apartamento inteiro de gasolina enquanto ela não está em casa e queimar os cadernos, e ninguém faria a menor ideia do que aconteceu.

— Você chegou a ler o que está escrito neles? — pergunto com cautela.

A sra. Liu suspira mais uma vez.

— Não. Até pensei em fazer isso, mas... É muito doloroso. Sabe, até mesmo quando Athena estava viva era difícil pra mim ler seus romances. Ela se inspirava tanto na própria infância, nas histórias que eu e o pai dela contávamos, nas coisas... nas coisas do nosso passado. Do passado da nossa família. Cheguei a ler seu primeiro livro, e foi aí que percebi como é difícil encarar essas memórias do ponto de vista de outra pessoa.

Ela engole em seco e toca a gola da blusa.

— Aí eu me pergunto se deveríamos tê-la poupado de tanto sofrimento.

— Eu entendo. Minha família se sente da mesma forma em relação ao meu trabalho.

— Ah, é mesmo?

Não, isso é mentira. Não sei o que me fez falar isso. Minha família não dá a mínima para o que eu escrevo. Meu avô reclamou de ter que pagar pelo meu diploma inútil de literatura durante os quatro anos em que frequentei Yale, e minha mãe ainda me liga uma vez por mês para perguntar se já decidi tentar alguma coisa que vá me render um emprego de verdade, como direito ou alguma consultoria. Rory até leu meu livro de estreia, embora não tenha entendido absolutamente nada; ela ficou me perguntando por que as irmãs eram tão insuportáveis, o que me deixou indignada, porque elas eram inspiradas *na gente*.

Mas o que a sra. Liu deseja no momento é companhia e compaixão. Quer ouvir as palavras certas. E, afinal de contas, de palavras eu entendo.

— Eles se sentem próximos demais do tema — respondo. — Também me inspiro muito na minha própria vida para escrever meus livros.

Essa parte é verdade. Meu primeiro livro era praticamente uma autobiografia.

— E eu não tive uma infância lá muito fácil, então, pra eles, é complicado… Quer dizer, eles não gostam de ser lembrados de seus erros. Não gostam de ver as coisas do meu ponto de vista.

A sra. Liu assente com entusiasmo.

— Entendo perfeitamente.

Vejo aí a minha deixa. E é tão óbvio que chega a parecer fácil demais.

— E, bom, é mais ou menos por causa disso que vim falar com a senhora. — Respiro fundo. — Vou ser sincera, sra. Liu.

Não acho que seja uma boa ideia que o público tenha acesso a esses cadernos.

Ela franze a testa.

— Por que não?

— Não sei o quanto a senhora sabe sobre o processo de escrita da sua filha...

— Sei bem pouco. Quase nada. Ela odiava falar sobre o próprio trabalho até que o livro estivesse finalizado. Ficava toda irritada se eu tocasse no assunto.

— Bom, aí é que está. Athena era muito reservada com as próprias histórias enquanto as concebia. Elas se baseiam em tantas memórias dolorosas... chegamos a falar disso uma vez. Athena descreveu o processo como se ela escavasse o passado em busca de feridas e as escancarasse para que pudessem sangrar outra vez.

Athena e eu nunca falamos com tanta intimidade sobre escrita. Eu li a parte de escancarar as feridas em uma entrevista. Mas é verdade, é realmente assim que Athena via seus projetos em andamento.

— Ela não poderia mostrar essa dor pra qualquer um até que tivesse aperfeiçoado o jeito como queria retratá-la, até que tivesse controle total sobre a narrativa, até que tivesse chegado a uma versão e a um raciocínio refinado com os quais se sentisse confortável. Mas naqueles cadernos estão seus pensamentos originais, puros e sem filtro. E eu não consigo não... Não sei, acho que doá-los para um arquivo seria um sacrilégio. Como se estivessem exibindo o cadáver dela.

Talvez eu esteja pegando um pouco pesado com essa imagem. Mas funciona.

— Minha nossa. — A sra. Liu cobre a boca com a mão. — Ai, minha nossa, eu não acredito...

— A decisão é sua, claro — me apresso em dizer. — A senhora tem todo o direito de fazer o que quiser com eles. Só que, como amiga, eu me senti na obrigação de contar essas coisas. Acho que Athena não teria desejado isso.

— Entendo. — Os olhos da sra. Liu estão vermelhos e marejados. — Obrigada, June. Eu nunca considerei a possibilidade de...

Ela fica em silêncio por um instante, encarando a xícara de chá. Depois pisca com força e ergue o olhar em minha direção.

— Quer ficar com eles pra você?

Eu estremeço.

— *Pra mim?*

— É muito doloroso ter esses cadernos por perto.

Os ombros dela afundam. Todo seu semblante murcha.

— E já que você a conhecia tão bem... — A sra. Liu meneia a cabeça. — Ah, o que estou dizendo? É uma enorme responsabilidade. Não, esqueça que falei isso.

— Não, não, é só que...

Será que eu deveria aceitar? Eu teria controle total sobre as anotações de Athena para *O último front* e sabe-se lá mais o quê. Ideias para futuros romances? Talvez até rascunhos completos?

Não, é melhor não ir com tanta sede ao pote. Já tenho o que eu quero. Se tentar conseguir mais, vou acabar deixando um rastro. A sra. Liu pode ser discreta, mas o que pode acontecer se o *Yale Daily News* noticiar, por mais inocente que seja, que agora eu estou em posse de todos esses cadernos?

E não é como se eu estivesse tentando construir toda minha carreira em cima de reaproveitar o trabalho de Athena. *O último front* foi um incidente especial e feliz, uma fusão de dois tipos de gênios. Qualquer texto que eu produzir a partir de agora será apenas meu. Não preciso dessa tentação.

— Eu não posso aceitar — recuso com gentileza. — Não me sentiria bem com isso. Talvez a senhora pudesse mantê-los em família.

O que eu queria mesmo é que ela os queimasse, que espalhasse as cinzas com as de Athena, para que daqui a algumas décadas ninguém, muito menos um parente enxerido, possa meter o nariz onde não é chamado e desenterrar o que deveria ter sido esquecido. Mas preciso fazer a sra. Liu acreditar que pensou nisso por conta própria.

— Não tem mais ninguém por perto. — Ela meneia a cabeça mais uma vez e funga. — Desde que o pai dela voltou para a China, éramos apenas Athena e eu, só nós duas. É por isso que eu concordei com o pessoal da Marlin, sabe? Pelo menos eles tirariam esse peso das minhas costas.

— Eu não confiaria em um arquivo público — reitero. — A senhora não tem como saber o que eles podem descobrir.

A sra. Liu arregala os olhos. De súbito, parece profundamente perturbada, e eu me pergunto no que estará pensando. Mas sei que é melhor não me intrometer. Já fiz o que tinha que fazer. Vou deixar que a imaginação dela corra solta.

— Ai, minha nossa — repete ela. — Não acredito...

Sinto um embrulho no estômago. Ela parece angustiada demais. Meu deus do céu. O que eu estou *fazendo*? De repente, o que eu mais quero é dar o fora dali. Danem-se os cadernos. Isso é errado pra cacete. Nem acredito que tive a cara de pau de vir aqui.

— Sra. Liu, eu não quero pressioná-la...

— Não. — Ela pousa a xícara sobre a mesa com um baque audível. — Não, você tem razão. Não vou exibir a alma da minha filha por aí.

Eu solto o ar, observando-a com cautela. Será que ganhei? Será que foi tão fácil assim?

— Se é isso mesmo que a senhora...

— Foi o que eu decidi. — Ela me encara, como se eu estivesse prestes a tentar convencê-la a mudar de ideia. — Ninguém verá aqueles cadernos. Ninguém.

Passo mais meia hora ali antes de ir embora, jogando conversa fora e contando à sra. Liu o que tenho feito depois do funeral. Eu menciono *O último front* e como Athena inspirou meu trabalho, e que espero que ela se sinta orgulhosa do que escrevi. Mas a sra. Liu não está interessada; está distraída, e pergunta três vezes se quero mais chá, embora eu já tenha dito que não. Está na cara que ela quer ficar sozinha, mas é educada demais para pedir que eu me retire.

Quando eu enfim me levanto, ela está observando as caixas, visivelmente aterrorizada com o que reside ali dentro.

Não paro de atualizar o site do Arquivo Marlin durante as próximas semanas, de olho em qualquer novidade sobre a coleção de Athena Liu. Mas não há nada. O dia em que os cadernos deveriam ficar disponíveis para o público, 30 de janeiro, passa despercebido. Um dia, faço uma busca no site do *Yale Daily News* e descubro que a nota original simplesmente saiu do ar sem maiores explicações. O link da notícia está quebrado, como se aquela história nunca tivesse existido.

Cinco

NA QUARTA-FEIRA DAQUELA SEMANA TENHO A PRIMEIRA reunião virtual com minha nova equipe de comunicação e marketing.

Fico tão nervosa que quase vomito. Minha última experiência com uma assessora de imprensa foi horrível. Era uma mulher loira de cara amarrada que se chamava Kimberly e que só me mandava pedidos de entrevista de influenciadores que tinham, no máximo, cinco seguidores. Quando eu pedia por algo mais, como talvez uma matéria em um site que as pessoas de fato conhecessem, ela me dizia:

— Vamos ver, mas depende do interesse do público.

Kimberly, assim como o resto do mundo, sempre soube que meu livro de estreia era um caso perdido. Ela só não tinha coragem de dizer isso na minha cara. Muitas vezes escrevia meu nome errado: Jane, em vez de June. Quando larguei minha antiga editora, ela me mandou um e-mailzinho curto e grosso que dizia apenas: Foi um prazer trabalhar com você.

Mas desta vez eu fico impressionada com o entusiasmo de todos. Emily, do departamento de comunicação, e Jessica, encarregada do marketing digital, já começam dizendo o quanto adoraram o manuscrito.

— Ele *exala* a seriedade de uma escritora com muito mais experiência — comenta Jessica, afobada. — E eu acho que vamos conseguir encaixá-lo muito bem entre os gêneros ficção histórica, que as mulheres adoram, e ficção militar, que combina com o público masculino.

Fico chocada. Parece que Jessica leu mesmo o meu livro. Isso é novidade para mim. Kimberly sempre parecia não saber se eu tinha escrito um romance ou uma autobiografia.

Em seguida, elas me apresentam a estratégia de marketing. Fico perplexa com o alcance. Estão mencionando propagandas no Facebook e no Goodreads, até mesmo anúncios em estações de metrô, embora não saibamos se alguém ainda presta atenção nisso. Também vão investir pesado em exposição em livrarias, o que significa que, no dia do lançamento, meu livro será a primeira coisa que as pessoas vão ver quando entrarem em qualquer Barnes & Noble dos Estados Unidos.

— Com certeza esse vai ser o livro *do ano* — garante Jessica. — Pelo menos estamos fazendo de tudo para que isso aconteça.

Estou sem palavras. Será que era assim que Athena era tratada? Será que lhe diziam desde o início que seu livro seria um sucesso?

Jessica encerra a apresentação do plano de comunicação e marketing com alguns prazos e datas para quando vão precisar de materiais de divulgação meus. Há uma pequena pausa na conversa. Emily clica três vezes a própria caneta.

— Então, a outra coisa que gostaríamos de conversar com você é, hã, sobre lugar de fala.

Percebo que eu deveria responder alguma coisa.

— Certo. Desculpa, mas o que você quer dizer com isso?

Ela e Jessica trocam olhares.

— Bom, a questão é que o romance se passa a maior parte do tempo na China — explica Jessica. — E tendo em vista todas as pautas recentes sobre, você sabe...

— Autenticidade cultural — completa Emily. — Não sei se você está a par das discussões na internet. Influenciadores de livros às vezes são bem... exigentes em relação a certas coisas hoje em dia...

— Só queremos nos precaver em caso de ataques — retoma Jessica. — Ou cancelamentos.

— Eu fiz bastante pesquisa — declaro. — Não é como se eu estivesse, sei lá, retratando estereótipos. Meu livro não é um desses...

— Claro, claro — concorda Emily com naturalidade. — Mas você... Quer dizer, você não é...

Entendo o que ela está insinuando.

— Não sou chinesa — respondo, seca. — Se é isso que você está tentando dizer. Meu livro não é uma "literatura de minorias", ou seja lá como chamam. Isso é um problema?

— Não, não. De jeito nenhum. Só estamos levando em conta todas as possibilidades. E você não é... mais nada?

Emily estremece assim que essas palavras saem de sua boca, como se soubesse que não deveria ter dito isso.

— Sou branca — esclareço. — Você está querendo dizer que vamos ter problemas por eu ter escrito essa história e ser branca?

Na mesma hora me arrependo de ter me expressado desse jeito. Estou sendo direta demais. Estou muito na defensiva, deixando minhas inseguranças à mostra. Tanto Emily quanto Jessica começam a piscar muito rápido, olhando uma para a outra como se estivessem torcendo para não ser a primeira pessoa a se pronunciar.

— Claro que não — responde Emily por fim. — Qualquer um deveria poder contar qualquer tipo de história. Só estamos pensando em como vamos te apresentar para que você transmita credibilidade para os leitores.

— Bom, eles podem confiar no que escrevi — afirmo. — Podem confiar em cada palavra que está escrita, e no sangue e suor que dei para escrever essa história.

— Claro, claro que podem — repete Emily. — E não estamos tentando invalidar isso.

— Claro que não estamos — enfatiza Jessica.

— Mais uma vez, acreditamos que qualquer pessoa pode contar qualquer tipo de história.

— Não estamos querendo censurar ninguém. Essa não é a filosofia que seguimos na Eden.

— Certo.

Emily então muda de assunto e me pergunta onde eu moro, para onde eu estaria disposta a viajar etc. A reunião termina bem rápido depois disso, antes que eu tenha a chance de me situar novamente. Emily e Jessica repetem o quanto estão animadas em relação ao livro, como foi maravilhoso me conhecer e que mal podem esperar para trabalhar comigo. Depois disso, elas somem, e eu me vejo diante de uma tela vazia.

Me sinto um lixo. Mando um e-mail para o Brett, desabafando sobre todas as minhas preocupações. Ele me responde uma hora depois, me garantindo que não há nada com que me preocupar. Diz que elas só querem deixar tudo às claras. Em relação a como vão me vender para o público.

Ao que parece, querem me posicionar como "cosmopolita". Jessica e Emily nos enviam longos e-mails detalhando o plano para a próxima segunda-feira: Achamos que o histórico de June é muito interessante, então fazemos questão de mostrá-lo aos leitores. Elas destacam todos os diferentes lugares em que morei quando criança: América do Sul, Europa Central, meia dúzia de cidades nos Estados Unidos que faziam parte do itinerário infinito do trabalho do meu pai como engenheiro civil. (Emily gosta muito da palavra "nômade".) Na minha mais nova bio de autora, elas destacam o ano que passei no Corpo da Paz, embora eu nunca tenha chegado nem perto da Ásia (fui ao México, onde gastei todo o espanhol que aprendi na escola e tive que ser mandada embora pelos médicos antes da hora porque contraí um vírus estomacal daqueles). Depois elas sugerem que eu publique sob o nome Juniper Song em vez de June Hayward ("Seu primeiro livro não atingiu o público que estamos buscando, e é melhor começar do zero. E Juniper é um nome tão, tão único. Que tipo de nome é esse? Soa até um pouco indígena."). Ninguém comenta que "Song" passará uma impressão diferente de "Hayward". Ninguém menciona explicitamente que "Song" pode ser confundido com um sobrenome chinês, quando, na verdade, é um nome que minha mãe inventou durante sua fase hippie nos anos 1980, e que por pouco não fui batizada como Juniper Serenity Hayward.

Emily me ajuda com uma matéria sobre identidade autoral e pseudônimos para o *Electric Lit*, em que explico que tomei a decisão de me reposicionar como Juniper Song para honrar meu passado e a influência de minha mãe na minha vida. Escrevo que: "Meu primeiro livro, *Sobre a figueira*, publicado sob autoria de June Hayward, se baseava no luto pela morte de meu pai. *O último front*, atribuído a Juniper Song, simboliza uma nova página na minha jornada criativa. Esta é a minha parte preferida da escrita: temos chances infinitas de reinventar a nós mesmos e as histórias que contamos sobre a gente. A escrita permite que reconheçamos cada aspecto de nossa ascendência e história."

É importante frisar que eu nunca menti. Nunca fingi ser chinesa nem inventei experiências de vida que não tive. O que estamos fazendo não é ilegal. Estamos apenas insinuando certos aspectos, para que os leitores levem tanto a mim quanto a minha história a sério, para que ninguém se recuse a ler meu trabalho por causa de algum julgamento antiquado quanto a quem pode escrever o quê. E se alguém presumir outra coisa ou ligar os pontos da maneira errada, isso não diz mais sobre eles do que sobre mim?

Tudo corre de maneira mais tranquila na parte editorial. Daniella ama o que fiz nas nossas trocas durante a edição. Tudo o que ela pede na terceira rodada são pequenas modificações em algumas frases, e também sugere que eu acrescente um *dramatis personæ*, que é um jeito chique de chamar a lista de personagens, acompanhados de uma descrição curta, para que os leitores não esqueçam quem é quem. Depois o texto vai para a preparação, que, até onde sei, é feita por criaturas sobre-humanas com olhos de águia para pegar erros de continuação invisíveis a olho nu.

Só nos deparamos com um problema, uma semana antes de a preparação ser finalizada.

Daniella me manda um e-mail do nada:

> Oi, June. Espero que esteja tudo bem. Dá pra acreditar que faltam só seis meses para o lançamento? Eu queria saber sua opinião sobre um assunto. A Candice sugeriu que contratássemos alguma pessoa de ascendência chinesa ou sino-diaspórica para fazer uma leitura sensível, e eu sei que o projeto já está bem avançado, mas você quer que a gente cuide disso pra você?

Leitores sensíveis são pessoas pagas para oferecer consultoria cultural e crítica para manuscritos. Por exemplo, digamos que um autor branco escreva um livro que envolva um personagem negro. Pode ser então que a editora contrate um leitor sensível negro para checar se a representação textual está sendo racista, seja de forma consciente ou inconsciente. Isso tem se popularizado nos últimos anos, à medida que mais autores brancos têm sido criticados por fazer uso de temas e estereótipos racistas. É um bom jeito de evitar ser cancelado no Twitter, embora às vezes o tiro saia pela culatra. Já ouvi histórias horríveis de pelo menos dois autores que foram forçados a cancelar a publicação de seus livros por causa de uma única opinião subjetiva.

Não vejo necessidade, escrevo de volta. Me sinto bem confiante com a pesquisa que fiz.

Na mesma hora, chega a notificação de uma resposta na minha caixa de entrada.

Oi, é a Candice. Acho que deveríamos mesmo contratar alguém que esteja familiarizado com a história e o idioma. June não faz parte da diáspora chinesa, e corremos o risco de causar danos de verdade se não contratarmos um leitor capaz de detectar erros nas frases em chinês, nas convenções de nomes ou no relato de racismo.

Solto um grunhido.

Candice Lee, a assistente editorial de Daniella, é a única pessoa na Eden que não gosta de mim. Ela nunca deixa isso claro a ponto de eu ter base para reclamar; é a educação em pessoa em seus e-mails, curte e retuíta tudo que posto sobre o livro nas redes sociais, e sempre me cumprimenta com um sorriso nas reuniões virtuais. Mas dá para perceber que é só fingimento; tem alguma coisa naquela expressão franzida e nas palavras rudes.

Talvez ela conhecesse Athena. Talvez seja uma dessas aspirantes a escritora que de dia estão sobrecarregadas em empregos mal remunerados numa editora e têm um manuscrito próprio inspirado na China, e por isso esteja com inveja por eu ter me dado bem e ela não. Eu entendo. Essa é a dinâmica padrão no mercado editorial. Mas não tenho nada a ver com isso.

Eu repito: Estou bem confiante com a pesquisa que fiz enquanto desenvolvia o livro. Não acho que seja necessário atrasar o processo a essa altura por conta de uma leitura sensível, ainda mais agora, que estamos com o prazo apertado para mandar as provas antecipadas para os leitores. Enviar. Isso deveria dar um basta no assunto. Mas, uma hora depois, recebo outra notificação na caixa de entrada. Candice continua batendo o pé. Ela encaminhou o e-mail para mim, Daniella e toda a equipe de comunicação e marketing.

Pessoal,

Eu gostaria de enfatizar mais uma vez a importância que dou a uma leitura sensível neste projeto. Dado o panorama atual, os leitores com certeza ficarão desconfiados em relação a alguém que esteja escrevendo sobre esse assunto sem as devidas vivências, e não tiro a razão deles. Entendo que isso atrasaria a produção, mas uma leitura sensível protegeria June contra acusações tanto de apropriação cultural quanto, na pior das hipóteses, de tirar proveito intencionalmente da cultura alheia. Isso mostraria que June quis retratar com boa-fé a comunidade da diáspora chinesa.

Meu deus do céu. Apropriação Cultural? Tirar *proveito* da cultura alheia? Qual é o *problema* dela? Encaminho o e-mail para Brett. Pode pedir pra ela baixar a bola?, pergunto. Agentes são intermediários maravilhosos durante discussões acaloradas como esta; permitem que você lave as mãos enquanto eles dão a facada. Acho que já fui bem clara, então por que ela ainda tá enchendo o saco?

Brett sugere que, em vez de trazer alguém de fora, Candice é quem deveria fazer a leitura sensível. Ela responde, curta e grossa, que é coreana-americana, não sino-americana, e que a sugestão de Brett é uma microagressão racista. (Nesse momento, decido que Candice só veio ao mundo para reclamar de microagressões.) Daniella intervém para acalmar os ânimos.

É claro que vão respeitar minha avaliação enquanto autora. Contratar um leitor sensível é uma escolha que cabe somente a mim, e eu já deixei claro que não quero. Vamos nos ater ao cronograma de produção original. Está tudo bem.

Na semana seguinte, Candice me envia um e-mail pedindo desculpas, e Daniella está em cópia. Não é um pedido sincero. Na verdade, é passivo-agressivo pra cacete: Sinto muito se você se ofendeu com minha sugestão editorial. Como você sabe, June, quero apenas ajudar a publicar *O último front* da melhor maneira possível.

Reviro os olhos, mas não perco as estribeiras. Já venci a discussão, e nunca vale a pena intimidar uma coitada de uma assistente editorial. Minha resposta é sucinta: Obrigada, Candice. Fico feliz.

Daniella continua a conversa com uma resposta privada para me informar que Candice foi retirada do projeto. Não vou precisar mais interagir com ela. Todas as demais comunicações sobre *O último front* podem ser encaminhadas diretamente para Daniella, Emily ou Jessica.

Peço desculpas por você ter precisado lidar com isso. Candice claramente tem uma opinião muito forte em relação a este projeto, e isso afetou sua análise das etapas de trabalho. Quero que saiba que tive uma conversa séria com ela sobre passar dos limites com os autores, e vou me certificar de que isso nunca se repita.

Ela parece se sentir tão culpada que por um momento quase fico com vergonha, temendo que eu tenha feito tempestade em copo d'água. Mas não é nada se comparado ao alívio que sinto por, pela primeira vez na vida, minha editora estar firmemente do meu lado.

* * *

Por acaso você já teve a chance de ver um conhecido passar de uma pessoa comum a subcelebridade em um piscar de olhos? Começar a exibir uma imagem polida, artificial e familiar para milhares de pessoas? Uma cantora de sucesso que foi da sua escola, ou então uma estrela do cinema que você reconhece como a loira com transtorno alimentar da faculdade? Você já se perguntou como funciona o mecanismo da popularização? Como alguém deixa de ser uma pessoa real, alguém que você de fato conhece, e se torna uma série de itens de marketing e comunicação, uma figura consumida e glorificada por fãs que acham que sabem quem ela é, quando na verdade não sabem, mas que entendem isso e mesmo assim a admiram?

Vi tudo isso acontecer com Athena um ano depois de nos formarmos na faculdade, às vésperas do lançamento de seu romance de estreia. Athena era uma Figurinha Conhecida em Yale, uma celebridade no campus, que recebeu várias declarações de amor anônimas no Dia dos Namorados daquele ano no grupo de Facebook, mas ainda não era famosa a ponto de ter uma página própria na Wikipédia, ou de os olhos do leitor comum se iluminarem ao ouvir alguém dizer o nome dela.

Isso mudou quando o *New York Times* publicou uma matéria para promovê-la, intitulada EX-ALUNA DE YALE FECHA CONTRATO DE SEIS DÍGITOS COM A RANDOM HOUSE; bem no meio da página, havia uma foto de Athena posando em frente à Biblioteca Memorial de Sterling, com uma blusa bem decotada e tão transparente que dava para ver os mamilos dela. Eles arremataram com a citação de um poeta famoso, à época professor adjunto em Yale, que considerava Athena uma "sucessora digna de personalidades como Amy Tan e Maxine Hong Kingston". Tudo se intensificou depois disso. O número de seguidores dela no Twitter saltou para quase cinquenta mil; o do Instagram chegou a centenas de milhares. Ela deu entrevistas regadas a elogios para o *Wall Street Journal* e o *HuffPost*;

uma vez, enquanto eu estava a caminho de uma consulta médica, fiquei surpresa ao ouvir o sotaque meio britânico de Athena, cristalino, singular e por vezes suspeito, preenchendo o Uber.

A isso se seguiu a criação de um mito em tempo real, a construção de uma persona considerada rentável ao extremo pela própria equipe editorial, além de uma dose saudável de exploração neoliberal. Mensagens complexas reduzidas a frases de efeito; biografias escolhidas a dedo pela excentricidade e o exoticismo. Isso de fato acontece com todo autor de sucesso, mas é mais estranho testemunhar o processo quando você é amiga da matéria-prima. Athena Liu escreve apenas em uma máquina de escrever da marca Remington (é verdade, mas isso só começou no último ano da faculdade, depois de ela roubar a ideia de um professor convidado famoso). Athena Liu foi finalista de um concurso nacional de escrita quando tinha apenas dezesseis anos (também é verdade, mas, fala sério; qualquer aluno do ensino médio consegue juntar meia dúzia de frases e ganhar uma dessas competições; não é difícil derrotar outros adolescentes cuja definição de arte consiste em plagiar letras das músicas da Billie Eilish). Athena Liu é um prodígio, um gênio, a Próxima Superestrela, a voz de sua geração. Confira os seis livros que Athena Liu considera essenciais (incluindo, é claro, Proust). Confira as cinco marcas de cadernos com bom custo-benefício que Athena Liu recomenda (ela só usa Moleskine, mas dê uma olhada nestas outras marcas se você for pobre)!

Que loucura, comentei com ela em uma mensagem enviada junto com o link para o último ensaio fotográfico na *Cosmo*. Eu nem imaginava que leitores da Cosmo sabiam ler direito.

HAHAH não é?!, respondeu ela. Nem reconheço a mulher na capa, eles me photoshoparam todinha. Minhas sobrancelhas não são assim.

É o hiper-realismo. Naquela época, ainda era descolado citar Baudrillard como se você tivesse lido as obras completas dele.

Exatamente, disse ela. Athena.0, ou Athena.1. Sou uma obra de arte. Um construto. Sou Athena Del Rey.

E quando foi minha vez de lançar um romance, eu tinha expectativas irreais de que o mercado editorial faria a mesma coisa comigo e com *Sobre a figueira*, de que algum mecanismo batido construiria minha persona pública sem que eu precisasse levantar um dedinho sequer, de que o departamento de comunicação e marketing pegaria na minha mão e me ensinaria exatamente o que vestir e dizer quando eu aparecesse em entrevistas para os maiores veículos de comunicação que tivessem conseguido para minha divulgação.

Em vez disso, minha editora me jogou aos leões. Tudo que aprendi sobre se autopromover veio de conversas no canal de um autor iniciante no Slack, onde todo mundo parecia tão perdido quanto eu, jogando posts de blogs obsoletos que haviam desenterrado dos cantos mais obscuros da internet. Todo autor *precisava* ter um site próprio, mas qual era melhor, WordPress ou Squarespace? Newsletters ajudavam mesmo a impulsionar as vendas ou eram apenas perda de tempo e dinheiro? Seria melhor contratar um profissional para tirar suas fotos de divulgação ou uma selfie no modo retrato tirada com o celular seria o suficiente? Você deveria criar outra conta de Twitter para sua persona autora? Você poderia postar baboseiras lá? Se você arranjasse tretas em público com outros autores, isso prejudicaria suas vendas ou aumentaria sua visibilidade? Ainda era legal ter tretas em público no Twitter? Ou agora as tretas ficavam reservadas apenas para o Discord?

Nem preciso dizer que essas entrevistas de destaque nunca aconteceram. O mais perto que cheguei disso foi quando recebi um convite de um cara chamado Mark, cujo podcast tinha uns quinhentos seguidores. Eu me arrependi de ter aceitado assim que ele começou a reclamar sobre o excesso de politização da ficção contemporânea. Comecei a me preocupar que ele talvez fosse um nazistinha.

Desta vez, recebo bem mais apoio da editora. Emily e Jessica estão disponíveis para sanar todas as minhas dúvidas. Sim, eu deveria ser mais ativa em todas as redes sociais. Sim, eu deveria incluir links de pré-venda em todas as postagens; o algoritmo do Twitter reduz a visibilidade de tuítes com links, mas dá para contornar a situação incluindo links ao final do fio ou na sua bio. Não, menções de destaque em revistas especializadas não significam lá grandes coisas, mas, sim, eu deveria me gabar delas porque hype artificial ainda é hype. Sim, o livro foi enviado para críticos dos maiores veículos de comunicação, e esperamos que pelo menos alguns digam algo positivo. Não, provavelmente não vamos conseguir estampar uma matéria na *New Yorker*, embora possamos retomar a conversa mais à frente, depois de mais alguns livros publicados.

Agora tenho dinheiro de verdade, então contrato uma fotógrafa para um novo ensaio de fotos de divulgação. As antigas foram tiradas por uma colega de faculdade da minha irmã, uma fotógrafa amadora chamada Melinda, que calhou de estar disponível quando precisei e me cobrou uma parcela ínfima do valor que encontrei em qualquer outro lugar na internet. Franzi o rosto de inúmeras formas, tentando evocar o estilo sensual, misterioso e sério das fotos de Escritoras Famosas. Tentei incorporar Jennifer Egan e Donna Tartt.

Athena sempre parecia uma modelo nas fotos, com o cabelo esvoaçante emoldurando o rosto, a pele de porcelana emanando um brilho, os lábios grossos entreabertos com os cantos levemente curvados para cima, como se soubesse de uma piada interna que não te contou, e uma das sobrancelhas arqueada como se estivesse te desafiando a encará-la. É fácil vender livros quando você é linda. Já aceitei há muito tempo que só tenho uma beleza mediana, e só de determinados ângulos e com as luzes certas, então apelei para outra opção, que é "parecer atormentada de uma maneira profunda e brilhante". Mas é difícil transmitir tudo isso para a câmera, e fiquei horrorizada quando Melinda me enviou as fotos finais. Eu parecia estar tentando prender um espirro, ou o número dois, mas com medo demais de alguém descobrir. Quis refazer tudo do zero, quem sabe com um espelho ao fundo para que eu pudesse ver que merda eu estava fazendo, mas me senti mal por desperdiçar o tempo de Melinda, então escolhi a melhorzinha, em que eu até parecia gente, mas não comigo mesma, e paguei a ela cinquenta dólares pelo esforço.

Desta vez, desembolso quinhentos dólares para uma fotógrafa profissional em Washington, chamada Cate. Tiramos as fotos em seu estúdio, onde ela utiliza todo tipo de equipamento de luz que nunca vi na vida, e só me resta torcer para que escondam minhas cicatrizes de acne. Cate é ligeira, amigável e profissional. Suas instruções são claras e diretas:

— Levanta o queixo. Relaxa um pouco o rosto. Agora vou te contar uma piada, e quero que você reaja como quiser, só não preste atenção na câmera. Lindo. Ah, ficou lindo.

Alguns dias depois, ela me manda uma seleção de fotos com marca d'água. Fico maravilhada em ver como saio bonita, ainda mais nas fotos que tiramos ao ar livre. Sob o pôr do sol, eu fico com um bronzeado saudável, o que me faz parecer racialmente ambígua. Meu olhar recatado observa algo na lateral; minha mente parece repleta de pensamentos profundos e enigmáticos. Eu me pareço com alguém que poderia escrever um livro sobre trabalhadores chineses durante a Primeira Guerra Mundial e fazer jus ao tema. Eu me pareço com uma Juniper Song.

Seguindo a sugestão de Emily, começo a investir em minha presença nas redes sociais. Até então, só tinha tuitado baboseiras aleatórias e piadas sobre Jane Austen. Mal tinha seguidores, então não fazia diferença o que eu dizia ou deixava de dizer. Mas agora que estou sob os holofotes por causa do meu contrato literário, quero passar a melhor impressão. Quero que influenciadores, críticos e leitores saibam que sou o tipo de pessoa que se importa com as causas certas, entende?

Analiso o feed do Twitter de Athena e de quem ela segue para ver que figuras da comunidade asiática eu deveria acompanhar, de que conversas eu deveria participar. Reposto opiniões controversas sobre *bubble tea*, glutamato monossódico, BTS e um drama chamado *O indomável*. Aprendo que é importante ser contra o PCCh (o Partido Comunista da China), mas a favor da China (não sei muito bem qual é a diferença). Aprendo quem são os "little pinks", a juventude chinesa ultranacionalista, e os "tankies", os comunistas leninistas linha-dura, e me certifico de não demonstrar apoio a nenhum dos dois sem querer. Denuncio o que está acontecendo em Xinjiang. Tomo partido de Hong Kong. Começo a ganhar dezenas de seguidores por dia quando passo a me pronunciar sobre essas questões, e quando percebo que muitos dos meus seguidores são pessoas racializadas ou têm coisas do tipo #VidasNegrasImportam e #PalestinaLivre nas bios, sei que estou no caminho certo.

E, simples assim, minha persona pública surge. Adeus, June Hayward, autora desconhecida de *Sobre a figueira*. Olá, Juniper Song, autora do maior hit do ano, brilhante, enigmática e melhor amiga da falecida Athena Liu.

Nos meses que antecedem o lançamento de *O último front*, a equipe de comunicação de marketing da Eden faz de tudo para garantir que todos nos Estados Unidos saibam da existência do livro.

Eles enviam provas antecipadas para outros escritores famosos da editora, e, embora nem todo mundo tenha tempo de ler, alguns autores best-sellers chegam a dizer coisas gentis como "Apaixonante!" e "Uma voz cativante", e Daniella vai pedir que coloquem os elogios na sobrecapa da edição em capa dura. A arte de capa ficou pronta mais ou menos um ano antes da data de lançamento. Daniella me pediu para montar uma pasta no Pinterest com referências do que eu esperava do design. (Autores geralmente têm alguma opinião sobre temas e ideias gerais para a capa, mas, fora isso, a gente aceita que não sabe de nada e deixa o processo fluir.) Procurei fotos do Chinese Labour Corps no Google e encontrei algumas legais em preto e branco dos trabalhadores. Há uma em particular que achei encantadora: nela, cerca de oito trabalhadores sorriem radiantes para a câmera. Eu a envio para Daniella. Que tal?, perguntei. Está em domínio público, então nem precisamos nos preocupar com os direitos de imagem.

Mas ela e o departamento de arte não acharam que transmitia a ideia certa. Não queremos que pareça um livro histórico de não ficção, respondeu ela. Você escolheria um livro assim se estivesse zanzando pela livraria?

No fim, escolhemos um tema mais moderno. As palavras "O último front" impressas em letras enormes, compondo um fundo abstrato e de apenas duas cores sobre algo que parece um vilarejo francês em chamas. Queremos cores que enfatizem a valentia, o épico e o romance, explicou Daniella. E você vai notar que há caracteres chineses nas bordas da parte interna da sobrecapa; com isso, os leitores vão saber que podem esperar algo diferente desse livro.

É uma capa robusta, séria, interessante. Lembra, ao mesmo tempo, qualquer romance da Primeira Guerra Mundial que foi publicado nos últimos dez anos e também algo novo, instigante e original. Perfeita, escrevi para Daniella. Está perfeita.

Agora que a data de lançamento se aproxima, começo a ver propagandas do livro por toda parte: Goodreads, Amazon, Facebook e Instagram. Colocaram uma até mesmo no metrô. Ou não me contaram ou me passou batido, porque quando desembarco na estação Franconia-Springfield e vejo a capa do meu livro estampada na parede oposta à plataforma, fico tão atordoada que nem consigo me mexer. *Aquele é o meu livro. Aquele é o meu nome.*

— *O último front* — comenta uma mulher ao meu lado para o companheiro. — Escrito por Juniper Song. Hum.

— Parece bom — responde o homem. — A gente podia dar uma olhada.

— Claro — concorda a mulher. — Pode ser.

Um arrepio de alegria me toma naquele instante, e embora soe tão clichê que daria para achar que estou imitando uma atriz de série ruim, eu fecho os punhos e pulo alto, dando um soquinho no ar.

As novidades não param de chegar. Brett me manda um e-mail com atualizações sobre a venda dos direitos internacionais. Já vendemos para Alemanha, Espanha, Polônia e Rússia. A França ainda não fechou, mas estamos dando um jeito nisso, garante ele. Ninguém vende bem na França. Se os franceses gostarem de você, então tem alguma coisa errada.

O último front começa a entrar em listas de indicação variadas como "Os dez melhores livros do verão", "Estreias mais aguardadas" e, por incrível que pareça, "As quinze leituras obrigatórias para uma ida à praia", da PopSugar. Nem todo mundo quer ler sobre a Primeira Guerra na praia, faço piada no Twitter. Mas se você for doido que nem eu, talvez curta esta lista!

Meu livro chega até mesmo a ser escolhido para um clube de leitura de uma mulher branca conservadora, mais conhecida por ser filha de um político conservador proeminente, e isso me deixa moralmente desconfortável, mas aí percebo que, se os leitores do clube do livro são majoritariamente mulheres brancas conservadoras, então não seria o tipo de romance capaz de ampliar a visão de mundo delas?

No Reino Unido, *O último front* é escolhido para o Readaholics Book Box, um clube de assinatura de livros. Eu nem sabia que caixas surpresa eram uma indústria tão grande, mas aparentemente esses serviços de assinatura enviam livros em pacotes bonitinhos junto com brindes para centenas de milhares de clientes todos os meses. A edição do Readaholics Book Box de *O último front* terá um corte especial nas bordas das páginas, e será enviada com uma ecobag de couro vegano, um chaveiro colecionável de diferentes animais do zodíaco chinês esculpidos em jade (por um valor a mais, é possível responder a um quiz on-line para descobrir seu signo) e uma seleção de chá verde de origem sustentável de Taiwan.

A Barnes & Noble decide fazer uma edição especial exclusiva autografada, o que significa que, quatro meses antes do lançamento, vou receber no meu apartamento oito pacotes gigantes de frontispícios, que são páginas em branco onde só consta o título do livro, que serão acrescentados aos exemplares impressos assim que eu os autografar. Essa tarefa leva *um tempão*, e eu passo as duas semanas seguintes tendo noites de "vinho e autógrafos", em que me sento na frente da TV com uma pilha de papéis e uma garrafa de merlot enquanto vejo *Império da ostentação* e assino "Juniper Song" numa letra gigante e toda enfeitadinha.

Será que são sinais do nascimento de um best-seller? Têm que ser. Por que ninguém já revela logo de cara o quanto seu livro é importante para a editora? Antes de *Sobre a figueira* ser publicado, eu trabalhei feito corna, dando entrevistas em blogs e podcasts, torcendo para que, quanto mais eu ralasse para divulgar o livro, mais a editora recompensaria meus esforços. Mas agora vejo que os esforços de um autor não têm nada a ver com o sucesso de um livro. Best-sellers são escolhidos. Nada do que você faz importa. Você só aproveita as regalias que surgem no caminho.

***

As primeiras resenhas começam a serem publicadas dois meses antes da data de lançamento oficial.

Eu crio o hábito de ler cada nova resenha no Goodreads à noite, só para ter um pico de serotonina. É aconselhado que autores nunca olhem o Goodreads, mas ninguém segue esse conselho. Nenhum de nós consegue resistir à tentação de saber o que estão achando do nosso trabalho. De qualquer forma, *O último front* está arrasando. A média das avaliações é 4.89, o que é ótimo, e a maioria das resenhas mais votadas é tão espalhafatosamente positiva que mal me incomodo quando aparecem algumas dando três estrelas.

Mas uma noite vejo algo que faz meu coração parar.

Uma estrela. *O último front* recebeu sua primeira resenha com uma estrela, de um usuário chamado CandiceLee.

Não é possível. Eu clico no perfil dela, querendo saber se é só uma coincidência. Não. É CandiceLee, de Nova York, que atua no mercado editorial. Autores favoritos: Cormac McCarthy, Marilynne Robinson e Jhumpa Lahiri. Ela não é muito ativa no Goodreads, já que sua última resenha foi para uma coletânea de poemas em 2014, o que significa que não foi por acaso. O dedo dela não escorregou sem querer. Está na cara que a Candice acessou a própria conta de propósito para avaliar meu livro com uma estrela.

Com os dedos tremendo, eu tiro um print da avaliação e envio para minha editora.

Oi, Daniella.

Sei que você falou para eu não olhar o Goodreads, mas uma amiga me mandou isto aqui e eu estou um pouco preocupada. Achei uma enorme falta de profissionalismo. É claro que, tecnicamente, a Candice tem o direito de dar a opinião que quiser sobre o meu trabalho durante as horas vagas, mas, depois do que aconteceu com a leitura sensível, isso aqui me parece proposital...

Abraços,
June

Daniella me responde logo de manhã.

Obrigada por me contar. Isso não foi nem um pouco profissional. Vamos lidar com o assunto internamente.

Conheço o tom dos e-mails de Daniella bem o bastante para saber que ela está irritada. Frases curtas e sucintas. Ela nem ao menos colocou assinatura no final. Daniella está *furiosa*. Ótimo. Meu estômago se revira com um calor vingativo. A Candice mereceu. Tirando a confusão da leitura sensível, que tipo de psicopata faria uma merda dessas com os sentimentos de uma autora? Ela não deveria saber como é estressante e aterrorizante publicar um livro? Eu me deleito por um instante ao imaginar que tipo de discórdia plantei no escritório da Eden esta manhã. E embora eu jamais vá dizer isto em voz alta sobre outra mulher, pois o mercado editorial já é puxado do jeito que é, torço muito para que aquela filha da puta seja demitida.

Seis

MESES SE TORNAM SEMANAS, QUE SE TORNAM DIAS, E DE repente o livro foi publicado. Da última vez, aprendi da pior maneira que para a maioria dos autores o dia de lançamento é recheado de decepção e tristeza. Na semana que antecede o lançamento, tem-se a impressão de que aquela será a contagem regressiva para algo grandioso, que haverá festejos e aclamações do público, que o livro vai decolar para o topo das listas de mais vendidos e permanecer lá. Mas a verdade é que tudo não passa de uma enorme decepção. É divertido entrar nas livrarias e ver seu nome nas prateleiras, isso é fato (a menos que você não seja um dos lançamentos mais aguardados e seu livro esteja escondido entre outros títulos, ou pior: nem esteja à venda na maioria das lojas). Mas, fora isso, você não recebe feedback imediato. As pessoas que compraram o livro ainda não tiveram tempo de concluir a leitura. A maior parte do dinheiro vem da pré-venda, então está quase tudo às moscas na Amazon ou no Goodreads ou em qualquer outro site que você fique checando feito doida o mês inteiro anterior ao lançamento. E aí você acumula muita esperança e energia para, no fim das contas, elas não terem para onde ir.

Também não há um momento exato e devastador em que você percebe que seu livro fracassou. Há apenas um zilhão de decepções, empilhadas umas em cima das outras conforme os dias passam e você compara suas vendas com as de outros autores, enquanto vê o mesmo exemplar autografado pegando poeira na estante da livraria do bairro toda vez que você passa para dar uma olhada. Há apenas e-mails da sua editora chegando a conta-gotas, dizendo que "as vendas estão indo mais devagar do que o esperado, mas estamos torcendo para que deslanchem logo", seguido de um silêncio absoluto e inescrutável. Há apenas a sensação crescente de horror e desolação, até que a amargura chega ao limite, até que você comece a se sentir idiota por ter acreditado que poderia mesmo ser escritora.

Então, com *Sobre a figueira*, eu aprendi a não criar muita expectativa.

Mas desta vez parece algo especial. Desta vez, aprendo de novo como é diferente o mundo vivido por escritores como Athena. No dia do lançamento, a Eden manda um champanhe numa caixa linda para o meu apartamento. *Parabéns*, diz o bilhete de Daniella escrito à mão e pregado ao pacote. *Você merece.*

Pego a garrafa, tiro uma selfie e publico a foto no Instagram com a legenda: CHEGOU O GRANDE DIA! Estou muito emocionada e nervosa. Gratidão por ter a melhor equipe do mundo. Recebo duas mil curtidas em uma hora.

Vejo os coraçõezinhos se acumulando e recebo a torrente de serotonina que sempre esperei sentir em um dia de lançamento. Ao longo da manhã, pessoas desconhecidas me marcam em posts de parabenização, resenhas e fotos do meu livro nas pilhas de lançamentos da Barnes & Noble ou na vitrine com uma etiqueta de recomendação nas livrarias independentes de bairro.

Uma livreira me marca em uma foto de uma *pirâmide* de livros, com a seguinte legenda: TÔ PRONTA PRA VENDER CEM EXEM-PLARES DE O ÚLTIMO FRONT NO PRIMEIRO DIA! VAMBORAAAA. O senso comum diz que as redes sociais são um péssimo parâmetro para determinar se um livro está vendendo bem. O Twitter não reflete a ecosfera mais ampla de consumo de livros, e obras que recebem bastante hype costumam ser resultado da presença exacerbada da equipe do autor no Twitter. Curtidas e seguidores não necessariamente se traduzem em vendas.

Mas será que esse hype todo não quer dizer alguma coisa? Recebo resenhas na *NPR*, no *New York Times* e no *Washington Post*. Com *Sobre a figueira*, eu me senti sortuda por ter uma resenha na *Kirkus*, mesmo estando mais para um resumo da trama. Mas todos estão falando sobre *O último front* como se soubessem que vai ser um sucesso. E eu me pergunto se essa é a parte obscura de como o mercado editorial funciona: se os livros só se tornam um sucesso estrondoso porque, em algum momento, todo mundo decidiu, sem motivo, que aquele seria o queridinho da vez.

Por mais arbitrária que seja, fico feliz que a situação esteja a meu favor.

Naquela noite, tenho um evento de lançamento na livraria Politics and Prose perto do bairro de Waterfront. Já estive lá algumas vezes como ouvinte. É o tipo de lugar em que ex-presidentes e celebridades palestram durante turnês de livros; alguns anos atrás, vim aqui para assistir a uma leitura de Hillary Clinton. Athena fez o lançamento de seu primeiro livro aqui. Quando Emily me contou que havia reservado esta livraria, soltei um gritinho diante da tela do computador.

Preciso me acalmar antes de passar pela porta. A editora de *Sobre a figueira* organizou uma turnê que passaria por livrarias de "diversas cidades", mas nenhuma das lojas que visitei teve um público maior do que dez pessoas. E é doloroso, de verdade, se esforçar para fazer uma leitura e responder às perguntas do público quando as pessoas se levantam para ir embora bem no meio da sua fala. É ainda pior ficar sentada e autografar uma pilha de exemplares encalhados depois dos eventos, enquanto o gerente da loja fica por perto e tenta, de maneira constrangedora, puxar conversa e dizer que deve estar vazio porque é feriado e as pessoas estão ocupadas fazendo compras, e que a livraria não teve tempo suficiente de divulgar o evento e por isso não apareceu tanta gente assim. Depois da segunda cidade, eu quis encerrar a turnê, mas é mais humilhante cancelar tudo do que engolir o choro e seguir em frente, um minuto de cada vez, com seu coração se partindo o tempo todo enquanto você se dá conta de sua irrelevância e sua estupidez por ter nutrido esperanças.

Mas hoje à noite a livraria está abarrotada. Quase não tem espaço para ficar de pé, então as pessoas estão até sentando de pernas cruzadas no corredor. Quase vou embora. Fico parada na entrada, checando o celular, confirmando que a hora e a data estão certas, porque isso não pode ser verdade. Será que confundi a data da minha leitura com a da Sally Rooney? Mas o gerente me vê e me conduz até o escritório nos fundos. Lá ele me oferece uma garrafa de água e algumas balas de hortelã, e de repente a ficha cai: não é um engano, é tudo real, e todas essas pessoas estão aqui por *minha* causa.

Aplausos ecoam ao meu redor quando me dirijo ao local da leitura. O gerente me apresenta, depois tomo meu lugar no púlpito, com os joelhos tremendo. Nunca falei para tantas pessoas na minha vida. Por sorte, vou fazer essa leitura antes do bate-papo, então tenho um tempinho para me ambientar. Escolhi um trecho bem no meio do livro: um recorte que servirá como um ponto de partida fácil para o público. E, acima de tudo, é uma das cenas com mais intervenções minhas. Estas frases são minhas, este brilho é meu.

— "O oficial britânico encarregado pelo esquadrão dos homens de Ah Lung parecia perpetuamente temeroso de que esses estrangeiros se voltassem contra ele a qualquer momento." Minha voz treme, mas depois fica firme. Eu tusso, dou um gole na garrafa de água e continuo. Estou bem. Eu dou conta disto.

— "'Mantenha-os confinados', aconselhara um de seus colegas quando ele chegou ao posto. 'Eles trabalham bem, mas você precisa se certificar de que não se tornarão um incômodo generalizado.' Então ele proibiu que os homens ultrapassassem a cerca de arame farpado por qualquer motivo sem autorização explícita, e Ah Lung passou suas primeiras semanas na França andando com cautela, receando alarmes e disparadores, perguntando-se por que, se ele estava ali para agregar aos esforços de guerra, tratavam-no como a um prisioneiro."

Deu tudo muito certo. Dá para perceber quando você tem a plateia na palma da sua mão. Há certo silêncio, certa tensão, como se você os tivesse fisgado de jeito e a linha do anzol estivesse esticada ao máximo. Minha voz se apura; está clara, interessante e vacilante o suficiente para que eu pareça vulnerável e humana, mas controlada. E sei que fico bem com a legging cinza, as botas marrons e o suéter vinho justo e de gola rulê que escolhi vestir esta noite. Eu sou uma Jovem Autora Séria. Sou uma Estrela Literária.

Termino a leitura e recebo aplausos entusiasmados. A sessão de bate-papo também segue de maneira tranquila. As perguntas são fáceis e dão a chance de eu me exibir ("Como você deu conta de pesquisar um tema histórico tão específico enquanto ainda trabalhava?", "Como conseguiu tornar a ambientação histórica tão rica e palpável?") ou então são extremamente lisonjeiras ("Como você mantém o pé no chão sendo tão bem-sucedida ainda tão jovem?", "Você se sentiu pressionada depois de conseguir um contrato tão importante?").

Minhas respostas são engraçadinhas, bem articuladas, meticulosas e modestas.

— Não sei se estou dando conta de tanta coisa assim. Por exemplo, não faço ideia de que dia da semana é hoje. Mais cedo eu esqueci meu próprio nome.

Ouço risadas.

— É claro que tudo que escrevi na faculdade era uma bobajada sem fim, já que universitários não sabem escrever nada além de romances sobre a vida universitária.

Mais risadas.

— Quanto a como eu abordo ficção histórica, acho que me inspiro na técnica de fabulação crítica de Saidiya Hartman, que é uma forma de ir contra a corrente durante a escrita, inserindo empatia e realismo aos registros de uma história que nos parece abstrata.

Vejo pessoas assentindo, pensativas e impressionadas.

Elas me amam. Não conseguem tirar os olhos de mim. Estão aqui por minha causa, sorvendo cada uma de minhas palavras, com a atenção completamente tomada *por mim*.

E pela primeira vez a ficha cai de que eu consegui, aconteceu, funcionou. Eu me tornei uma das escolhidas, fui considerada relevante pelos Todo-Poderosos. Estou surfando na minha sintonia com o público, rindo junto deles, seguindo o ritmo de suas perguntas. Já até me esqueci das minhas respostas ensaiadas e forçadas; estou agindo no mais completo improviso, e cada palavra que enuncio é sagaz, admirável e cativante. Estou com a bola toda.

Até que eu a vejo.

Bem ali, na primeira fileira, em carne e osso, lançando uma sombra tão palpável e presente que não é possível que eu esteja alucinando. Veste o xale verde-esmeralda que é sua marca registrada, e ele envolve seu corpo esbelto de tal maneira que seus ombros parecem magros, vulneráveis e elegantes, tudo ao mesmo tempo. Ela está curvada de maneira graciosa na cadeira dobrável de plástico, jogando seu reluzente cabelo preto por cima dos ombros.

Athena.

O sangue martela minha cabeça. Eu pisco diversas vezes, torcendo, desesperada, para que ela seja um fantasma, mas toda vez que abro os olhos ela ainda está ali, sorrindo para mim, cheia de expectativas, com seus luminosos lábios vermelho--cereja. *Stila Stay All Day*, penso freneticamente, porque conheço aquele batom, já que antes do meu lançamento li uma dezena de vezes aquela matéria idiota na *Vogue* em que Athena deu dicas de maquiagem. *Da cor de um beijo.*

Calma. Talvez haja alguma outra explicação. Talvez seja a irmã dela, alguém que seja a cara de Athena. Uma prima, uma gêmea? Mas ela não tinha irmãs, nem qualquer familiar distante da mesma geração. A sra. Liu deixou isso bem claro. *Éramos apenas Athena e eu.*

A magia se perde. Tonta e com a boca seca, termino o bate-papo aos trancos e barrancos. Perdi qualquer poder que eu tinha sobre o público. Alguém me pergunta se o que estudei em Yale influenciou *O último front* e, do nada, não consigo lembrar o nome de nenhuma matéria que cursei.

Fico olhando para Athena, torcendo para que ela desapareça e não passe de um fruto da minha imaginação, mas ela continua *bem ali*, me observando daquele jeito sereno e inescrutável dela, julgando cada palavra que sai da minha boca.

E aí o tempo acaba. Fico sentada em meio aos aplausos, tentando ao máximo não desmaiar. O gerente da livraria me leva até a mesa diante da fila de autógrafos e eu me forço a sorrir enquanto cumprimento um leitor atrás do outro. Sorrir, fazer contato visual, puxar conversa e autografar um livro sem errar meu próprio nome ou o da pessoa que o comprou exige certa maestria. Tive a chance de praticar um pouco em eventos de pré-lançamento, e em um dia bom consigo conciliar tudo e enfrentar apenas um ou dois momentos de silêncio constrangedor. Mas hoje estou toda atrapalhada. Pergunto duas vezes para a mesma pessoa como está sendo seu dia e escrevo o nome de um cliente tão errado que a livraria lhe oferece um exemplar novo de graça.

Estou morrendo de medo de Athena se materializar na minha frente com um livro em mãos. Fico esticando a cabeça para procurar seu xale verde no meio da fila, mas parece que ela evaporou.

Será que mais ninguém percebeu? Será que sou a única que a viu?

Os funcionários notam que tem algo errado. Sem me consultar, eles fazem o resto da fila se apressar, lembrando a todos de que devem fazer perguntas breves pois já está bem tarde. Quando o evento chega ao fim, não me perguntam se quero sair para jantar ou beber. Apenas me cumprimentam e me agradecem pela presença. O gerente se oferece para me chamar um Uber, e eu aceito de bom grado.

Em casa, arranco os sapatos e me encolho na cama.

Meu coração está acelerado, a respiração, ofegante. Meu cérebro está zumbindo tão alto que mal consigo escutar meus pensamentos, e sinto uma fisgada na base do crânio, como se eu estivesse me retraindo até desaparecer do meu próprio corpo. Dá para sentir um ataque de pânico se aproximando. Não, ele não está se aproximando, está me *atropelando*. Passei a última hora inteira em estado de pânico, e só agora que estou em um ambiente privado é que experimento toda sorte de sintomas. Meu peito aperta. Minha visão se ofusca e se reduz a um pontinho minúsculo.

Tento seguir o passo a passo que a dra. Gaily me ensinou. O que estou vendo? O cobertor bege, com a lateral manchada de base e borrões de rímel. Do que sinto o cheiro? Da comida coreana que pedi mais cedo para o almoço e que continua sobre a mesa porque eu estava agitada demais para comer antes do evento; do aroma de limpeza do sabão que usei para lavar o lençol. O que consigo ouvir? O trânsito lá fora e meu coração martelando. Do que sinto o gosto? De champanhe velho, já que acabei de notar a garrafa meio vazia que abri de manhã.

Isso tudo ajuda a me recompor, mas minha mente ainda está acelerada, e meu estômago embrulha com o enjoo. Preciso chegar ao banheiro. Deveria pelo menos tomar um banho e tirar toda a maquiagem, mas estou zonza demais para me levantar.

Em vez disso, pego o celular.

Procuro o nome de Athena no Twitter, depois o meu, e depois os dois juntos. Primeiro os nomes próprios, depois só os sobrenomes, e então os nomes completos, com e sem hashtag. Procuro menções à livraria Politics and Prose. Procuro o perfil de todos os funcionários de quem me lembro.

Mas não há nada. Sou a única que viu Athena. As pessoas só falam no Twitter de como o evento foi maravilhoso, que sou bem articulada e parecia entusiasmada, e de como estão animadas para ler *O último front*. Minha busca por "June+Athena" oferece apenas um novo tuíte publicado há uma hora, escrito por uma pessoa aleatória que presumo ter estado na plateia:

A leitura de Juniper Song de "O último front" hoje à noite foi absolutamente incrível, e ficou óbvio por que ela acredita que o livro é uma homenagem à amiga; na verdade, enquanto ela falava de seu processo criativo, parecia até que o fantasma de Athena Liu estava ali entre nós.

Sete

ALCANÇO O TERCEIRO LUGAR DA LISTA DE MAIS VENDIDOS do *New York Times* na quarta-feira seguinte. Daniella me manda um e-mail contando a novidade: Parabéns, June! Ninguém por aqui ficou surpreso, mas sei que você estava ansiosa, então aqui está a prova oficial. Você conseguiu :)

Brett responde alguns minutos depois. URRUUUL!

Emily, do departamento de comunicação, surta no Twitter, o que desencadeia uma enxurrada de tuítes, postagens no Instagram e DMs felizes. A conta oficial da Eden me marca em um tuíte com um GIF de duas mulheres pulando sem parar com uma garrafa de champanhe. JUNIPER SONG, AUTORA BEST-SELLER DO NEW YORK TIMES!

Ai, meu deus.

Ai, meu *deus*.

Isso é tudo o que eu sempre quis. Pelos números da pré-venda, sabíamos que era provável que eu entrasse na lista, mas ver a prova disso impressa me faz ter rompantes de prazer. Aqui está meu selo de aprovação. Sou uma autora best-seller. Eu consegui.

Passo quase meia hora sentada à minha mesa, encarando o celular enquanto as mensagens de parabéns não param de chegar. Quero berrar de alegria com alguém, mas não sei para quem ligar. Minha mãe não vai se importar, ou talvez apenas finja que sim e faça perguntas vazias sobre como a lista funciona, e isso seria ainda pior. Rory ficaria feliz por mim, mas não entenderia por que isso é uma conquista tão grande. O quarto nome no meu histórico de chamadas é um ex que quis me comer quando esteve de passagem na cidade a trabalho, e eu definitivamente não posso contar para *ele*. Não sou próxima o bastante de nenhum dos meus amigos escritores, então até poderia soar como se eu estivesse me gabando de forma deselegante, e não tem graça contar para meus amigos que não escrevem. Quero alguém que esteja por dentro desse mercado, que consiga de fato entender que isso aqui é Uma Puta Façanha.

Demoro um minuto para perceber que a primeira pessoa para quem eu teria ligado, a única que teria compreendido o que essa notícia significa de verdade e não reagiria com inveja mesquinha ou apoio dissimulado, é Athena.

Parabéns, digo ao seu fantasma, porque posso muito bem ser generosa, porque a essa altura a visão perturbadora durante minha leitura já ficou em segundo plano na minha mente, neutralizada pela imensa satisfação que sinto agora. É fácil atribuir aquela visão a uma alucinação pelo nervosismo, e mais fácil ainda esquecer isso tudo.

Conto a novidade para o pessoal do Twitter. Escrevo um longo fio sobre como estar naquela lista é importante para mim, ainda mais depois do fiasco do meu primeiro livro; falo sobre o trabalho árduo, longo e doloroso no mercado editorial, que finalmente, finalmente rendeu frutos. Nem todo mundo se torna um best-seller do dia pra noite, comento com sabedoria. Para alguns de nós, requer anos de trabalho, esperanças e sonhos. Sempre torci para que o meu momento chegasse. E, agora, acho que chegou.

O fluxo de curtidas e PARABÉNS é exatamente o que preciso para preencher meu vazio. Sento diante do computador e observo os números aumentando, me deliciando com a pequena torrente de serotonina que sinto toda vez que recebo uma nova enxurrada de notificações.

A certa altura, me dá vontade de fazer xixi, o que me força a largar um pouco a tela. Já que estou de pé, peço uma caixa de cupcakes da Baked & Wired, um de cada sabor disponível naquele dia. Quando o pedido chega, sento no chão com um garfo e como até que o gosto fique bom.

O último front ocupa a sexta posição na lista por mais uma semana, e depois a décima posição, onde fica por um mês inteiro. Isso significa que eu não apareci na lista por acaso. As vendas estão boas e estáveis. O adiantamento que a Eden me ofereceu já deu retorno. Eu sou, sob quaisquer parâmetros possíveis, um estrondoso sucesso.

Tudo muda. Agora atingi um patamar completamente diferente como escritora. Recebo meia dúzia de convites para dar palestras em eventos literários só no próximo mês, e depois de comparecer a alguns, percebo que fico feliz de estar lá. Eu costumava odiar essas coisas. Encontros de autores famosos (em cerimônias de premiação, conferências, convenções) parecem o primeiro dia do ensino médio, só que pior, porque a galera popular é descolada de verdade e não há nada mais humilhante do que ser excluído de um círculo social porque seu livro não vendeu tantos exemplares, não recebeu tanta divulgação ou não foi tão aclamado pelo público para que todo mundo trate você feito gente. Em uma das minhas primeiras conferências literárias, me apresentei, acanhada, a um escritor que eu amava desde o ensino fundamental. Ele estreitou os olhos ao ver meu crachá, murmurou as palavras "Ah, acho que nunca ouvi falar de você" e prontamente virou as costas.

Agora, de uma hora para outra, sou importante o bastante para ser reconhecida. Agora, os caras dão em cima de mim e me pagam bebidas em bares. (A gente chama reuniões em bares durante eventos literários de "Bar-Con", um prato cheio para quem espera o ano inteiro para esbarrar com alguém e entrar naquelas conversas sobre quem recebeu o maior adiantamento ou teve o maior número de reimpressões, como se fosse uma competição para ver quem tem o maior pau.) A editora de uma casa editorial independente me aborda no banheiro para dizer que é muito fã do meu trabalho. Agentes de produtoras me dão seus cartões e me encorajam a entrar em contato. Escritores que me esnobaram desde o fiasco do meu primeiro livro começam a agir como se fôssemos melhores amigos. *Ai, nossa, como você está? O tempo voa, né? Ei, o que você acha de fazer um blurb pro meu próximo livro? Você poderia me apresentar para a sua editora?*

Na edição de verão da BookCon, que é mais ou menos uma festa de formatura do mercado editorial, recebo convites para inúmeras reuniõezinhas pós-festa por todo o Javits Center, onde me chamam de lá para cá e me apresentam a uma série de figurões da indústria, cada um mais importante do que o outro, até que percebo que estou em uma rodinha com Daniella e três de suas autoras best-sellers: Marnie Kimball, que escreveu diversos livros de sucesso sobre uma garçonete loira sexy que combate crimes sobrenaturais e se envolve com vampiros em bares; Jen Walker, que acabou de aparecer no programa *Today* para falar da autobiografia em que conta como se tornou uma CEO rica e poderosa antes dos trinta; e Heidi Steel, uma romancista séria e bonitona cujos títulos eu vejo nas prateleiras de lojas de departamento desde que era criancinha.

— É impressão minha ou esses autores estreantes andam ficando cada vez mais novos? — indaga Marnie. — Parecem crianças!

— Hoje em dia estão assinando contratos assim que se formam na faculdade. — Heidi meneia a cabeça. — Sem querer ofender, June. Tinha uma garota no meu painel de romance que ainda estava no segundo ano. Não tem nem idade para beber.

— Mas será que isso é prudente? — pergunta Jen. — Quer dizer, oferecer contratos de livros a essas pessoas antes de sequer estarem com o lobo frontal totalmente formado? Uma garota dessas apareceu em uma sessão de autógrafos e pediu que eu escrevesse um blurb pro livro dela. Dá pra acreditar? Eu nunca nem tinha ouvido falar do título, era de alguma editora pequena desconhecida, e ela me aparece com uma prova antecipada encadernada, toda felizinha, como se eu obviamente fosse dizer que sim.

Marnie estremece de horror.

— O que você falou?

— Que o livro não ia caber na minha bolsa, mas que ela poderia pedir pra agente dela me mandar o epub. É claro que não vou nem abrir. — Jen faz um sonzinho de *vupt* com a boca. — Direto pra lixeira.

Todas elas dão risadinhas.

— Que diplomática — comenta Heidi.

— Pega leve com elas — aconselha Marnie. — Essas coitadas não recebem apoio na divulgação.

— Pois é, uma pena. — Daniella suspira. — Odeio ver essas editoras pequenas comprando bons romances só pra jogá-los aos leões.

— É pura maldade — concorda Jen. — Os agentes deveriam ser mais espertos. Esta indústria é cruel.

— É, eu sei *muito bem*.

Todas nós assentimos e bebericamos o vinho, aliviadas por não fazermos parte do mar de azarados. O rumo da conversa muda para o bafafá sobre a editora independente que demitiu metade dos funcionários, ficando apenas com um editor sênior, e se os autores da casa deveriam se arriscar na dança das cadeiras iminente ou tentar reverter os direitos das obras e pular do barco. Fofocas do mercado editorial, ao que parece, são mais divertidas quando você está especulando sobre a desgraça alheia.

— Então, o que fez você se interessar pelo Chinese Labour Corps? — pergunta Marnie. — Eu nunca nem tinha ouvido disso antes do seu livro.

— Quase ninguém conhecia, na verdade.

Eu me aprumo, lisonjeada por Marnie ter se dado ao trabalho de saber do que meu livro trata. Não vou perguntar o que ela achou. É de bom-tom, entre escritores, não perguntar se alguém leu de fato seu trabalho ou se está apenas fingindo.

— Tive uma matéria de história do Leste Asiático em Yale. Um professor mencionou a organização durante um debate e fiquei surpresa por não haver romances em inglês sobre o assunto, então achei que eu poderia fazer uma contribuição necessária ao cânone.

A primeira parte é verdade. O resto não. Passei a maior parte daquela aula lendo sobre a história da arte japonesa, o que quer dizer pornô com tentáculos, mas é uma resposta conveniente para perguntas como essa.

— É exatamente essa a minha abordagem! — exclama Heidi. — Procuro as lacunas na história da humanidade, as coisas sobre as quais ninguém está falando. Por isso escrevi uma fantasia épica sobre um empresário e uma caçadora mongol. *Garota águia*. Sai no próximo ano. Vou pedir para a Daniella te mandar um exemplar. É importante pensar as perspectivas que não estão sendo abraçadas pelos leitores anglófonos, não acha? Precisamos abrir espaço para vozes subalternas e narrativas silenciadas.

— Pois é — respondo. Fico um pouco chocada que Heidi conheça a palavra "subalterna". — E sem a gente essas histórias não seriam contadas.

— Exatamente. *Exatamente.*

Quase no fim da festa, esbarro com meu antigo editor na fila da chapelaria. Ele chega me abraçando como se fôssemos grandes amigos, como se ele não tivesse estraçalhado meu primeiro bebê literário, botado tudo a perder e depois me deixado ao léu.

— Parabéns, June — diz ele, com um sorriso de orelha a orelha. — Tem sido maravilhoso acompanhar seu sucesso.

Eu me perguntei várias vezes durante o último ano o que diria a Garrett se cruzasse com ele de novo. Sempre segurei a língua quando era sua autora; morria de medo de cortar relações, de ele espalhar que era impossível trabalhar comigo. Já quis tanto poder dizer na cara dele o quanto ele me fez sentir insignificante, como seus e-mails ríspidos e desdenhosos me convenceram de que a editora já havia desistido do meu trabalho, como sua indiferença quase me fez largar a escrita.

Mas a melhor forma de se vingar é ter sucesso. A editora em que Garrett trabalha está passando por dificuldades. Nenhum dos livros publicados por ele entrou na lista de mais vendidos, exceto por títulos de autores famosos já mortos, aos quais ele se apega como se fossem um bote salva-vidas. Quando a próxima crise econômica acontecer, não vou ficar surpresa se ele perder o emprego. E sei o que a rede de fofocas está falando pelas suas costas: *Garrett McKintosh tinha a Juniper Song na lista de autores e deixou* O último front *escapar. Dá pra ser mais idiota que isso?*

— Obrigada — agradeço. E, só porque não consigo evitar, acrescento: — Estou muito feliz com o apoio que tenho recebido na Eden. A Daniella é maravilhosa.

— É, ela é brilhante mesmo. Fizemos estágio juntos na Harper.

Ele não se aprofunda, só sorri para mim, e parece cheio de expectativa.

Percebo, horrorizada, que ele está tentando puxar assunto. Não preciso impressioná-lo. Eu já sou impressionante. *Ele* quer ser visto por *mim*.

— Pois é, ela é incrível — digo, com um sorriso tenso. E só porque estou irritada e quero jogar sal na ferida, continuo: — Ela realmente entende minha visão, sabe? Tem sido uma parceria extraordinária. Nunca tinha trabalhado com alguém tão incisivo antes. Devo todo meu sucesso a ela.

Ele entende a indireta. Sua expressão desmorona. Trocamos mais algumas palavras educadas e atualizações rotineiras (eu estou trabalhando em algo novo, ele acabou de assinar com um autor com quem não vê a hora de trabalhar), e depois disso ele inventa uma desculpa para se retirar.

— Perdão por sair assim, Junie, mas é melhor eu dar um alô para a minha colega britânica antes que ela vá embora. Ela só vai passar este fim de semana aqui.

Eu dou de ombros e aceno. Garrett sai andando e, se deus quiser, dessa vez vai ficar fora da minha vida para sempre.

Em janeiro, recebo meus primeiros royalties por *O último front*. Quitei a dívida. Isso significa que já vendi exemplares o suficiente para cobrir meu adiantamento, que foi bem robusto, e que a partir de agora passo a ficar com uma porcentagem de todas as vendas. E, se este extrato comprova alguma coisa, é que as vendas estão mesmo impressionantes.

Até então, tenho sido cautelosa em relação a gastar qualquer quantia do meu adiantamento. Já ouvi conselhos demais e sei que esse dinheiro vai embora voando, e que não há garantia de que você vai vender bem o bastante para abatê-lo, nem de que vai conseguir outro contrato que se equipare ao primeiro. Mas eu me encho de mimos este mês. Compro um notebook novo; finalmente um MacBook Pro que não chia e desliga sempre que eu abro um arquivo do Word com mais de duzentas páginas. Depois me mudo para um apartamento bacana; nada tão chique quanto o lugar em Dupont Circle que Athena alugava, mas bom o bastante para que qualquer visita ache que sou herdeira. Vou até a IKEA e escolho tudo que quero sem nem olhar o preço, depois desembolso mais uma quantia para que os móveis sejam entregues e montados por dois universitários bonitões que contratei num aplicativo. Eu deixo eles darem em cima de mim e pago uma bela gorjeta.

Compro um armário de bebidas. Agora sou o tipo de pessoa que tem um armário de bebidas.

Assino um cheque com o valor restante da minha dívida estudantil, lambo o envelope para fechá-lo e o envio ao Departamento de Educação. Graças a deus, nunca mais receberei e-mails de cobrança de lá. Eu contrato um plano de saúde. Vou ao dentista e tenho que desembolsar alguns milhares de dólares para remover um monte de cáries que passaram despercebidas; pago a conta sem pestanejar. Marco uma consulta com um clínico geral, mesmo que não haja nada de errado comigo, só porque posso me dar ao luxo de fazer um check-up.

Começo a comprar uísque dos bons, embora eu não consiga beber sem pensar em Athena e naqueles *old fashioneds* idiotas. Começo a fazer compras num supermercado chique. Fico viciada em pão de milho com pimenta jalapeño. Começo a comprar roupas em outlets de marca em vez de brechós. Jogo fora minhas bijuterias e paro de usar qualquer coisa que não inclua pedras preciosas de origem ética e sustentável.

Quando chega a época de declarar o imposto de renda, peço para minha irmã Rory, que é contadora, cuidar de tudo.

Mando meus informes de rendimento do ano para ela. Em poucos minutos, ela pergunta: Meu deus, tá falando sério???

Pode apostar que sim, respondo. Eu te falei que esse negócio de escrever ia dar certo.

E eu retribuo o favor. Não menti quando disse que quero dar uma contribuição positiva para a comunidade asiática. Assino um cheque de dois mil dólares para o Coletivo de Escritores Asiático-Americanos, como prometi, e vou continuar com doações anuais enquanto meus royalties forem bons assim. Educadamente aceito um pedido para ser mentora no Fadas Madrinhas da Scribblers, um programa que serve de ponte entre um escritor novato e um autor já publicado, que poderá guiá-lo pelas vicissitudes do mercado.

Fico feliz de compartilhar minha generosidade. Athena nunca se deu ao trabalho de estender a mão aos seus colegas escritores racializados para ajudá-los a crescer. Na verdade, ela os achava um porre.

— Não paro de receber e-mails de uma galera metida a escritora que acha que vou passar horas escrevendo conselhos pra eles só porque, bem por alto, temos a mesma origem étnica — reclamava ela com desdém. — "Olá, srta. Liu, acabei de entrar no ensino médio e a admiro muito por também ser uma mulher asiática-americana." Fala sério. Você não é especial, é só mais uma na fila do pão.

Athena parecia mais do que levemente irritada com o fato de escritores asiático-americanos sempre a rodearem, cheios de admiração. Ela os desprezava ativamente. Odiava quando eu mencionava livros que eram comparados aos dela nas matérias. Ficava puta com a falta de originalidade e a forçação de barra, com o fato de buscarem satisfazer um nicho étnico no mercado.

— Escrevam sobre outra coisa! — reclamava. — Ninguém mais quer ler historinhas inspiradoras sobre imigrantes. Puxa, as pessoas achavam que a sua lancheira fedia? Tiravam sarro dos seus olhos? Meu deus, eu já li tudo isso antes. Que falta de originalidade.

Talvez fosse um caso de Síndrome de Highlander; li uma vez que membros de grupos marginalizados se sentem ameaçados se alguém parecido com eles faz sucesso. Já passei por isso; toda vez que vejo um anúncio de publicação em que uma mulher jovem é arrasadoramente bem-sucedida com seu livro de estreia, sinto vontade de arrancar os cabelos. Talvez Athena tivesse medo de que alguém a substituísse ou a superasse.

Mas vou ser melhor do que Athena. Sou uma mulher que ajuda outras mulheres.

Eu me torno mentora de uma garota chamada Emmy Cho, que me manda um e-mail efusivo sobre como ela admira meus livros. Emmy mora em São Francisco, então fazemos nossa primeira sessão de mentoria pelo Zoom. Ela é bonita de uma maneira jovial e inocente, como um coelhinho fofo, uma Athena sem presas, e sou tomada por uma vontade arrebatadora de colocá-la debaixo da minha asa e protegê-la.

Ela me conta sobre seu projeto em andamento, um romance de formação sobre uma menina coreana-americana *queer* crescendo no Meio-Oeste nos anos 1990, o que tem bastante a ver com suas próprias experiências.

— É mais ou menos como aquele filme, *Você nem imagina*, já assistiu?

Ela tem uma mania muito bonitinha de colocar o cabelo atrás da orelha sempre que termina uma frase.

— Eu estou meio preocupada, sabe, de que o mercado não esteja tão interessado nesse tipo de história. Tipo, quando eu era mais nova, não via nenhum livro parecido com esse, e ele está mais pra, tipo, um romance literário introspectivo do que, sei lá, um thriller eletrizante, então estou meio assim...

— Acho que você não precisa se preocupar com isso — tranquilizo-a. — Pelo contrário, nunca foi tão fácil ser asiático neste ramo quanto agora.

Ela parece surpresa.

— Está falando sério?

— Com certeza — afirmo. — O que anda vendendo no momento é diversidade. As editoras estão *sedentas* por vozes marginalizadas. Você vai receber várias oportunidades por ser diferente, Emmy. Porque sabe... uma garota asiática e *queer*? Isso preenche todos os requisitos. Vai todo mundo ficar babando pelo seu manuscrito.

Emmy dá uma risadinha nervosa.

— É, tá bem.

— Apenas escreva a melhor coisa que você conseguir e jogue na roda — aconselho. — Você vai ser um sucesso, eu prometo.

Conversamos mais um pouco sobre como andam suas prospecções até então (um punhado de solicitações parciais, mas nenhuma oferta de verdade até o momento) e sobre como ela se sente em relação ao manuscrito (está confiante em relação à voz narrativa, mas não sabe se foi ambiciosa demais com tantas linhas do tempo sobrepostas).

Quando a mentoria já está quase no fim, Emmy pigarreia e diz:

— Hã, se não se importar com a pergunta, por acaso você é branca?

A surpresa deve estar estampada na minha cara, porque ela imediatamente pede desculpas.

— Foi mal, não sei se é legal falar isso, eu só, hã, tipo, *Song* é meio ambíguo, então só fiquei na dúvida.

— Eu sou branca — confirmo, com mais frieza do que pretendia. O que ela está insinuando? Que não posso ser uma boa mentora a menos que seja asiática? — Song é meu segundo nome. Foi minha mãe quem escolheu.

— Ah, sim — responde Emmy, colocando o cabelo atrás da orelha de novo. — Hã, legal. Eu só queria saber.

Oito

É CLARO QUE RECEBO CRÍTICAS. QUANTO MAIS POPULAR UM livro fica, mais as pessoas o odeiam, e por isso desdenhar as poesias de Rupi Kaur se tornou parte da personalidade dos *millenials*. A maioria das resenhas no Goodreads dá cinco estrelas para o livro, mas as que dão apenas uma são *desumanas*. Uma bela porcaria de uma colonizadora sem qualquer inspiração, diz um leitor. Mais um caso de uma mulher branca se aproveitando da tragédia alheia: copie e cole a fórmula, troque os nomes, e voilà, um best-seller, diz outro. E um terceiro, que parece pessoal demais para ser objetivo: Mas que filha da puta metida a besta. Ela se gaba demais de ter estudado em Yale. Comprei esse livro por 2,99 durante um saldão do Kindle e pode apostar que fiz questão de pedir o reembolso de cada centavo que gastei.

Na primeira vez que sou marcada em uma resenha ruim no Twitter (O hype todo me enganou, não vou ler mais nada dessa autora), eu mando uma mensagem para Marnie Kimball e Jen Walker, as novas amigas que fiz na BookCon. Elas me passaram seus números de telefone e insistiram que eu mandasse um alô se estivesse passando por maus bocados no ramo. Desde então, nosso grupo, chamado "Anjas da Eden", tem sido meu refúgio para receber apoio e ouvir fofocas do mercado editorial.

Como vocês ignoram as merdas que as pessoas falam de vocês na internet?, pergunto. É tão desanimador. É como se elas sentissem rancor de mim a nível pessoal. Como se eu pessoalmente tivesse chutado o cachorro dessa gente ou algo do tipo.

Regra número um: Não Leia Resenhas. Marnie faz aquela coisa estranha de mulheres mais velhas de usar espaços e maiúsculas a mais, embora eu nunca consiga entender se são de propósito ou sem querer. Se tivessem algo de bom a dizer, teriam escrito seus próprios livros. Essas pessoas são só Gentinha Birrenta.

Deixe eles falando sozinhos, escreve Jen. Se você der corda, eles vão conseguir o que querem. Essa galera fica eufórica com essas coisas, tem até estudos a respeito disso. Não deixe eles te afetarem. São um zero à esquerda.

São bons conselhos, o problema é que meu psicológico não é forte o bastante para não se importar tanto com a opinião alheia. Continuo lendo os esporros no Goodreads, os fios destilando ódio no Twitter e as postagens prepotentes no Reddit. Continuo clicando em matérias negativas quando aparecem no meu Google Alerts, mesmo quando as manchetes não são nada além de desaforos presunçosos.

Não consigo evitar. Preciso saber o que o mundo está dizendo sobre mim. Preciso mapear a impressão que as pessoas têm de mim na internet, porque se eu souber o tamanho do estrago, pelo menos vou saber quanto devo me preocupar.

O texto cheio de ódio que mais circula por aí é uma resenha do *Los Angeles Review of Books*, escrita por uma crítica chamada Adele Sparks-Sato, cujo trabalho eu admiro, porque ela é boa em apontar como os romances que todos consideram "a voz de uma geração" são, na verdade, baboseiras narcisistas e individualistas. Ela publicou algumas das críticas mais pesadas ao trabalho de Athena (em relação à sua estreia: "Aqui, Liu cai na armadilha amadora de confundir uma frase lírica e auto-outrificação com uma observação profunda. Infelizmente, ainda dá para reforçar estereótipos asiáticos mesmo sendo amarela. Na minha opinião, Athena Liu precisa superar o próprio orientalismo."). Dessa vez, ela veio atrás de mim:

"Em *O último front*, Juniper Song perde uma excelente oportunidade de desenterrar uma história esquecida; em vez disso, usa o sofrimento de milhares de trabalhadores chineses como terreno para melodrama e redenção branca", escreve Adele. "Ela poderia, por exemplo, ter questionado o uso de missionários cristãos para convencer chineses jovens e analfabetos a trabalhar e morrer no exterior, e que foram amplamente recrutados na França para manter os chineses dóceis, mansos e cooperantes. Em vez disso, ela elogia, de forma descarada, o papel dos missionários na conversão dos trabalhadores. *O último front* não traz nada de novo; em vez disso, ele se junta a romances como *A resposta* e *A boa terra* no que eu considero ser uma longa lista de romances históricos de apropriação: relatos inautênticos que se valem de passados conturbados como uma jogada ensaiada para entreter pessoas brancas."

Que seja. Quem Adele pensa que é para me repreender sobre autenticidade? O sobrenome "Sato" não é japonês? Não tem toda uma discussão sobre como chineses e japoneses têm experiências completamente diferentes?

Será que essa filha da puta da Adele pode tomar a porra de um semancol?, mando no grupo das Anjas da Eden.

Marnie: Já que o sobrenome dela parece SACO... acho que não?

Jen: Os críticos precisam diminuir os outros para chamar atenção. É a única maneira que eles têm de legitimar a si mesmos. Que cultura tóxica. Não se deixe levar. Somos melhores do que eles.

Kimberly Deng, uma estudante qualquer da Universidade da Califórnia em Los Angeles, posta um vídeo de doze minutos no YouTube intitulado "TODOS OS ERROS CULTURAIS EM O ÚLTIMO FRONT!!!", que acumula centenas de milhares de visualizações em uma semana. Por curiosidade, assisto um pouco, mas fico mais entediada do que ofendida. Está cheio de coisas banais como "soldados chineses jamais teriam comido tortinhas de fruta durante as festas de fim de ano" (Como ela poderia saber o que as pessoas estariam comendo e quando?) ou detalhes pessoais sobre convenções de nomes ("Ah Kay? Será que ela tirou essa bosta de um drama policial de Hong Kong?") que a própria Athena escreveu. Os comentários estão repletos de bostas como ISSOOO KINGA e MDS HABLA MESMO KIMMY e KKKKKK AQUELA BRANQUELA TÁ SE CAGANDO TODA. Mais tarde, Kimberly tem a pachorra de me mandar uma DM no Instagram, perguntando se quero gravar um vídeo com ela para o canal, e sinto um prazer vingativo ao orientá-la a entrar em contato com minha assessora de imprensa, Emily, e depois dizer a Emily para ignorá-la.

Outro arruaceiro da internet, um cara chamado Xiao Chen, posta um texto dizendo que *O último front* nunca deveria ter sido publicado. Na verdade, conheço bem o estilo de Xiao Chen; Athena vivia tecendo reclamações cruéis sobre ele. Xiao Chen tinha viralizado no ano anterior por um texto na *Vox*, intitulado "Chega de ficção diaspórica", que argumentava, em resumo, que nenhum dos romancistas sino-americanos contemporâneos estava produzindo algo de valor, já que nenhum deles tinha passado por experiências como o Massacre da Praça da Paz Celestial ou a Revolução Cultural, e que crianças mimadas das áreas privilegiadas de

São Francisco, que nem ao menos sabiam falar mandarim e achavam que a identidade asiática se resumia a ter uma obsessão ridícula por *bubble tea* e BTS, estavam diluindo o potencial radical do cânone da diáspora. Já o vi se meter em discussões acaloradas com outros escritores no Twitter; VAI APRENDER CHINÊS, esbravejava ele, ou CALA A BOCA, FANTOCHE OCIDENTAL DESMIOLADO. Seu modus operandi parecia ser atribuir tudo que havia de errado em um texto a algum problema psicológico que ele mesmo diagnosticou no autor. No meu caso, Xiao Chen acha que escrevi *O último front* porque sou "uma das inúmeras mulheres brancas, como aquelas que escrevem fanfics *queer* de *O indomável*, que não só têm um fetiche não diagnosticado por homens asiáticos afeminados, como também acham que a história chinesa é algo a ser manipulado a seu bel-prazer em busca de pepitas intrigantes e reluzentes, como se fossem belos vasos da Dinastia Ming colocados em algum canto".

Sinceramente, a acidez dele me faz rir. Alguns textos críticos são tão frios e prepotentes que chegam a machucar, mas esse aqui é *tão* emotivo, *tão* raivoso, que apenas revela as próprias inseguranças de Xiao Chen, assim como sua raiva infinita e inexplicável. Eu o imagino curvado sobre um notebook em seu porão, grunhindo e rosnando para um público de zero pessoas. Me pergunto o que Xiao Chen faria se me visse ao vivo. Será que me daria um soco na cara ou murmuraria alguma coisinha educada e inofensiva e meteria o pé? Pessoas como ele sempre são mais corajosas na internet do que na vida real.

Jen: Pessoas assim não aguentam ver uma mulher se dando bem.

Marnie: Isso aí é o puro suco da misoginia. Aliás, o que é "O indomável?"

Há uma cena, que acontece mais ou menos na página duzentos do romance, que deixou todos os críticos obcecados. De fato, todas as resenhas negativas a mencionam pelo menos uma vez. Annie Waters, uma personagem que expandi do rascunho de Athena, tem dezessete anos e é filha de um missionário da Associação Cristã de Moços. Ela visita o campo dos trabalhadores por conta própria para distribuir bíblias e biscoitos natalinos. Os homens, que não veem as esposas ou qualquer outra mulher há meses, têm motivos de sobra para dar umas secadas nela. É loira, magra e bonita; é claro que não conseguem tirar os olhos dela. Um dos sujeitos pergunta se pode beijar sua bochecha, e, por ser Natal, ela permite, cheia de vergonha.

Pensei que a cena fosse comovente. Temos pessoas separadas por linguagem e raça, e que mesmo assim são capazes de compartilhar um momento terno em meio à guerra. A cena também resolveu um apontamento que Daniella fez no início do processo de edição: que o livro estava completamente centrado nos homens. *A época das histórias de guerra dos machos já terminou*, escrevera. *Precisamos começar a exaltar as perspectivas femininas.*

O rascunho original de Athena não incluía o beijo. Na versão dela, Annie era uma menina superprotegida e inquieta, que achava que os trabalhadores eram brutamontes imundos e assustadores. A Annie de Athena desejou aos homens um "Feliz Natal" frio e deixou os biscoitos à beira da cerca de arame farpado; depois, tímida, saiu às pressas como se eles fossem cachorros que escapariam de suas coleiras e a fariam em pedacinhos se tivessem a oportunidade.

É óbvio que Athena estava tentando mostrar todo o racismo que os trabalhadores sofriam das pessoas lutando do seu lado. Mas já tinha muito disso no restante do livro. Estava começando a ficar pesado e repetitivo. Por que, em vez disso, não incluir uma cena que mostrava o potencial de um amor inter-racial? Será que não somos todos contra a antimiscigenação?

Pelo visto, essa é a escolha artística mais racista que eu poderia ter feito.

De acordo com Adele Sparks-Sato: "Em vez de explorar os desafios reais que romances inter-raciais entre mulheres francesas e trabalhadores chineses enfrentavam, Song decidiu retratar trabalhadores chineses como criaturas animalescas que não conseguem controlar sua volúpia por mulheres brancas."

De acordo com Xiao Chen: Será que todas as mulheres brancas acham que estamos morrendo de vontade de comer elas??? Mas que arrogância. Confia, Juniper, você não é tão gostosa assim.

— No meu próximo vídeo — anuncia Kimberly Deng, arrastando as palavras —, eu vou fazer um tutorial de maquiagem de Annie Waters, com direito a máscara facial de cúrcuma e lágrimas brancas.

Esse burburinho acaba desencadeando o "meme da Annie Waters", que envolve fotos de mulheres brancas sem graça e medíocres junto com uma legenda tirada do livro: "Ela era uma garotinha mirrada, com os cabelos da cor do sol nascente e olhos feito o oceano, e os homens não conseguiam tirar os olhos dela conforme ela passava." Uma porção desses memes faz uso das fotos mais feias da minha cara que meus haters conseguiram encontrar na internet.

Quero apontar que isso é uma afronta cruel e machista, mas as Anjas da Eden me garantem que ficar quieta é a melhor defesa. Quando os trolls sabem que te machucaram, eles vencem, diz Jen. Não deixa eles pensarem que te afetaram.

Já que não posso soltar nenhuma resposta em pessoa, com frequência finjo entrar em discussões no chuveiro.

— Na verdade — digo para meu frasco de xampu —, só porque chineses sofriam discriminação não quer dizer que também não eram racistas. Aliás, há um montão de evidências de que trabalhadores chineses não se davam bem com árabes e marroquinos. De acordo com uma das minhas fontes, os chineses os chamavam de "demônios negros". Conflitos interétnicos *existem*, sabia?

Em resposta às acusações de que romantizei os missionários ocidentais, eu diria que:

— Isso é tão generalizante quanto afirmar que nem um único soldado chinês encontrou alento no cristianismo. Sim, os missionários costumavam ser preconceituosos e condescendentes, mas sabemos da existência de relatos e livros de memórias de pessoas que realmente se converteram, e, além do mais, parece racista afirmar que se converter seria impossível apenas por eles serem chineses.

E em resposta ao *clickbait* idiota da Kimberly Deng, eu diria:

— Na verdade, faz sentido, sim, porra, que haja cenas que se passem no Canadá, porque os trabalhadores foram mandados para lá primeiro, e só depois para a França. Se tivesse dado uma pesquisadinha na Wikipédia, você saberia disso.

Me dá prazer imaginar o rosto abatido de meus críticos ao perceberem que simplesmente ser asiático não os torna especialistas em história, que consaguinidade não se traduz em uma visão epistemológica singular, que sua soberba cultural exclusiva e seus testes de autenticidade não passam de uma forma de cagar regra, e que, no fim das contas, eles não fazem a mais puta ideia do que estão falando.

Fiquei tão boa nessas discussões mentais que passei a me sentir muito bem-preparada quando um dos meus haters me confronta cara a cara. Naquela noite, compareço a uma série de palestras de ficção histórica em uma livraria independente em Cambridge. O público tem sido educado até então, embora um pouquinho desafiador com as perguntas. A maioria estuda em Harvard ou no MIT, e, como eu mesma frequentei Yale, já estou careca de saber que estudantes de universidades de elite sempre acham que sabem mais do que de fato sabem, e encaram o ato de descredibilizar outra figura pública intelectual como uma grande conquista. Até então, dei conta de perguntas sobre minha mudança de nome ("Como já falei, escolhi assinar com meu segundo nome para simbolizar um novo começo"), meu processo de pesquisa (tenho uma bibliografia padrão que sei citar de cor) e meu envolvimento com a comunidade sino-americana (eu repito que financio a Bolsa Athena Liu no workshop de verão do Coletivo de Escritores Asiático-Americanos).

E aí uma garota na primeira fileira pega o microfone. Sei, antes mesmo de ela abrir a boca, que vai dar algum problema. Ela está vestida igual aos memes que o pessoal de direita faz dos militantes: cabelo tingido de roxo e cortado em um *undercut*, um gorro largo, polainas de tricô e uma dúzia de bótons e broches presos no colete, anunciando sua lealdade aos movimentos Vidas Negras Importam; Boicote, desinvestimento e sanções; e à política Alexandria Ocasio-Cortez. (Olha, somos todos a favor de pautas sociais, mas *fala sério*). Está com um ar ofegante e frenético, como se tivesse esperado a vida toda pela chance de me dar uma rasteira.

— Oi — começa ela, e sua voz vacila por um instante. Não está acostumada a comprar briga em público. — Sou sino-americana e, quando li *O último front*, pensei... Bom, me deparei com várias histórias profundamente sofridas. E queria perguntar por que você acha que é legal uma autora branca, quer dizer, uma autora que não é chinesa, escrever e lucrar com esse tipo de história. Por que você acredita que é a pessoa certa pra contar isso?

Ela abaixa o microfone. Suas bochechas estão coradas. A garota ganhou uma bela dose de adrenalina por causa disso.

Sem dúvidas acha que é um puxão de orelha público, que esta é a primeira vez que ouço esse tipo de acusação. E é claro que todos estão prestando atenção, olhando a garota para mim como se esperassem uma porradaria.

Mas já preparei uma resposta. Está pronta desde que comecei a escrever este livro.

— Acho que é perigoso começar a censurar o que autores deveriam ou não escrever.

Começo de maneira firme, e isso me rende alguns murmúrios de aprovação da plateia. Mas ainda vejo algumas expressões céticas, especialmente dos outros asiáticos ali presentes, então continuo:

— Eu odiaria viver num mundo onde ditamos o que as pessoas deveriam ou não escrever com base na cor da pele. Quer dizer, pega o que você disse e muda o contexto pra ver como soa. Um escritor negro não pode escrever um romance com um protagonista branco? E todo mundo que já escreveu sobre a Segunda Guerra Mundial, mas que nunca a vivenciou? Claro que dá pra criticar um trabalho de acordo com sua qualidade literária e sua representação histórica. Mas não vejo por que eu não deveria abordar esse assunto se estou disposta a botar a mão na massa. E, como você pode ver pelo texto, eu me empenhei muito. Você pode dar uma olhada na bibliografia e checar os fatos por conta própria. Acho que escrever é, em sua essência, um exercício de empatia. Ler nos permite viver a vida de outra pessoa. A literatura constrói pontes. Ela expande nosso mundo, não o diminui. E quanto à parte de lucrar, quer dizer, será que todo mundo que escreve sobre temas pesados deveria se sentir culpado? Será que as pessoas do ramo criativo não deveriam ser pagas por seu trabalho?

Lucrar com o sofrimento alheio. Meu deus, mas que jeito cruel de colocar a questão. Athena costumava ter problemas com isso, em público e de maneira performática.

— Por questões éticas, me sinto apreensiva pelo fato de que só tenho a capacidade de contar esta história porque meus pais e avós viveram aquela época — declarou ela ao *Publishers Weekly* em certa ocasião. — E às vezes parece mesmo que estou me aproveitando do sofrimento deles pra lucrar. Eu tento escrever de uma maneira que os honre. Mas ainda tenho consciência de que só posso fazer isso porque sou da geração privilegiada e sortuda. Eu posso me dar ao luxo de olhar para o passado e apenas contar uma história.

Ah, faça-me o favor. Sempre achei que isso fosse só da boca pra fora. Não tem necessidade desse fru-fru todo. Somos todos abutres, e alguns de nós (e com isso quero dizer Athena) são simplesmente mais habilidosos em achar as migalhas mais apetitosas para uma história, rasgando ossos e cartilagens para chegar ao coração, ainda sangrando, e exibir a carnificina completa.

É claro que me sinto um pouco asquerosa quando conto a um público cativo que oficiais britânicos receberam ordens para acalmar tumultos com tiros nos trabalhadores responsáveis por causá-los. É, ao mesmo tempo, emocionante e errado recontar isso, da mesma forma que é errado acumular curtidas com meu fio sobre a morte de Athena. Mas esse é o destino de quem conta histórias. Nós nos tornamos pontos focais para tudo que é grotesco. Somos nós quem dizemos para olhar enquanto todo mundo só dá uma espiadinha por ser incapaz de confrontar a escuridão em sua total magnitude. Nós expressamos o que mais ninguém consegue encarar. Damos nomes ao impensável.

— Acho que o desconforto que eu causo ao escrever sobre tragédias diz mais sobre nosso desconforto generalizado em reconhecer que essas coisas realmente aconteceram — concluo. — E isso, infelizmente, se aplica a qualquer autor que escrever um romance de guerra. Mas não vou deixar que isso me impeça de contar histórias que ainda não foram contadas. Alguém tem que fazer o trabalho sujo.

Ouço aplausos educados. Nem todos concordam comigo, mas tudo bem. Pelo menos não recebi vaias. Considerando as perguntas que recebi, isso por si só já é uma vitória. A garota milituda parece querer falar mais alguma coisa, mas os funcionários da livraria já passaram o microfone para o próximo membro da plateia, que quer saber onde e como arranjo inspiração. Eu sorrio, coloco o punho debaixo do queixo e lanço mão de outra resposta perfeitamente ensaiada.

Quem tem o direito de escrever sobre sofrimento?

Uma vez, fui com a Athena a uma exposição sobre a Guerra da Coreia no Museu Nacional de História Americana do Smithsonian. Na época, eu ainda tentava me convencer de que poderíamos ser boas amigas. Eu tinha acabado de me mudar para Washington, D.C. depois do meu período na Teach For America, e sabia que Athena também havia se mudado para lá uns meses antes por causa da bolsa em Georgetown, então casualmente mandei uma mensagem para saber o que ela andava fazendo da vida. Ela respondeu que ia trabalhar de manhã, mas que faria uma visita a um museu à tarde e adoraria se eu pudesse ir junto.

Dar uma volta por uma exposição sobre a Guerra da Coreia não era exatamente o que eu escolheria fazer numa tarde de sexta, mas Athena queria sair comigo, e naquela época eu ainda sentia uma emoçãozinha toda vez que recebia qualquer migalha da atenção dela, então combinei de encontrá-la na entrada às três da tarde.

— Fico tão feliz que você esteja na cidade!

Ela me abraçou daquela maneira fraca e distante dela, do jeito que a fazia parecer uma supermodelo que tinha acabado de cumprimentar uma fila de centenas de fãs e já não sabia mais como dar um simples abraço firme.

— Vamos entrando?

— Ah, sim, claro.

E foi isso. Sem puxar conversa, sem perguntar como eu estava. Só um breve abraço antes de entrarmos direto na exposição temporária do museu sobre as experiências de prisioneiros de guerra americanos na Coreia do Norte.

No início, achei que fosse brincadeira. *Ai, sua bobinha, você achou mesmo que eu queria só passear por um museu velho e abafado em vez de botar o papo em dia com você?* Ou que talvez, quem sabe, passaríamos alguns minutos ali enquanto ela via o que queria e depois iríamos para um bar descolado e com ar-condicionado, onde iríamos bebericar drinques frutados e falar sobre, sei lá, a vida e o mercado editorial. Mas logo ficou óbvio que Athena queria passar a tarde toda ali. Ela ficava parada por dez minutos, ou mais, na frente de cada figura em tamanho real e em preto e branco, sussurrando baixinho enquanto lia a história de vida do retratado. Depois encostava os dedos nos lábios, suspirava e meneava a cabeça. Uma vez até a vi secar uma lágrima.

— Imagina só — murmurava ela sem parar. — Todas essas vidas perdidas. Todo esse sofrimento em prol de uma causa na qual eles nem sabiam se acreditavam, só porque o governo deles estava convencido de que a teoria do dominó era verdade. Meu deus.

E aí começava tudo de novo quando a gente passava para o próximo. Ali podíamos ler o que acreditavam ser as últimas cartas de um recruta de dezenove anos chamado Ricky Barnes, que havia pedido ao amigo que levasse sua placa de identificação de volta para sua mãe quando ele pegou difteria no rio Yalu.

Athena não parava de falar. A princípio, achei que talvez ela fosse só incrivelmente sensível, que não conseguisse escutar sobre o sofrimento de outra pessoa sem sentir aquilo na própria pele. Santinha de merda. Mas conforme percorríamos a exposição, percebi que ela estava escrevendo no Moleskine. Aquilo tudo era pesquisa para algum projeto de escrita.

— Que lastimável — sussurrou ela. — A viúva dele só tinha dezessete anos, ainda era só uma menina. E já estava grávida da filha dele, que jamais veria o rosto do pai.

E assim por diante. Andávamos por cada centímetro da exposição enquanto Athena examinava cada legenda e figura em tamanho real, declarando em voz alta, vez ou outra, o que tornava determinada história tão trágica.

Quando finalmente fiquei de saco cheio da voz dela, me afastei para dar uma olhada nos uniformes expostos. Não consegui encontrar Athena quando saí da exposição, então por um instante pensei que ela tivesse me abandonado, até que a vi sentada em um banco ao lado de um idoso em uma cadeira de rodas, anotando coisas às pressas em seu caderno enquanto ele falava com os peitos dela.

— E você se lembra da sensação? — perguntou Athena ao velho. — Pode descrever pra mim tudo de que se lembrar?

Meu deus do céu, pensei. *Ela é uma sanguessuga.*

Athena tinha olhos de águia para encontrar sofrimento. Era isso que unia todos os seus trabalhos mais bem recebidos pelo público. Ela conseguia ver através de toda a imundície e lama dos fatos e detalhes e chegar ao cerne sanguinolento da história. Colecionava narrativas reais como se fossem conchinhas, as lustrava e as apresentava, afinadas e reluzentes, para leitores horrorizados e encantados.

Aquela visita ao museu foi bastante perturbadora, mas não me surpreendeu.

Não era a primeira vez que eu via Athena roubar.

Ela nem deve ter pensado que foi um roubo. Do jeito que descreveu, esse processo não era para tirar vantagem, mas algo mítico e profundo.

— Eu tento dar sentido ao caos — contou ela à *New Yorker* certa vez. — Acho que a forma como aprendemos história na sala de aula é muito higienizada. Faz com que todas aquelas dificuldades pareçam distantes, como se jamais pudessem acontecer conosco, como se jamais fôssemos tomar as mesmas decisões que as pessoas daqueles livros didáticos. Eu quero colocar essas histórias sangrentas em primeiro plano. Quero fazer o leitor confrontar o quanto essas histórias ainda ressoam no presente.

Que elegante. Talvez até nobre. Quando você coloca a questão dessa forma, não é apropriação, é um serviço.

Mas me diz a verdade: Athena tinha mesmo mais direito de contar essas histórias do que qualquer outra pessoa? Ela nunca morou na China por mais do que alguns meses. Nunca esteve em uma zona de guerra. Ela cresceu frequentando escolas particulares na Inglaterra, todas pagas pelos trabalhos no setor de tecnologia dos pais dela, passou verões em Nantucket e Martha's Vineyard, e metade da vida adulta se alternando entre New Haven, Nova York e Washington. Nem sequer falava chinês com fluência, ela mesma admitiu que só "falava inglês em casa numa tentativa de assimilar melhor".

Athena usava o Twitter para falar sobre a importância da representatividade asiático-americana, sobre como o mito da minoria modelo era falso, porque asiáticos estavam representados em ambas as pontas do espectro econômico, que mulheres asiáticas continuavam a ser fetichizadas e tornadas vítimas de crimes de ódio, e sobre como asiáticos estavam sofrendo em silêncio por não existirem enquanto grupo eleitoral para políticos americanos brancos. E depois ela ia para casa, para aquele apartamento em Dupont Circle, e se sentava diante de uma máquina de escrever antiga de mil dólares enquanto bebericava uma garrafa de Riesling caríssima que uma editora havia enviado por ela ter quitado o adiantamento.

Athena nunca passou por nenhum sofrimento direto. Ela só enriqueceu a partir dele. Escreveu um conto premiado baseado no que viu na exposição, intitulado "Sussurros ao longo do Yalu". E ela nem era coreana.

Nove

O EVENTO EM CAMBRIDGE DESENCADEIA UMA PEQUENA discussão no Twitter, com direito a todas as baboseiras de sempre: vários fios relatando o que aconteceu, cada um com diferentes níveis de indignação; um monte de gente dando pitaco, sendo que a maioria aproveita a oportunidade para chamar atenção e exibir pensamentos profundos que quase não têm relação com o que de fato está sendo discutido. Algumas pessoas concordam com a pessoa que fez a pergunta. Fico sabendo que ela se chama Lily Wu, é caloura no MIT e escreveu um fio enfurecido sobre o encontro, em que ela me chama de, entre outras coisas, uma mulher branca insensível sem qualquer vínculo real com a comunidade asiática e uma falsa aliada duvidosa e egoísta.

Mas há mais pessoas tomando o meu partido. As respostas ao fio estão repletas de comentários como Pra mim, seu posicionamento parece racismo reverso... e Ah, você curte censura? E se eu sugerir que você volte pra sua terra, a China comunista?! É uma confusão. Eu nem me pronuncio. A essa altura do campeonato, aprendi que a melhor forma de lidar com reações violentas e negativas é ficar bem quietinha na minha e me safar ilesa, até que a situação perca a força. De qualquer forma, debates de Twitter *nunca* dão em nada. É só uma oportunidade para essa galera revoltadinha levantar suas bandeiras, escolher lados e tentar pagar de sabichona antes que todo mundo fique entediado e siga em frente.

Uma semana mais tarde, recebo o seguinte e-mail:

> Boa tarde,
> Eu me chamo Susan Lee e sou a coordenadora de eventos do comitê da Associação de Sino-Americanos de Rockville. Li seu livro, *O último front*, esses dias e fiquei bastante impressionada com seu domínio desse aspecto esquecido da história chinesa. Vários de nossos membros ficariam muito interessados em conhecê-la. Adoraríamos recebê-la em uma de nossas reuniões. Geralmente fazemos uma sessão de bate-papo com um convidado, seguida de um jantar (por conta da casa, é claro). Por favor, me retorne se tiver interesse.
>
> Obrigada,
> Susan

Quase apago a mensagem. A essa altura, deleto a maioria dos convites para eventos que não oferecem cachê, a menos que sejam realmente prestigiosos. O tom de Susan Lee é formal e forçado de uma maneira que me deixa com o pé atrás, embora eu não consiga explicar o motivo. (Antes de aceitar qualquer convite, sempre fico preocupada achando que os organizadores estão armando uma emboscada para me sequestrar ou me matar.) Além do mais, Rockville fica lá em Maryland; dá um trabalhão sair do centro de Washington se você não estiver a fim de gastar umas cem pratas de Uber ou ficar sentado na linha vermelha do metrô durante uma hora. E nem é um evento remunerado.

Eu deveria ter simplesmente negado e me poupado daquela humilhação.

Mas as palavras de Lily Wu ficam ecoando na minha cabeça: "uma falsa aliada duvidosa e egoísta", "uma mulher branca insensível sem qualquer vínculo real com a comunidade asiática". Tirando as doações que faço ao Coletivo de Escritores Asiático-Americanos, o que quer dizer que eles não podem exatamente me excluir, essa é a primeira organização asiática que quis me receber desde o fiasco em Cambridge. Isso pode ser vantajoso. Poderia provar para o pessoal das teorias da conspiração no Twitter que meu apoio aos asiático-americanos não é fingimento. Que eu escrevi *O último front* porque estudei a história e porque me importo com a comunidade. Talvez eu até faça novos amigos. Imagino como seria recebida uma postagem no Instagram em que estou comendo comida chinesa cercada por fãs chineses.

Dou uma procurada na Associação de Sino-Americanos de Rockville. O site deles é uma coisinha fofa de uma única aba, com um texto em Comic Sans sobre um fundo vermelho-vivo. Desço a página e me deparo com várias fotos de eventos da associação, todas com uma iluminação horrível: um bufê de jantar servido pelo dono de um comércio local, um banquete de Ano-Novo em que todos estão vestidos de vermelho, uma noite de karaokê iluminada por um flash estourado. Ao que parece, os membros da associação são de meia-idade ou idosos. Parecem inofensivos. Até meio fofinhos.

Ah, que se dane. Espero um número apropriado de horas para não parecer desesperada, depois respondo ao e-mail de Susan.

Oi, Susan. Eu adoraria dar uma palestra na associação. Estou com a agenda bem livre em abril. Quais datas são melhores para você?

***

Susan Lee me recebe no estacionamento da estação de metrô Shady Grove. Ainda não me sinto tão confortável com minha recente ascensão econômica para rasgar dinheiro com viagens de Uber, então peguei a linha vermelha do metrô, até o fim, e Susan se ofereceu para me levar de carro até a sede da associação. Ela tem estatura baixa e corpo magro, e está usando um blazer elegante. A irmã propagandista e empoderada de Kim Jong Un me vem à mente na mesma hora, e só porque uma vez vi uma foto dela no noticiário, vestindo um blazer parecido e óculos de sol, mas é claro que não posso fazer essa comparação em voz alta.

Susan me cumprimenta com um aperto de mão firme.

— Olá, Juniper. A viagem de metrô foi boa?

— Foi, foi tranquila.

Eu a sigo até seu sedã azul. Ela tem que jogar alguns livros e cobertores no banco de trás para abrir espaço para mim. O carro está impregnado de um aroma enjoativo de ervas.

— Não repara na bagunça, viu? Prontinho, pode sentar aí na frente.

A informalidade dela não me parece nada profissional. E me irrita um pouco porque parece que Susan está buscando a filha na escola em vez de conduzindo uma convidada importante. Não, não, isso sou eu sendo tendenciosa. *Eles não são uma livraria glamourosa*, lembro a mim mesma. *São só uma associaçãozinha sem um orçamento grande, e estão me fazendo um favor por quererem se vincular a mim.*

— Você fala chinês? — pergunta Susan assim que botamos o pé na estrada.

— Hã? Ah, não. Não, desculpa, não falo.

— Sua mãe não te ensinou? Nem seu pai?

— Ah... Desculpa. — Meu estômago revira de pavor. — Você deve estar enganada... Meus pais não são chineses.

— O quê?!

O choque faz a boca de Susan formar um "O" tão perfeitinho que eu teria rido se a situação toda não fosse tão constrangedora.

— Mas o seu sobrenome é Song, por isso pensamos que... Então você é coreana? Eu conheço alguns coreanos que são Song.

— Não, desculpa. Song é o meu segundo nome, na verdade. Meu sobrenome é Hayward. Nenhum dos meus pais é, hã, asiático.

Quero morrer. Quero abrir a porta do carro e me atirar na rodovia e ser extirpada desse mundo pelos carros.

— Ah. — Susan fica em silêncio por um momento. Olho para ela de canto de olho e a flagro me olhando de volta. — Ah. Entendo.

Claro que me sinto péssima por conta dessa confusão, mas também estou um pouco na defensiva. Nunca fingi ser chinesa. Já percebi que as pessoas costumam agir de maneira ambígua comigo quando acham que sou chinesa, mas não querem presumir nada ou pedir um esclarecimento. Não estou enganando ninguém de propósito. Não ando por aí com a palavra "BRANCA!" estampada no meio da testa, e a culpa não deveria ser dos outros por ficarem fazendo suposições? Não é racista, de certa forma, presumir minha raça com base no que eles acreditam ser meu sobrenome?

Susan e eu passamos o resto da viagem em silêncio. Me pergunto no que ela está pensando. O rosto dela parece tenso, mas talvez seja sempre assim; talvez todas as senhoras asiáticas de meia-idade fiquem desse jeito. Quando paramos na igreja (pelo jeito a Associação de Sino-Americanos de Rockville se reúne todas as quintas à noite em uma igreja presbiteriana), ela me pergunta se gosto de comida chinesa.

— Lógico — respondo. — Eu adoro.

— Ótimo. — Ela desliga o motor. — Porque foi isso que pedimos.

Lá dentro, cadeiras dobráveis de metal estão organizadas em fileiras diante do púlpito do pastor. Atraí um público maior do que eu esperava; deve ter umas quarenta, talvez cinquenta pessoas. Achei que era só uma associação, não uma congregação. Vários deles estão segurando exemplares autografados do meu livro. Alguns acenam para mim com entusiasmo quando eu passo pela porta. Sinto uma pontada de culpa.

— Por aqui.

Susan gesticula para que eu a siga até o púlpito, depois ajusta o microfone para que fique na sua altura enquanto eu permaneço parada e constrangida atrás dela. Fico surpresa por começarmos tão de repente. Queria que alguém tivesse me oferecido um copo d'água.

— Olá, pessoal — diz Susan. O microfone chia; ela espera até o eco sumir antes de retomar. — Hoje à noite temos a presença de uma convidada muito especial. Nossa estimada palestrante escreveu um lindo romance sobre o Chinese Labour Corps, que muitos de vocês já leram, e ela está aqui para fazer uma leitura e conversar com a gente sobre o trabalho de uma escritora. Por favor, deem as boas-vindas à srta. Juniper Song.

Ela bate palmas educadamente. O público segue seu exemplo. Susan se retira de perto do púlpito e faz sinal para eu começar, ainda exibindo aquele sorriso rígido e forçado.

— Bem, olá. — Eu pigarreio. *Fala sério, isso aqui não é nada.* A essa altura, já falei em uma dúzia de livrarias; posso muito bem aguentar uma reuniãozinha de uma associação. — Acho que, hã, vou começar com a leitura.

Para minha surpresa, tudo acontece de maneira muito tranquila. O público é dócil e quieto, e sorri e assente nos momentos certos. Alguns parecem confusos quando começo a ler;

eles estreitam os olhos e inclinam a cabeça, e eu não consigo definir se não escutam direito ou se não conseguem entender inglês muito bem, então falo mais devagar e mais alto, só para garantir. Como resultado, levo muito mais tempo para concluir a leitura do trecho, então ficamos com apenas vinte minutos para o bate-papo. Mas, para ser sincera, isso me deixa aliviada. Qualquer coisa serve para fazer o tempo voar.

As perguntas também são totalmente inofensivas. Na verdade, a maioria é bem gentil; o tipo de pergunta que você ouviria dos amigos da sua mãe. Eles me perguntam como me tornei tão bem-sucedida sendo tão jovem. Como conciliei os estudos com a carreira de escritora. Que outros fatos interessantes sobre os trabalhadores chineses eu descobri durante minha pesquisa. Um senhorzinho de óculos faz uma pergunta bem direta sobre quanto foi meu adiantamento e a porcentagem dos meus royalties.

— Eu fiz as contas e gostaria de trazer algumas observações sobre o modelo de negócios do mercado editorial — declara ele.

Desconverso dizendo que prefiro manter esses detalhes em particular. Outro sujeito pergunta, em um inglês bem mais ou menos, como sino-americanos poderiam exigir mais representatividade na esfera política estadunidense. Não faço ideia de como responder a isso, então balbucio alguma coisa sobre visibilidade nas redes sociais, alianças com outros grupos marginalizados e o decepcionante centrismo de Andrew Yang, e torço para que meu inglês acelerado o confunda a ponto de pensar que dei uma resposta coerente.

Uma mulher, que se apresenta como Grace Zhou, conta que sua filha Christina está no ensino médio e me pergunta se tenho algum conselho em relação ao vestibular.

— Ela ama escrever — explica Grace. — Mas tem dificuldade em se enturmar na escola, ainda mais porque lá não tem muitos outros sino-americanos, entende, e eu queria saber se você poderia dar algum conselho para ajudá-la a se sentir confortável para se expressar.

Lanço um olhar para Susan, cujos lábios estão tão comprimidos que parecem um risco de lápis.

— Diga pra ser ela mesma — sugiro, a voz fraca. — Também passei por maus bocados no ensino médio, mas, hã, consegui lidar com tudo por ter mergulhado nas coisas que eu amava. Os livros eram meu refúgio. Quando eu não gostava do mundo ao meu redor, eu lia, e acho que foi isso que me tornou a escritora que sou hoje. Aprendi desde cedo como as palavras são mágicas. Talvez a mesma coisa aconteça com Christina.

Pelo menos tudo isso é verdade. Não sei se Grace ficou feliz com a resposta, mas ela passa o microfone adiante.

Por fim, o evento termina. Agradeço ao público educadamente e me dirijo até a saída, na esperança de escapar de fininho antes que alguém me arraste para uma conversa, mas Susan se materializa ao meu lado assim que deixo o púlpito.

— Eu estava pensando que… — começo a dizer, mas Susan me direciona, quase com violência, até as mesas dobráveis de plástico nos fundos do salão.

— Venha — chama ela. — Coma um pouco enquanto o jantar ainda está quente.

Alguns voluntários distribuíram travessas de comida chinesa. Tudo parece tão gorduroso sob as luzes fluorescentes que sinto meu estômago revirar. Eu achava que os chineses torciam o nariz para esses fast-foods de comida chinesa. Ou talvez fosse só Athena que declarava, em tom de desagrado, que jamais comeria nada que viesse de lugares com nomes como "Grande Muralha Express".

— É visível que a comida não é autêntica — comentou ela certa vez. — Só servem essas porcarias pra pessoas brancas que não têm a menor noção de nada.

Uso os pegadores de plástico para pescar um único rolinho primavera vegetariano, já que é a única coisa que não está literalmente reluzindo de tanto óleo, mas a vovozinha ao meu lado insiste que eu prove o frango xadrez e o macarrão com gergelim, então eu a deixo empilhar uma porção de comida no meu prato enquanto tento não sentir ânsia de vômito.

Susan me leva até uma mesa no canto e me coloca ao lado de um senhorzinho que ela apresenta como sr. James Lee.

— O sr. Lee ficou muito animado com a sua vinda desde que a anunciamos — comenta Susan. — Até trouxe o exemplar dele para ser autografado. Todo mundo queria se sentar com você. Sei que a Grace adoraria te incomodar para falar mais sobre a filha, mas avisei pra todo mundo que não seria possível.

O sr. Lee está radiante e olha para mim. Seu rosto é tão escuro e enrugado que lembra uma noz, mas os olhos são vivos e amigáveis. Ele retira uma edição de capa dura de *O último front* de dentro da bolsa e a estende para mim com as duas mãos.

— Autógrafo, sim?

Ai, meu deus, penso. *Que bonitinho.*

— Quer que eu escreva uma dedicatória para o senhor? — pergunto com gentileza.

Ele assente. Não sei se ele entendeu a pergunta, então olho para Susan, que concorda, me dando permissão para fazer a dedicatória.

Para o sr. Lee, escrevo. *Foi um enorme prazer conhecê-lo. Tudo de bom, Juniper Song.*

— O tio do sr. Lee fazia parte do Chinese Labour Corps — informa Susan.

Eu pisco.

— Ah, é mesmo?

— Ele se mudou pro Canadá depois — complementa o sr. Lee. Ah, então ele entende o que estamos dizendo. O inglês dele é lento e hesitante, mas a gramática de todas as frases é perfeita.

— Eu contava pra todos os meus colegas de escola que meu tio tinha lutado na Primeira Guerra Mundial. Eu achava isso tão legal! Meu tio era um herói de guerra! Mas ninguém acreditava. Disseram que os chineses não fizeram parte da Primeira Guerra.

Ele pega minhas mãos, e fico tão surpresa que simplesmente o deixo segurá-las.

— Mas você sabe das coisas. Obrigado. — Os olhos dele estão marejados. — Obrigado por contar essa história.

Meu nariz está ardendo. Sinto uma vontade repentina de me desmanchar em lágrimas. Susan se levantou para conversar com alguém de outra mesa, e é só por isso que tenho coragem de dizer o que digo a seguir.

— Não sei — murmuro. — Para ser sincera, sr. Lee, não sei se sou a pessoa certa pra contar essa história.

Ele aperta minhas mãos ainda mais. O rosto dele é tão gentil que faz eu me sentir podre por dentro.

— Você é a pessoa certa — responde ele. — Precisamos de você. Meu inglês não é tão bom. Sua geração tem inglês bom. Você pode contar nossa história. Fazer eles se lembrarem da gente. — Ele assente com determinação. — É. Fazer eles se lembrarem da gente.

Ele aperta minhas mãos uma última vez e me diz algo em chinês, mas é claro que não entendo uma única palavra.

Pela primeira vez desde que enviei o manuscrito, sinto uma vergonha profunda. Essa história não é minha, essa herança cultural não é minha. Essa comunidade não é minha. Sou uma forasteira, desfrutando do amor deles com falsas intenções. É Athena quem deveria estar sentada ali, sorrindo com aquelas pessoas, autografando livros e escutando as histórias dos mais velhos.

— Come, come! — O sr. Lee aponta de maneira encorajadora para o meu prato. — Vocês jovens trabalham muito. Não comem o bastante.

Sinto vontade de vomitar. Não posso passar nem mais um segundo cercada dessas pessoas. Preciso me livrar de seus sorrisos e sua gentileza.

— Com licença, sr. Lee.

Eu me levanto e cruzo o salão às pressas.

— Preciso ir — digo a Susan. — Preciso, hã... Esqueci que preciso buscar minha mãe no aeroporto.

Noto que é uma desculpa esfarrapada assim que a pronuncio. Susan sabe que não estou de carro, e foi exatamente por isso que ela teve que me buscar na estação, para início de conversa. Mas ela soa compreensiva.

— É claro. Você não pode deixar sua mãe esperando. Deixa só eu pegar minha bolsa que eu te levo até a estação.

— Não, por favor, não quero incomodar. Posso pedir um Uber...

— Nossa, não mesmo! Rosslyn fica muito longe!

— Eu realmente não quero atrapalhar — insisto, sem fôlego. — Você ainda nem terminou de jantar. Eu me diverti bastante, foi maravilhoso conhecer todo mundo, mas eu, hã, eu realmente deveria deixar vocês aproveitarem a noite de vocês.

Eu me apresso até a porta antes que Susan consiga responder. Ela não vem atrás de mim, mas, se tivesse vindo, eu teria corrido até sumir de vista. Que vexame. Mas, neste momento, tudo que percebo é o ar frio do lado de fora refrescando meu rosto.

Dez

DEPOIS DISSO, DIGO A EMILY PARA RECUSAR A MAIORIA dos convites por mim. Chega de escolas, livrarias e clubes do livro. As vendas estão tão boas que aparições públicas não vão fazer a menor diferença, então não preciso continuar me expondo como isca para mais controvérsias. Por mais que eu queira me esconder do público, ainda compareço a cerimônias de premiação em convenções literárias, porque odiaria ter que abrir mão *desse* tipo de validação.

Prêmios do mercado literário são coisas bobas e arbitrárias, menos um sinal de prestígio ou qualidade literária e mais um indicador de que você venceu o concurso de popularidade com um júri bem pequeno e parcial. Prêmios não valem nada. Pelo menos, é o que sempre ouço de pessoas que os ganham com frequência. Athena fazia questão de explicar isso uma vez por ano no Twitter, sempre logo após ser indicada a algo grandioso: Ah, é claro que me sinto honrada, mas lembrem-se: se vocês não forem finalistas, isso não quer dizer que seu trabalho não importa! Todas as nossas histórias são especiais e únicas, cada qual à sua maneira.

Acredito, de todo coração, que esses prêmios são uma merda, mas isso não significa que não quero ganhar.

E *O último front* é, em resumo, um ímã de prêmios. Foi escrito de maneira brilhante: confere. Atrai tanto leitores de literatura comercial quanto os mais "sofisticados": confere. E o mais importante é que *conta* alguma coisa; um determinado assunto sensível ou oportuno que os comitês de premiação podem usar de exemplo e dizer: *Vejam só, a gente se importa com o que acontece no mundo, e já que a literatura é um reflexo necessário da nossa realidade, foi esta história que decidimos exaltar.*

Fico um pouco aflita que o sucesso estrondoso de *O último front* o impeça de vencer alguma coisa. Ouvi dizer que comitês de premiação querem demonstrar um gosto mais refinado do que o do proletariado, então sempre há um mega-seller que não vence a categoria mais óbvia, e sempre tem uns finalistas dos quais ninguém nunca ouviu falar em todas as categorias. Mas eu nem devia ter me preocupado. As indicações começam a surgir uma de cada vez. Goodreads Choice Awards: confere. Indies Choice Book: confere. O Booker Prize e o Women's Prize são apostas improváveis, então nem fico tão decepcionada quando não entro na lista de finalistas. Além disso, fui indicada para tantos prêmios regionais que atenção é o que não me falta.

Adele Sparks-Sato deve estar se mordendo de inveja, é o que Marnie diz em uma mensagem quando compartilho a notícia do Goodreads Choice Awards.

Jen: ISSO AÍ! Arrasou. O sucesso é a melhor vingança. Que orgulho por você ter lidado tão bem com tudo isso. #ElegânciaÉTudo!

Releio meus e-mails de indicações várias vezes por dia, me deliciando com as seguintes palavras: Prezada srta. Song, estamos honrados em informar que... E danço pelo apartamento, ensaiando um discurso imaginário que transmita a mesma mistura de graça e ingenuidade que Athena sempre exalava nos dela: "Ai, meu *deus*, eu não consigo mesmo acreditar... Não, sério, não achei que fosse vencer..."

As indicações trazem uma enxurrada de divulgação positiva. Apareço em várias listas do BuzzFeed. Consigo uma matéria de perfil com o *Yale Daily News*. Vencer o Goodreads Choice Awards dá um bom empurrão nas vendas, e acabo voltando para a lista de mais vendidos do *New York Times* por duas semanas. Imagino que o burburinho das premiações tenha chegado a Hollywood, porque Brett me liga naquela mesma semana para avisar que meu agente responsável pelos direitos audiovisuais quer marcar uma reunião com o pessoal da Greenhouse Productions.

— O que é essa Greenhouse? — pergunto. — Eles são sérios?

— É uma produtora bem dentro dos padrões. Já fechamos alguns contratos com eles no passado.

— Nunca ouvi falar.

Jogo o nome da empresa no Google. Ah, caramba, eles são mesmo impressionantes! A equipe principal são três produtores que trabalharam em vários filmes que conheço e, em especial, uma produtora-diretora, Jasmine Zhang, que foi finalista do Oscar do ano passado por um filme sobre trabalhadores chineses migrantes em São Francisco. Será que é por causa dela que estão interessados?

— Minha nossa, então eles são mesmo um dos grandes?

— Você não teria ouvido falar da maioria das produtoras independentes — explica Brett. — Elas costumam operar nos bastidores. Embalam seu livro, encontram um roteirista, contratam algum ator talentoso etc. Depois lançam a ideia pra um estúdio. São os estúdios que abrem a carteira. Mas as produtoras vão te pagar adiantado pelos direitos audiovisuais, e esta é a melhor opção que temos até agora. Não custa nada conversar com eles, não é? Que tal na próxima quinta?

O pessoal da Greenhouse Productions está em Washington para um festival de cinema naquele fim de semana, então combinamos de nos encontrar em um café em Georgetown. Eu chego cedo; odeio a parte de ter que ficar apertando mãos, depois decidir o que pedir e aí me atrapalhar com o cartão na hora de pagar a conta. Mas já tem gente ocupando a mesa nos fundos quando eu apareço. Há duas pessoas: Justin, um dos fundadores da produtora, e Harvey, o assistente dele. Os dois são loiros e bronzeados, com o corpo malhado e um sorriso tão branco que chega a ser desnorteante. A julgar pela aparência, poderiam ser irmãos, talvez primos, mas a semelhança talvez se dê pelo fato de ambos estarem com o cabelo penteado para trás em topetes idênticos e vestirem o mesmo estilo de camisa com gola em V e mangas arregaçadas até os cotovelos. Pelo jeito, Jasmine Zhang ainda não apareceu.

— E aí, Juniper?

Justin se levanta para me abraçar.

— Que maravilhoso te conhecer. Obrigado por arranjar um tempinho pra gente.

— Que isso. Georgetown fica pertinho — respondo, e na mesma hora Harvey se inclina sobre a mesa para me abraçar também.

É um pouco complicado me esticar em direção aos seus braços abertos e encontrá-lo no meio do caminho. Percebo que ele tem cheiro de limpeza.

— Você vem sempre aqui? — pergunta Justin.

Na verdade, não, porque tudo em Georgetown é caro pra cacete, e os alunos que infestam o bairro são barulhentos, insuportáveis e riquinhos. Só estive ali algumas vezes com Athena, que era obcecada por um bar que servia margaritas na Wisconsin Avenue. Eu que escolhi o ponto de encontro, mais por torcer que causasse uma boa impressão, então não posso agir como se não conhecesse o lugar.

— Hã, claro, o tempo todo. El Centro é bacana. Vários lugares legais pra comer frutos do mar de frente pra praia. E tem a loja de macaron na M, se vocês estiverem com tempo mais tarde.

Justin fica exultante, como se macarons fossem sua comida favorita no mundo.

— Bom, a gente vai ter que ir lá provar!

— Com certeza — concorda Harvey. — Assim que acabarmos aqui.

Eu sei que só adotaram esse jeitinho meigo para me deixar mais à vontade, mas em vez disso estou com os nervos à flor da pele. Athena uma vez reclamou que o pessoal de Hollywood não é nada do que diz ser. Eles são amigáveis e entusiasmados e garantem que você é o floquinho de neve mais especial que já viram, até que te dão as costas e te ignoram durante semanas. Agora entendo o que ela quis dizer. Não consigo determinar o nível de sinceridade de Justin e Harvey, e não sei como eles estão avaliando minhas respostas. É tão difícil ler as intenções por trás de uma expressão de alegria ofuscante que estou até com ansiedade.

Uma garçonete aparece e pergunta o que vou pedir. Estou abalada demais para ler o cardápio com atenção, então peço a mesma coisa que Justin está bebericando, um café gelado vietnamita chamado "Miss Saigon".

— Ótima escolha — comenta Justin. — É muito bom. Bem forte, e doce também. Acho que leva leite condensado.

— Hã, é isso mesmo. — Devolvo o cardápio para a garçonete. — É o que eu sempre peço.

— Mas então! *O último front.* — Justin bate as mãos com tanta força na mesa que eu até estremeço. — Que *livraço!* Estou surpreso que ninguém tenha pegado os direitos ainda!

Não sei o que responder. Por acaso isso significa que ele se sente sortudo por estarmos tendo esta reunião, ou só está jogando um verde para descobrir por que os direitos não chamaram a atenção de mais ninguém? Será que eu deveria fingir que há mais gente interessada?

— Acho que Hollywood não gosta muito de apostar em filmes sobre asiáticos — digo.

É um comentário astuto, mas estou sendo sincera, e já ouvi Athena fazer essa mesma reclamação diversas vezes.

— Eu adoraria ver essa história adaptada para as telonas, mas acho que exige que um verdadeiro aliado tome a frente. Alguém que realmente entenda a história.

— Bom, a gente *amou* o livro — declara Justin. — É tão original! E com tanta diversidade numa época em que precisamos tanto de narrativas diversas.

— Eu amo o estilo de narração em mosaico — comenta Harvey. — Lembra *Dunkirk*.

— É exatamente como *Dunkirk*. Na verdade, esse é um dos meus filmes favoritos. Nolan foi brilhante fazendo todo mundo se perguntar como todos os fios narrativos se encontrariam no final. — Justin olha para Harvey de canto de olho. — Pensando bem, o Chris seria uma escolha bem divertida pra diretor, não acha?

— Ai, meu deus. — Justin assente enfaticamente. — Com certeza, esse aí seria um sonho.

— E a Jasmine Zhang? — pergunto.

Fico um pouco surpresa que nenhum deles a tenha mencionado. Será que ela não é a escolha mais óbvia para dirigir o filme?

— Ah, não sei se ela tem capacidade pra lidar com isso aqui. — Justin brinca com seu canudo. — Ela está meio sobrecarregada de trabalho no momento.

— Efeitos colaterais de se ganhar um Oscar — explica Harvey. — Ela está com a agenda lotada até a próxima década.

— Rá. Pois é. Mas não se preocupe, a gente tem uns talentos bem especiais em mente. Tem um rapazinho que acabou de se formar na Universidade do Sul da Califórnia, Danny Baker, que deixou todo mundo de queixo caído com um curta sobre os crimes de guerra no Camboja. Ah, e uma menina da Escola de Artes da NYU que produziu um documentário estudantil no ano passado sobre os arquivos históricos da República Popular da China, se for tão importante assim pra você ter uma mulher asiática à frente do projeto.

A garçonete coloca o Miss Saigon diante de mim. Tomo um golinho e estremeço; é bem mais doce do que eu esperava.

— Hã, que legal — respondo, um pouco atordoada.

Eles estão falando como se já tivessem decidido adquirir os direitos do romance. Será que estou me saindo bem, então? O que mais preciso dizer para convencê-los?

— Então, o que posso fazer pra ajudar vocês?

— Ah, só estamos aqui pra ouvir o que você tem a dizer! — Justin entrelaça os dedos e se inclina para a frente. — Na Greenhouse, nós nos importamos muito com a visão dos autores. Não estamos aqui pra desfigurar seu trabalho, embranquecê-lo ou deixá-lo com cara de Hollywood, ou do que quer que seja. A integridade da história é importante para nós, então queremos sua opinião em cada etapa.

— Imagine que é como criar um mural de inspirações. — Harvey está com a caneta de prontidão sobre o bloco de notas. — Que elementos você faz questão de ver em uma versão cinematográfica de *O último front*, Juniper?

— Bom, hã, acho que eu ainda não pensei muito nesse assunto da adaptação.

Acabei de lembrar por que nunca peço café em reuniões de trabalho. A cafeína vai direto para a minha bexiga, e de repente sinto uma vontade incontrolável de fazer xixi.

— Eu não sou muito boa com roteiros, então não sei...

— Poderíamos começar com o seu elenco dos sonhos, que tal? — sugere Justin. — Algum ator renomado sempre surgia na sua mente enquanto você escrevia?

— Eu, hã... Não sei, na verdade.

Sinto meu rosto arder. Parece que estou zerando uma prova para a qual não me dei ao trabalho de estudar, embora, em retrospecto, pareça óbvio que eu deveria ter pensado nas minhas expectativas para a adaptação cinematográfica antes de me encontrar com os produtores.

— Não estava com nenhum ator em mente enquanto escrevia, pra ser sincera. Não sou uma pessoa tão visual assim...

— Bom, e o personagem do coronel Charles Robertson? — pergunta Harvey. — O diplomata britânico. Poderíamos tentar conseguir um nome de peso, como Benedict Cumberbatch ou Tom Hiddleston...

Fico um pouco confusa.

— Mas ele nem é o personagem principal.

O coronel Charles Robertson mal é mencionado no primeiro capítulo.

— Sim, sim — responde Justin. — Mas talvez a gente possa expandir um pouco o papel dele, dar uma presença dramática.

— Bom, pode ser. — Eu franzo a testa. — Não sei bem como isso funcionaria, já que estragaria o ritmo do primeiro ato inteiro, mas podemos dar uma olhada...

— Olha, o segredo de todo grande épico de guerra é ter um personagem bem carismático como ponto central — explica Justin. — Não dá pra atrair um público variado se sua única estratégia de divulgação é focar na história militar. Mas é só colocar um galã britânico que você atrai as mulheres, as mães de meia-idade, as adolescentes... É o princípio de *Dunkirk*. O que é *Dunkirk*, porra? Sei lá. Só assistimos por causa do Tom Hardy.

— E do Harry Styles — complementa Harvey.

— Isso! Exatamente. O que queremos dizer é que seu filme precisa de um Harry Styles.

— Que tal aquele rapazinho do *Homem-Aranha*? — indaga Harvey. — Qual o nome dele mesmo?

Justin se empertiga.

— O Tom Holland?

— É, isso. Eu ia adorar ver aquele cara em um filme de guerra. É o próximo passo em uma carreira como a dele. — Harvey olha para mim, como se tivesse acabado de se lembrar que eu existo. — O que acha, June? Você curte o Tom Holland?

— Eu… É, eu gosto do Tom Holland.

Minha bexiga aperta. Eu me remexo no assento, tentando encontrar uma posição melhor.

— Acho que daria certo, claro — continuo. — Quer dizer, não sei bem quem ele interpretaria, mas…

— E aí pra interpretar o A Geng estávamos pensando em algum ator chinês, talvez um astro do pop — retoma Justin. — E isso nos garante a bilheteria chinesa, que é enorme.

— O problema com astros asiáticos é que o inglês deles costuma ser uma merda — comenta Harvey. — *Flango*. Um pesadelo pros produtores.

— Harvey! — Justin ri. — Você não pode falar uma coisa dessas.

— Ih, fui pego no flagra! Não conta pra Jasmine.

— Mas isso não seria um problema — interrompo os dois. — O inglês dos trabalhadores chineses tem que ser ruim mesmo.

Devo ter soado mais irritada do que pretendia, porque Justin logo se corrige:

— Quer dizer, jamais mudaríamos a história de uma maneira que não deixasse você confortável. Não é nosso intuito. Queremos respeitar seu projeto do início ao fim.

Balanço a cabeça.

— Não, não, eu entendo, não estou me sentindo desrespeitada...

— E a gente está só jogando umas ideias pra apresentar as coisas de um jeito mais atraente e pra, hã, atingir um público maior...

Eu me recosto no assento e ergo as mãos.

— Olha, vocês são os especialistas de Hollywood. Eu sou só a escritora. Tudo isso me parece ótimo, e vocês têm a minha bênção, ou seja lá o que for, pra apresentar essa história do jeito que acharem mais apropriado.

E estou sendo sincera. Nunca quis ter muito controle sobre minhas adaptações cinematográficas. Não entendo nada sobre criação de roteiro e, além disso, sempre tem alguma confusão nas redes sociais sobre esse ou aquele escritor que se desentendeu com o diretor do filme. Não quero ficar com fama de estrelinha. E talvez eles tenham razão. Quem quer ir ao cinema para ver um bando de pessoas falando em chinês durante duas horas? Não seria melhor assistir a um filme chinês, então? Estamos falando de um sucesso de bilheteria feito para o público americano. Ser acessível é importante.

— Obrigado pela compreensão. — Justin está radiante. — Às vezes conversamos com autores e eles, sabe como é...

— São bem birrentos — confessa Harvey. — Querem que todas as cenas do filme coincidam com o livro, tim-tim por tim-tim.

— Eles não entendem que filmes são uma mídia totalmente diferente, e que requer outras habilidades narrativas. É praticamente uma tradução, pra ser sincero. E uma tradução entre mídias é sempre infiel até certo ponto. Roland Barthes. Um ato de tradução é um ato de traição.

— *Belles infidèles*. Belas infiéis — diz Harvey.

— Mas você entende, e isso é ótimo — afirma Justin.

E acabou assim. Isso é ótimo. Eu sou ótima. Estamos todos muito, muito animados para botar as mãos na massa. Fico esperando que me ofereçam mais detalhes. De quanto dinheiro estamos falando? Qual é o cronograma deles? Vão entrar em contato com esse tal de Danny Baker, tipo, amanhã? (Harvey deu a entender que mandaria uma DM na mesma hora.) Mas tudo que me dizem é vago, e tenho a sensação de que esse não é o momento certo para pressioná-los. Então fico ali e deixo que me paguem um strudel caríssimo (chamado "Doce Inglória") e me digam como a vista para o rio é exuberante. Justin cuida da conta e os dois me dão um abraço apertado antes de nos separarmos.

Caminho sem pressa até eles virarem a esquina do lado oposto, então volto correndo para o café e passo um minuto inteiro fazendo xixi.

Deu tudo certo. Envio um e-mail para Brett com um resumo da reunião enquanto cruzo a ponte até Rosslyn. Acho que gostaram de mim, mas parece que ainda estão avaliando algumas coisas antes de o dinheiro entrar na conversa. Acho que Jasmine Zhang não está envolvida, o que é estranho.

Foi uma reunião bem normal para os padrões de Hollywood, responde Brett. Só estavam tentando te entender. Ofertas concretas só surgem bem depois. Não sei da situação de Jasmine, mas parece que Justin é o maior interessado. Se eu souber de alguma novidade, te aviso.

Estou impaciente com a falta de notícias, mas é sempre assim. O mercado editorial é *arrastado*. Os responsáveis se debruçam sobre manuscritos durante meses, e reuniões acontecem a portas fechadas enquanto você morre de ansiedade do lado de fora. Estar no mercado editorial significa passar semanas sem notícias, até que certo dia você está na fila da

Starbucks ou no ponto de ônibus e seu celular vibra com um e-mail que vai mudar sua vida.

Então eu desço até o metrô, deixo um pouco de lado meus sonhos hollywoodianos e espero Brett me informar que estou prestes a me tornar milionária.

Tento conter as expectativas. Afinal, a maioria das propostas de compra de direitos audiovisuais não dá em nada. Receber uma oferta só significa que a produtora tem a exclusividade de apresentar a história em um formato que talvez desperte o interesse de algum estúdio. Quase todos os projetos ficam pegando poeira no limbo da fase de desenvolvimento, e poucos deles recebem a aprovação dos executivos de um estúdio. Descubro tudo isso nas horas seguintes, ao revirar a internet atrás de matérias sobre esse processo, me atualizando sobre os jargões da indústria e tentando avaliar se devo ou não ficar animada.

Eu provavelmente não vou fechar um acordo com a Warner Bros. Provavelmente não vou ficar milionária. Mas o hype ainda pode ser de grande ajuda. Posso ganhar dezenas de milhares de dólares pela oferta de compra de direitos audiovisuais vinda da Greenhouse. Posso vender mais alguns milhares de exemplares com base apenas na divulgação desse novo contrato.

E há sempre aquele "talvez" vago e tentador. Talvez meu livro *seja* adquirido pela Netflix, ou a HBO ou a Hulu. Talvez o filme seja um sucesso estrondoso, e com isso façam uma reimpressão do livro com a capa do filme, e eu tenha a chance de comparecer à estreia com um vestido feito sob medida, de braços dados com o ator asiático bonitão que escalarem para interpretar A Geng. Elle Fanning será Annie Waters, e aí tiraremos selfies bonitinhas juntas na estreia como aquela que Athena tirou com a Anne Hathaway.

Por que não sonhar alto? Descobri, conforme atinjo meus objetivos no mercado, que estou ficando cada vez mais ambiciosa. Consegui um adiantamento ridiculamente bom. Conquistei o status de autora best-seller, um perfil em revistas de renome, vários prêmios e honrarias. Agora, ainda com o gosto de Miss Saigon na língua, tão doce que chega a ser enjoativo, tudo isso parece irrelevante se comparado ao que o verdadeiro estrelato literário significa. Eu quero o que Stephen King tem, o que Neil Gaiman tem. Por que não um contrato de filme? Por que não a fama hollywoodiana? Por que não um império em diferentes mídias? Por que não o mundo todo?

Onze

O S ATAQUES COMEÇAM NO TWITTER.
O primeiro vem da conta @FantasmaDaAthena-Liu, criada no início desta semana; não há foto de perfil, nem texto na bio.

> Juniper Song, também conhecida como June Hayward, não escreveu "O último front". Fui eu que escrevi. Ela roubou meu livro, roubou minha voz e minhas palavras. #SalvemAthena

Depois, algumas horas mais tarde, uma enxurrada de tuítes doentios em sequência.

> June Hayward ficou minha amiga alguns anos atrás pra se aproximar do meu processo de escrita. Ela visitava meu apartamento com frequência, e eu a flagrava mexendo nos meus cadernos quando achava que eu não estava prestando atenção.

> As provas estão evidentes. Leiam os romances que publiquei e os comparem com a prosa de "O último front". Leiam o livro

de estreia de June e se perguntem se uma mulher branca teria sido capaz de escrever "O último front".

Vamos ser sinceros: Juniper Song Hayward é uma mulher branca.

Ela está usando o nome Juniper Song para se passar por sino-americana. Tirou novas fotos de divulgação para parecer mais bronzeada e étnica, mas é tão branca quanto papel. June Hayward, você é uma ladra mentirosa. Você roubou meu legado e agora está cuspindo no meu túmulo.

Que vergonha, June. Que vergonha, Eden Press. É óbvio que Daniella Woodhouse deve tirar a edição atual de "O último front" de circulação e devolver os direitos à Patricia Liu, mãe de Athena. Todas as futuras edições devem ser publicadas apenas sob o nome de Athena.

Não deixem que essa injustiça continue. #SalvemAthena

Há um penúltimo tuíte marcando uma dezena de contas famosas, implorando para que compartilhem e ajudem a mensagem a ter mais visibilidade.

E, por último, um tuíte em que estou marcada.

Minha vista já está embaçada quando termino de ler. Respiro fundo e o quarto começa a girar. Não consigo levantar; mal consigo me mexer. Minha mente se dispersou; já não consigo formar pensamentos coerentes, apenas atualizar a página de @FantasmaDaAthenaLiu e ler os tuítes repetidamente enquanto o fio vai ganhando alcance aos poucos. Durante as primeiras horas, não houve nenhuma curtida, e eu tive a esperança irracional de que aquilo simplesmente não daria em nada, como acontece com essas contas aleatórias de gente surtada.

Mas todas aquelas marcações devem ter chamado atenção, porque, quinze minutos depois de eu ver o fio pela primeira vez, as pessoas começam a responder. Um influenciador literário com seis mil seguidores reposta o primeiro tuíte, e aí um aspirante a escritor que sempre viraliza por suas opiniões literárias "controversas" (que em sua maioria se resumem a "vocês precisam fazer um curso de interpretação" e "nem todo vilão é problemático") retuíta com um comentário: Que nojo se isso for verdade. Meu deus. E aí abrem-se as portas do inferno. As pessoas começam a responder:

Cacete, tá falando sério?

Cadê as provas?

Sempre achei que tinha algo errado com a Song. Hmm.

Parece que mais um "prodígio" de Yale é uma enorme farsa.

PQP!!! MANDA PRENDER ESSA DOIDA!

Não consigo largar o computador. Mesmo quando finalmente me levanto para ir ao banheiro, meus olhos continuam grudados na tela do celular. O mais saudável a fazer seria desligar todos os meus aparelhos eletrônicos, mas não consigo me distanciar deles. Preciso assistir à desgraça acontecer em tempo real, para ver exatamente quem retuitou e quem está respondendo.

E aí as DMs começam a chegar. São de completos desconhecidos. Nem sei por que as abro, mas estou curiosa demais, ou sou masoquista demais, para simplesmente apagar tudo sem ler.

Morre, sua filha da puta.

June, você viu os tuítes? É tudo verdade? Se não for, você precisa se defender.

Você com certeza vai pro inferno por ter feito isso. Filha da puta, ladra, racista.

Você deve todo o seu dinheiro pra senhora Liu!!!

Eu era fã de "O último front". Que decepção. Você deve um pedido público de desculpas a toda a comunidade literária. Agora.

Eu vou até Washington meter a porrada em você. Racista de merda.

Só depois de ler essa última mensagem é que eu atiro o celular do outro lado da cama. *Puta merda*. Meu coração está martelando tão forte que eu me levanto, ando pra lá e pra cá no apartamento, posiciono uma cadeira para travar a porta da frente (não, não acho que alguém está prestes a invadir a casa e me matar, mas é essa a *sensação* que eu tenho) e depois me encolho na cama, abraço os joelhos na altura do peito e fico me balançando para a frente e para trás.

Ai, meu deus.

Ai, meu deus.

Acabou. As pessoas descobriram. O mundo todo está prestes a descobrir. Daniella vai descobrir, a Eden vai me demitir, vou perder todo o meu dinheiro, a sra. Liu vai me processar e acabar comigo no tribunal, vou deixar de ser cliente do Brett, minha carreira vai terminar e vou entrar para a história literária como a filha da puta que roubou o trabalho de Athena Liu. Vão criar uma página na Wikipédia sobre mim. Vão escrever textos enormes sobre mim. Meu nome nunca mais vai ser mencionado entre os profissionais do ramo sem despertar sorrisos sarcásticos e risadas constrangidas. Vou virar meme. E nunca mais vão publicar uma única palavra que eu escrever.

Por que diabos eu publiquei *O último front*? Quero dar um soco no meu eu do passado por ter sido tão idiota. Achei que estava fazendo algo bom. Algo nobre: trazer o trabalho de Athena ao mundo da maneira que ele merecia. Mas como nem cheguei a cogitar que isso poderia se voltar contra mim?

Estive tão estável até agora... Consegui controlar minha ansiedade tão bem, focar no *presente* em vez de me afundar em medos e inseguranças, lidar com o horror de onde e como botei as mãos no manuscrito original e depois seguir *em frente*. Agora está tudo voltando: as mãos de Athena agarrando a própria garganta, o rosto dela ficando roxo, os pés se debatendo no chão.

Pelo amor de deus, o que foi que eu *fiz*?

Meu celular, que está com a tela virada para cima na cama, pisca a cada nova notificação. Parecem sirenes.

Começo a chorar feito criança, de um jeito barulhento, feio e descontrolado. Fico assustada com meu próprio volume. Tenho medo de que os vizinhos ouçam, então enfio a cara no travesseiro e fico ali, abafando o choro e me sentindo histérica durante horas.

O sol se põe. O quarto escurece. Em algum momento a adrenalina baixou, a pulsação desacelerou e minha garganta ficou arranhada de tanto chorar. Não tenho mais lágrimas para derramar. O ataque de pânico passou, talvez por eu já ter pensado no pior cenário possível tantas vezes que agora ele não me assusta mais. Minha morte social e profissional já se tornou algo familiar e, paradoxalmente, isso significa que consigo pensar com clareza de novo.

Pego o celular, rolo o Twitter e percebo que talvez essa situação não seja tão ruim quanto achei que fosse. Não tem como a pessoa por trás de @FantasmaDaAthenaLiu saber o que realmente aconteceu. Ela acertou a questão principal sobre quem criou inicialmente o livro, mas errou em todos os outros detalhes. Só fui ao apartamento de Athena naquela primeira e última vez. Eu a conheci na faculdade, não em Washington. E com certeza não fiquei amiga dela com a intenção de roubar *O último front*. Só descobri que ele existia na noite em que Athena morreu.

Essa pessoa, seja lá quem for, deu um palpite bem próximo da verdade. Mas inventou todo o resto. E isso indica que ela não tem nenhuma prova concreta.

Talvez, se tudo o que ela tem são suspeitas, exista uma maneira de limpar meu nome. Talvez exista uma forma de exorcizar esse fantasma.

Minha mente fica divagando sobre o que esse usuário — *fantasma* da Athena Liu — quer dizer, assim como a lembrança do rosto de Athena na Politics and Prose, com os olhos cintilando e os lábios curvados em um sorriso condescendente. Afasto esses pensamentos. Seguir esse raciocínio só me levará à loucura. Athena está morta, porra. Eu a vi morrer. E esse probleminha é coisa dos vivos.

Não quero que Brett descubra tudo pelo Twitter, então envio logo um e-mail: Aconteceu uma coisa estranha. Você tem um minutinho para falar ao telefone?

Ele já deve ter visto os tuítes, porque me liga cinco minutos depois, apesar de ser quase nove horas da noite. Eu atendo, tremendo.

— Oi, Brett.

— Oi, June.

A voz dele soa indiferente, mas talvez seja coisa da minha cabeça.

— Então, o que aconteceu? — pergunta Brett.

Eu pigarreio.

— Você viu os tuítes?

— Se você puder ser mais clara...

— Aqueles que dizem que eu roubei *O último front* da Athena Liu.

— Bem. — Ele faz uma longa pausa. — É, eu vi, sim. Mas não é *verdade*, é?

— Não! — Minha voz desafina. — Não, claro que não. Não sei quem está por trás disso, nem sei como essa história começou...

— Bom, se não é verdade, então não faça tempestade em copo d'água. — Brett não soa nem de perto tão chateado quanto poderia estar. Pensei que estaria bravo, mas parece só meio irritado. — É só alguém te trolando. Vai passar.

— Não vai, não — insisto. — Um monte de gente vai ver isso aí. E vão formar opiniões...

— Então deixe que formem. A Eden não vai tirar os livros das prateleiras com base em uma fofoca de internet. E a maioria dos consumidores nem usa Twitter. Confie em mim, só uma parcela muito pequena do meio literário vai se importar.

Eu solto um choramingo meio nojento.

— Mas a minha reputação com essa parcela é o que *importa*.

— Sua reputação está intacta — diz ele tranquilamente. — Não passam de acusações, não é mesmo? Acusações totalmente infundadas, certo? Não dê uma resposta. Não se envolva. Se as pessoas não têm provas, então pronto, acabou. Logo os outros vão perceber que isso tudo é só um ataque maldoso contra o seu caráter.

Ele parece tão confiante, tão despreocupado, que sinto uma pontada de alívio. Talvez Brett tenha razão. Talvez tudo seja interpretado como bullying. Os tuiteiros são sempre veementemente contra bullying. Talvez, no fim das contas, isso ajude a me divulgar de um jeito bom.

Brett continua por mais um tempinho, citando exemplos de outros autores famosos que foram alvo de ataques de ódio na internet.

— Isso nunca afeta as vendas, June. Nunca. Deixe os trolls dizerem o que quiserem. Você vai ficar bem.

Concordo com a cabeça e engulo o que queria dizer. Brett tem razão. Não faz sentido jogar lenha na fogueira, já que qualquer resposta só serviria para legitimar as acusações.

— Tá bom.

— Tá bom? Ótimo. — Brett parece pronto para dar o assunto por encerrado. — Não fica se preocupando tanto, tá?

— Ah, espera.

O pensamento acabou de cruzar minha mente.

— Você teve alguma notícia do pessoal da Greenhouse?

— Quê? Ah, não. Mas só faz uma semana, devem estar descansando da viagem. Dê um tempinho a eles.

Na mesma hora sinto uma pontada incômoda de medo, mas digo a mim mesma que estou sendo boba. Não é possível que as duas coisas tenham relação. Justin e Harvey não devem ficar grudados no Twitter para se atualizar sobre a última fofoca literária. Eles têm mais o que fazer.

— Tá bom.

— Relaxa, June. Você vai ter haters. Ossos do ofício. Se aquilo não é verdade, então você não tem nada com que se preocupar. — Brett faz uma pausa breve. — Quer dizer, não é verdade, *é*?

— Não! Nossa, claro que não.

— Então bloqueia a pessoa e ignora o assunto. — Brett solta uma risadinha abafada. — Melhor ainda, bloqueia o aplicativo do Twitter. Vocês escritores ficam muito tempo na internet. Isso vai passar. Essas coisas sempre passam.

***

Brett está errado. Isso não vai passar. Escândalos de Twitter são uma bola de neve: quanto mais pessoas os veem, mais acham necessário dar as próprias opiniões e externar seus pontos de vista, criando uma enxurrada de debates paralelos à conversa que deu início ao assunto. Depois de certo nível de visibilidade, todo mundo do meio editorial começa a falar disso. E @FantasmaDaAthenaLiu, seja lá quem for, já tem quase mil seguidores. A pessoa conseguiu furar a bolha.

O que agora estão chamando de Escândalo Athena-June se tornou o Debate do Momento. É bem diferente da situação com a Lily Wu, que envolveu, no máximo, uma dezena de pessoas. Desta vez, as pessoas querem a minha cabeça. Ficar em silêncio não é uma opção. Todo mundo precisa tomar algum partido, ou serão tachados de cúmplices. (Que decepção tanta gente que se diz aliada estar em silêncio agora que a amiguinha deles foi desmascarada, tuítam contas anônimas, felizes em colocar mais lenha na fogueira.) Vários escritores proeminentes ficam em cima do muro, tentando salvar a própria pele, e, ao mesmo tempo, estabelecer seus posicionamentos.

Plagiar alguém é algo horrível, escreve um autor. Se a Hayward realmente fez isso, e ainda não sabemos se fez, então ela deve os royalties pra família da Athena Liu.

Se for verdade, vai ser péssimo, escreve outro. Mas até que existam provas substanciais, não sei se quero fazer parte desse linchamento coletivo.

Depois disso há uma discussão acalorada sobre ser apropriado ou não utilizar a palavra "linchamento" no caso de uma mulher branca, que termina com dezenas de pessoas chamando o autor em questão de racista. Em poucas horas, a conta dele é trancada.

Mas os comentários mais cruéis vêm de contas de Twitter de figuras públicas pouco conhecidas, que não têm nada a perder e tudo a ganhar ao me lançar aos leões.

Antes ela era conhecida como June Hayward, tuíta um usuário chamado reyl089. Mas publicou um livro sobre a China como June Song. Errado pra caralho, não é não?

Isso é literalmente a definição de yellowface, diz uma das respostas. Acho que essa pessoa não conhece o significado da palavra "literal".

Que patética, comenta outro usuário.

E é claro que não poderia faltar o Quando as pessoas brancas vão parar de fazer branquice? de sempre.

Alguém pega uma foto do meu Instagram e a posta ao lado de uma da Scarlett Johansson, com a seguinte legenda: A firma quer que vocês encontrem as diferenças entre essas duas imagens KKKK.

As respostas envolvem comentários maldosos sobre a minha aparência, como era de se imaginar.

Plmdds por que toda mulher branca tem a mesma cara?

Tá, tirando o fato de que a ScarJo faz o meu tipo HAHAHA

Será que ela tá estreitando os olhos pra parecer mais asiática ou pq não tá acostumada a pegar sol?

Eu deveria ter parado de ler assim que cheguei ao que me pareceu ser o fundo do poço da estupidez da internet. Mas ler comentários sobre mim mesma é como cutucar um dente dolorido. Me sinto forçada a cutucar mais e mais para ver até onde chega o nível de podridão.

Procuro toda hora no Twitter, no Reddit, no YouTube (uns três youtubers já postaram vídeos com títulos do tipo "Mandando a real sobre a Juniper 'Song'!"), no Google News, até no TikTok (sim, já chegou até nas criancinhas do TikTok). É debilitante. Não consigo me concentrar em mais nada. Não consigo nem sair de casa; tudo o que faço é ficar encolhida na cama, me alternando entre o notebook e o celular para ler e reler as mesmas atualizações em cinco sites diferentes.

As pessoas inventam boatos absurdos sobre mim. Alguns dizem que minhas resenhas antigas no Goodreads são racistas. (Tudo que fiz foi escrever que não consegui me identificar com o romance de um autor indiano porque todos os personagens eram insuportáveis e tão obcecados com os deveres familiares que chegava a ser ridículo.) Outros dizem que sempre pratico assédio e bullying contra quem critica meu trabalho. (Eu soltei *uma* indireta sarcástica sobre uma resenha particularmente idiota de *Sobre a figueira*, e isso aconteceu há *três* anos!) Uma pessoa alega que eu dei em cima dela em um evento ao "elogiar seu tom de pele de uma maneira bem racista". (Só falei que o vestido vermelho destacava muito o subtom amarelo da pele da pessoa. Meu deus, eu só estava tentando ser legal. Nem tinha gostado tanto assim do vestido.) E mesmo assim os tuiteiros já criaram toda uma narrativa de que tenho fetiche por asiáticos, o que segundo eles é comprovado pelos meus retuítes recentes do BTS e o fato de que joguei um videogame japonês uma vez e comentei que os personagens eram gostosos, e isso claramente significa que tenho uma fixação obscena por asiáticos afeminados e submissos. (Isso porque eu nem gosto tanto assim do BTS, e os personagens do jogo em questão foram criados para parecerem europeus, então qual é o problema?)

Todos os sinais suspeitos estão no próprio texto, escreveu uma conta anônima do Tumblr, que encontrei ao clicar nas "citações" de uma postagem me atacando no Reddit. Vejam na página 317, onde ela descreve os olhos amendoados e a pele lisa de A

Geng. Olhos amendoados? É sério isso??? Mulheres brancas têm fantasias com homens asiáticos há séculos. (Mas eu nem escrevi essa descrição! Foi a Athena!)

Alguém usou um programa de processamento de linguagem natural em Python para comparar o texto de *O último front* com outras obras de Athena e declarou que há "uma frequência assustadora de palavras coincidentes em todos os textos". Mas as palavras em questão são coisas como "disse", "lutou", "ele", "ela" e "eles". Seguindo essa lógica, não daria para argumentar que eu plagiei Hemingway?

Meus críticos dissecam tudo que já falei em público sobre *O último front* e escolhem a dedo o que usar como prova de que sou péssima. Pelo jeito, não é apropriado chamar histórias sobre chineses de "românticas", "exóticas" ou "fascinantes". Pelo jeito, o fato de eu ter descrito o livro como um drama minou seu potencial de crítica ao capitalismo racial.

— Eu sou contra caracterizar os trabalhadores como servos contratados — declarei certa vez. — O governo chinês ofereceu essas tropas como voluntários para a Primeira Guerra Mundial numa tentativa de ganhar crédito com os países ocidentais. Os trabalhadores foram por vontade própria.

Disseram que essa perspectiva "ignora a pressão da hegemonia ocidental" e apresentava "uma total desinformação quanto à coerção do capital". Adele Sparks-Sato escreveu que "Aqueles homens eram, em sua maioria, analfabetos. Sim, foram recrutados com a promessa de salários melhores, mas muitos não faziam ideia do que os aguardava na Europa. O fato de Hayward/Song caracterizá-los como mão de obra livre demonstra que, na melhor das hipóteses, ela é uma acadêmica obtusa; na pior, que ela sente uma indiferença perversa em relação às condições da classe trabalhadora do sul global".

Estão chamando *O último front* de "uma história de salvacionismo branco". Não gostaram de eu ter mostrado atos de heroísmo e bravura por parte de soldados e missionários brancos; acham que isso coloca a experiência branca como centro de tudo. (Mas esses homens existiram mesmo. Um missionário, Robert Haden, se afogou ao tentar salvar um chinês quando o navio a vapor *Athos* foi atingido por um torpedo de submarinos alemães. A morte dele não é importante?)

E estão me chamando de racista por dizer que os trabalhadores foram recrutados do norte porque os britânicos achavam que os do sul, de climas mais quentes, não seriam adequados para o trabalho braçal. Mas esse não é o *meu* ponto de vista, é o dos oficiais do Exército britânico. Por que as pessoas não conseguem enxergar a diferença? O que aconteceu com a capacidade de interpretar um texto de maneira crítica? Além disso, é tão racista assim dizer que pessoas do norte são mais adequadas para climas frios mesmo que isso seja *verdade*?

Quero postar uma resposta refutando cada acusação. Fiz determinadas escolhas criativas porque queria expandir o número de experiências humanas na história, não para reproduzir estereótipos, sejam bons ou ruins. Da mesma forma, incluí representações de racismo no texto não por concordar com elas, mas porque queria me manter fiel aos registros históricos.

Mas eu sei que nada disso importa. Já decidiram qual narrativa contar sobre mim. Agora estão apenas juntando "fatos" para embasar seus argumentos.

Eles não me conhecem. *Não é possível* que me conheçam; nunca nem me viram ao vivo. Pegaram pedacinhos de informações sobre mim espalhados pela internet e os amontoaram em uma imagem que coincide com a vilã imaginária que criaram, mas que não tem um pé sequer na realidade.

Eu não tenho fetiche por asiáticos. Não sou um daqueles caras esquisitos que escrevem exclusivamente sobre japoneses e vestem quimonos e pronunciam cada palavra de origem asiática com um sotaque deliberado e artificial. *Matcha. Otaku.* Não sou obcecada em roubar coisas da cultura asiática. Afinal, antes de *O último front*, eu não tinha o menor interesse na história da China moderna.

Mas a pior parte é que, às vezes, os trolls me fazem duvidar de como me vejo. Às vezes me pergunto se sou *eu* que tenho uma visão deturpada da realidade, se sou mesmo uma sociopata que fetichiza mulheres asiáticas, se Athena de fato sentia um medo absurdo de mim quando éramos amigas e se minha presença no apartamento dela naquela noite foi mais nociva do que eu achava. Mas sempre arranco essas preocupações pela raiz. Impeço meus pensamentos de saírem de controle, como a dra. Gaily me ensinou. É a internet que é problemática, não eu. É esse contingente de militantezinhos, esses brancos "aliados" querendo aparecer e os ativistas asiáticos procurando atenção; são eles que estão fazendo cena. Eu não sou a malvada. Eu sou a vítima.

Pelo menos algumas pessoas me defendem. Para ser justa, quase todas são brancas, mas isso não necessariamente quer dizer que estamos errados.

Abençoado seja Brett por soltar o seguinte pronunciamento: "As acusações recentes contra minha cliente Juniper Song são infundadas e mal-intencionadas. Os ataques on-line não passam de injúrias." Ele discorre sobre meu talento impecável para a escrita, sobre como tenho me dedicado desde que ele se tornou meu agente, quatro anos atrás, e depois termina com um: "Eu e a Agência Lambert nos posicionamos firmemente a favor de Juniper Song."

Minha equipe da Eden não diz uma única palavra, o que me irrita um pouco. Mas considerando o número absurdo de contas marcando a editora para pedir que cancelem meu contrato, a indiferença deles é um voto de confiança por si só. Daniella nos enviou um e-mail demonstrando preocupação quando as acusações começaram a circular, mas, assim que Brett lhe garantiu que eram infundadas, ela aconselhou que deixássemos a poeira baixar: Podem enxergar nosso posicionamento como uma forma de legitimar as acusações feitas, e não queremos isso. Nossa equipe concluiu, no passado, que dar atenção aos haters só os deixa mais abusados. Sinto muito que isso esteja acontecendo com June, mas acreditamos que o melhor a fazer é ficar em silêncio.

"Sem provas concretas, essas acusações são absurdas", tuíta uma personalidade da internet que é bem famosa por ter opiniões sensatas e sutis em situações descabidas. "Estamos colocando o emprego das pessoas em jogo. Fico apreensiva ao ver como a comunidade literária está disposta a sentir prazer às custas do sofrimento dos outros. Todos nós precisamos melhorar."

Um influenciador de cultura pop com tendências conservadoras e setenta mil seguidores começa a promover um ataque de ódio contra Adele Sparks-Sato. ESSA DOIDA DA SACO TEM ALGUMA COISA CONTRA ESCRITORAS DE MAIS SUCESSO, brada ele. OLHA SÓ QUE NOVIDADE: A INVEJA NÃO TE CAI BEM, ADELE. (É divertido testemunhar tudo isso, mas quero deixar claro que não apoio esse tipo de comentário. Acho que é bom ter alguém te defendendo, mas, em um mundo perfeito, essas pessoas não seriam comentaristas da Fox News.)

Felizmente, as Anjas da Eden estão do meu lado.

Jen: Então, geralmente eu não concordo com fascistas, mas ele tem razão sobre a SACO kkkk

Marnie: Bom, você não precisa ser fascista pra saber disso!

Jen: Mas você tá bem? Tá aguentando firme?

Marnie: Isso é horrível. Sinto muito, muito mesmo por você estar passando por isso. Me fala se tiver algo que a gente possa fazer. Você é tão corajosa.

Jen: Isso tudo é recalque. As pessoas odeiam ver mulheres jovens e bem-sucedidas. Só isso. Eu passo por merdas desse tipo o tempo todo com homens que são CEOs. Eles NÃO SUPORTAM a gente.

Marnie: Estão caindo em cima de você só pra chamar atenção e eles sabem muito bem disso. O problema não é você, são eles.

Jen: Nada de chutar cachorro morto etc.!! Abstrai, June. Ignora os haters. SEJA SUPERIOR!!

Quem me dera. Nem consigo largar o celular e o notebook. Sempre que fecho os olhos, ainda vejo aquela tela azulada. Ainda imagino as curtidas disparando em mais um post feito para me humilhar.

Eu até tento fazer um detox digital. Todo mundo fica me implorando para fazer isso, como se fingir que o Twitter não existe fosse solucionar todos os meus problemas. Sua atenção é tudo que esses trolls querem!, Jen me lembra o tempo todo. Se você não ler, o que está na internet não vai te machucar. Mas não tenho a sensação de estar me purificando; parece mais que estou me escondendo enquanto tudo desmorona ao meu redor. Não consigo ignorar o estrago. Preciso acompanhar a trajetória exata desse furacão, porque vai doer menos se eu souber o momento e o local exatos em que ele vai me atingir. Pelo menos, é isso que minha mente acha.

Tento caminhar, mergulhar em detalhes como o canto dos pássaros, raios de sol e os respingos de chuva no asfalto, mas o mundo lá fora parece tão abstrato e irrelevante quanto a tela de carregamento de um videogame. Às vezes até consigo esquecer tudo por um momento, mas aí perco o foco e penso no celular que ficou sobre a cama, vibrando com mais e mais notificações. E aí minha respiração acelera, minha cabeça gira, e sei que estou prestes a ter uma crise de ansiedade, então volto para o apartamento, me encolho na cama e pego o celular para passar mais uma hora só vendo notícias ruins, porque, por mais contraditório que pareça, é só isso que consegue me acalmar.

Não consigo comer, e eu até *queria*. Fico faminta o tempo todo, e até peço porções enormes, quentes e gordurosas de pizza ou macarrão, mas, assim que começo a mastigar, meus pensamentos voltam a sair do controle. Penso tanto na minha iminente morte profissional que não consigo mais dar uma mordida sem sentir vontade de vomitar.

Não consigo dormir. Passo a noite em claro, atualizando freneticamente diversos fios e perfis para ver quem retuitou ou respondeu o quê, formulando respostas imaginárias na cabeça, depois os contra-argumentos para as reações que essas respostam receberiam.

Queria ter uma rota de fuga. Queria que existisse algum pedido mágico de desculpas que eu pudesse fazer, uma explicação que eu pudesse oferecer, que daria um basta nisso tudo. Mas eu sei que não adianta me envolver nessa confusão. Qualquer coisa que eu postar poderá ser usada contra mim. E será que é mesmo possível vencer na internet? Não tem como reverter a exposição ou fazer com que a internet se esqueça de mim. Estou marcada para sempre. Toda vez que alguém jogar meu nome no Google ou me mencionar numa conferência literária, a associação com o escândalo de plágio vai pesar o clima como um peido persistente.

Sei que alguns autores conseguiram pular de escândalo em escândalo e manter sua reputação perfeitamente intacta.

A maioria é branca. A maioria são homens. Isaac Asimov cometia assédio sexual de maneira recorrente, assim como Harlan Ellison. David Foster Wallace abusou, assediou e perseguiu Mary Karr. Eles são considerados gênios até hoje.

Às vezes, me vem o pensamento triste de que talvez eu precise passar por tudo isso. Levar um esporro na internet parece um rito de passagem que todo autor proeminente vai enfrentar cedo ou tarde. No ano passado, botaram uma escritora de livros jovens adultos para correr das redes sociais por encorajar os leitores a deixarem avaliações negativas no livro de estreia de outra autora (depois disso, descobriram que a outra autora tinha roubado o noivo da primeira). Nos dois casos, elas acabaram assinando novos contratos de seis dígitos para suas trilogias seguintes. E Marnie Kimball, a autora favorita de Daniella, se meteu em confusão pelo menos umas dez vezes, sempre por tuitar algo polêmico e inaceitável, como Os clássicos são melhores, e se você não os entende, então não sabe ler. Foi mal. As vendas dela vão muito bem. Talvez Daniella tenha razão. Talvez o silêncio seja a melhor resposta.

Até a própria Athena chegou a receber críticas pesadas na internet, embora, nesse caso, ela não tenha feito nada de errado. Há dois anos, ela postou uma sequência de tuítes exageradamente empáticos e inofensivos sobre a onda crescente de crimes de ódio contra asiático-americanos. Nunca senti tanto medo por ser quem eu sou, disse ela. Até agora, nunca tinha sentido com tanta intensidade que este não era o meu país. Soou um pouco brega e narcisista, mas que seja; era uma situação que a tocava profundamente, e não parece razoável odiar alguém por ter medo de ser atacado na rua.

Mas aí uma conta anônima com um emoji da bandeira da China na bio perguntou: Se você se importa tanto assim com os asiáticos, por que fica namorando gente branca?

Não sei por que Athena respondeu. Ninguém consegue fazer um troll racista ter bom senso. Mas ela devia estar na defensiva, ou então louca para arrumar briga, porque repostou o tuíte com o seguinte comentário: As pessoas com quem eu namoro não têm nada a ver com meu posicionamento político. Você tá mesmo jogando ódio em casais inter-raciais? Por acaso voltamos pra 2018?

Foi o que bastou. Mensagens de ódio inundaram as respostas ao tuíte e as DMs dela. Ela me mostrou algumas quando nos encontramos para tomar um café naquela semana, e eram inacreditavelmente cruéis.

Cala a boca e vai mamar um pau branco

Casais de homens brancos e mulheres asiáticas são anormais. É assim que surgem pessoas como o Elliot Rodger, aquele atirador. Quer que eu vá aí atirar em você que nem ele?

Os brancos nunca vão te amar RISOS se toca garota

Não se atreva a falar pelos asiáticos. Você perdeu esse direito quando deixou um homem branco colonizar a sua boceta.

Quando Athena trancou o perfil do Twitter, os ADHAs (Ativistas dos Direitos dos Homens Asiáticos, segundo ela) já tinham encontrado sua conta pública e seu e-mail. Ela começou a receber ameaças de morte. Prints daquela primeira interação no Twitter passaram a circular no Reddit, e o tópico principal chegou a contar com mais de mil postagens, muitas das quais eram fotos de Athena e Geoff, o namorado dela na época, tiradas do Instagram dos dois e com legendas como TRAIDORA DA RAÇA e Alguns asiáticos não têm a menor lealdade com a própria raça. Só querem saber de pau de branco, dinheiro de branco, bebê de branco. Mas um dia vão cair na real e descobrir que a supremacia branca não vai salvá-los. Torcendo pra que essa mulher entenda isso antes que seja tarde demais.

Alguém hackeou o site profissional de Athena e mudou a imagem da página inicial para a caricatura de uma mulher asiática com fendas inclinadas no lugar dos olhos, prostrada diante de uma multidão de homens brancos, todos com água na boca.

Eu tô aqui se precisar, mandei por mensagem, porque parecia a coisa certa a dizer. As pessoas são muito babacas.

Obrigada, respondeu ela. Depois acrescentou: Acho que vou ficar bem. Só é assustador pra cacete. Tipo, não me sinto segura na minha própria casa.

Na época, achei que era exagero dela. Athena era boa em exagerar seus medos para ganhar empatia, da mesma maneira que exagerava sua vulnerabilidade para chamar atenção nos eventos literários. Enfim, a internet era assim mesmo. Por acaso um zé-ninguém do Reddit que morava no porão da própria mãe iria mesmo dirigir milhares de quilômetros até Washington só para ficar plantado do lado de fora do apartamento de Athena? Naquela época, eu tinha pensado uma coisa feia: por que ela não pode simplesmente ficar off-line por um tempo e focar no fato de ser rica, bonita e bem-sucedida?

Mas agora entendo exatamente o que Athena queria dizer. Não dá para deixar esse tipo de coisa entrar por um ouvido e sair pelo outro. Você perde a sensação de segurança porque, a todo momento (seja dormindo, acordada ou quando acabou de deixar o celular de lado para tomar um banho), dezenas, talvez centenas, talvez *milhares* de desconhecidos estão por aí, caçando suas informações pessoais, se esgueirando para dentro da sua vida, procurando maneiras de ridicularizar, humilhar, ou, pior ainda, colocar você em perigo. Você começa a se arrepender de tudo que já compartilhou na internet: cada foto, cada meme, cada comentário em vídeo de YouTube, cada tuíte casual. Porque esses trolls vão achar *tudo*. Deletei o máximo que consegui do meu rastro digital nas primeiras vinte e quatro horas, mas a Wayback Machine ainda existe. Alguém tira sarro da minha resenha entusiasmada de *Mulher-Maravilha*, de 2018: Porra, mas é claro que a Hayward ama histórias de salvacionismo de mulheres brancas. Quer apostar quanto que ela também ama o Exército de Israel? Alguém surge com uma foto minha na formatura do ensino médio: Foi por causa desse vestido que a Juniper Song coringou. Alguém posta informações sobre o curso pré-vestibular onde eu trabalhava: Pais e mães, se vocês estiverem usando esse serviço, TOMEM CUIDADO com a Juniper Song! Se eu já não tivesse saído do Veritas, acho que essas pessoas teriam feito eu ser demitida.

Vocês precisam sair um pouco de casa, tuitou uma autora proeminente certa vez. Respirem um pouco de ar puro. O Twitter não é a vida real.

Mas ele *é*, sim. É mais real do que a vida real, porque é lá que existe a economia social do mercado editorial, porque a indústria não tem escolha. Fora da internet, autores são criaturas hipotéticas sem rosto, uns isolados dos outros, digitando palavras. Não dá para espiar por cima do ombro de ninguém. Não dá para saber se alguém está tão bem quanto finge estar. Mas, na internet, você consegue ficar a par das fofocas mais recentes, mesmo se você não for importante o bastante para estar no ambiente em que acontecem. Na internet, você pode mandar o Stephen King à merda. Na internet, você consegue descobrir que a escritora mais badalada do momento é, na verdade, tão problemática que todos os livros dela deveriam ser cancelados para sempre. É na internet que reputações do meio editorial são conquistadas e destruídas o tempo todo.

Imagino uma multidão de vozes furiosas e dedos apontados, convergindo na minha direção para arrancar pedaços da minha carne como as náiades fizeram com Orfeu, até que só reste a pergunta sussurrada e lasciva: "Você ficou sabendo da Juniper Song?"; os fragmentos de boatos ficando mais pesados e mais distorcidos; retalhos da minha identidade virtual, sangrando e apodrecendo; até que não reste nada a não ser o veredicto, justificado ou não, de que Juniper Song Está Cancelada.

Doze

Tudo que quero é hibernar até não poder mais, mas já tenho dois compromissos marcados para o mês: uma visita com estudantes a uma biblioteca em Washington e um painel em um festival literário na Virgínia sobre histórias inspiradas no Leste Asiático. Eu também andava trocando e-mails com uma mulher da embaixada francesa sobre uma visita ao memorial do Chinese Labour Corps em Noyelles-sur-Mer para o mês que vem, que vai coincidir com o lançamento da edição francesa de *O último front*. Mas ela parou de me responder mais ou menos na mesma época que aquela onda de difamação viralizou, e tudo bem; a última coisa que quero é passar sete horas em um avião só para ser humilhada por franceses desagradáveis. Mas nem a biblioteca nem o festival literário me mandaram qualquer atualização desde que a polêmica estourou, o que me faz pensar que ainda querem minha presença. Cancelar os planos seria o mesmo que admitir que tenho culpa no cartório.

A visita à biblioteca foi boa. Acabou que os alunos eram do terceiro ano do fundamental em vez do ensino médio, como eu estava esperando. Eles só vão ter idade suficiente para ler *O último front* daqui a alguns anos, e com certeza nenhum deles se interessa pelos trabalhadores chineses na Primeira Guerra Mundial. Por sorte, isso significa que também são jovens demais para se importar com dramas de Twitter. Apesar de não parecerem muito animados com minha presença, também não me cumprimentam com repulsa. Ficam sentados, se remexendo em silêncio, no saguão da Biblioteca em Memória a Martin Luther King Jr. enquanto eu leio o primeiro capítulo durante vinte minutos, e depois me fazem perguntas bobas e fofinhas sobre como é ser uma autora publicada ("Você chega a visitar as fábricas onde fazem os livros?", "Você ganha milhões de dólares?"). Falo algumas meias-verdades inofensivas sobre como a leitura é importante porque abre portas para outros mundos, e que talvez eles também queiram se tornar contadores de histórias. Depois a professora me agradece, tiramos uma foto em grupo e nos despedimos sem problemas.

O festival literário, por sua vez, foi um desastre.

Já comecei irritando todo mundo por chegar atrasada. Acabei me confundindo com o cronograma: minha mesa é no Salão Carvalho, não no Salão Cedro, que fica do outro lado do centro de convenções. O auditório está abarrotado quando chego. Todas as outras palestrantes estão amontoadas numa ponta da mesa, aos cochichos enquanto cobrem os microfones com as mãos. Elas param de falar quando me aproximo.

— Me perdoem — digo sem fôlego assim que tomo meu assento. Estou quase dez minutos atrasada. — Lugarzinho confuso, não?

Ninguém responde. Duas olham para mim, depois uma para a outra. A última fica encarando o próprio celular. A hostilidade delas é implacável.

— Tudo bem, então! — começa Annie Brosch, nossa alegre moderadora. — Agora que estamos todas aqui, vamos começar. Que tal falarmos nossos nomes primeiro e depois qual o último livro que publicamos?

Seguimos a ordem da mesa, da esquerda para a direita. Primeiro Diana Qiu, poeta e artista visual; Noor Rishi, escritora de livros contemporâneos para jovens adultos e advogada de direitos civis; e Ailin Zhou, aclamada autora de romances históricos que se passam em uma Inglaterra vitoriana em que "as raças estão trocadas" (palavras dela). Por fim, resta eu. Eu me aproximo do microfone.

— Hã, oi, eu sou June Hayward, e também assino como Juniper Song. Escrevi *O último front*.

Isso me rende olhares apáticos, mas nenhuma vaia. No momento, isso é o melhor que eu poderia esperar.

— Seria ótimo se todas pudessem discorrer sobre o que inspirou suas obras — sugere Annie. — Juniper, por que não começa?

Minha boca fica seca; minha voz falha, e eu tusso antes de continuar.

— Então, assim como Ailing, eu me inspiro muito nos fatos históricos. Na verdade, a primeira vez que ouvi falar do Chinese Labour Corps...

Ailin me interrompe:

— Meu nome é Ai-*lin*.

— Ah, Ailin, desculpa.

Sinto uma pontada de irritação. Eu estava imitando a pronúncia de Annie, a quem Ailin *não* interrompeu.

— Só acho que é importante falar nosso nome direito — declara Ailin. Ela recebe uma salva de palmas. — Antes eu ficava receosa de dizer às pessoas que tinham errado meu nome, mas agora corrigir esse tipo de coisa faz parte da minha práxis. É importante desafiar a supremacia branca todos os dias, de pouquinho em pouquinho. É importante que a gente exija respeito.

Mais aplausos. Eu me afasto do microfone, com o rosto vermelho. É sério isso? *Práxis?*

— Claro, claro — prossegue Annie com naturalidade. — Sinto muito, Ailin. Eu deveria ter pedido que providenciassem um guia de pronúncia antes de começarmos.

— Ai-*lin* — repito devagar e da forma correta, já que agora me sinto na obrigação de falar *alguma coisa.* — Como se você estivesse *ailing*, tipo "doente" em inglês, só que com sotaque do Texas.

Tento fazer graça, mas pelo visto isso também pega mal, porque o público fica visivelmente tenso.

Ailin não diz nada. Há uma pausa longa e constrangedora antes de Annie perguntar:

— E, hã, você, Noor? O que inspira sua escrita?

E assim seguimos por um tempo. Pelo menos Annie é boa em manter a conversa fluindo. Ela dirige perguntas a todas nós, uma de cada vez, em vez de deixar as palestrantes guiarem a conversa, o que significa que posso ficar na minha e evitar falar diretamente com Ailin por uma hora. As outras palestrantes fazem comentários e complementam as respostas umas das outras, mas ninguém comenta nada do que eu digo. O público também não parece se importar comigo; a impressão é que estou falando com as paredes. Mas tudo bem. Só preciso enfrentar mais uma hora.

Annie deve ter percebido que estou dando respostas bem diretas, porque se vira para mim e pergunta:

— Juniper, gostaria de elaborar mais um pouco sobre o que a ficção pode fazer por grupos minoritários?

— Hã, claro. — Eu pigarreio mais uma vez. — É. Então, hã, esta é uma historinha que sempre me vem à mente quando penso no que me levou a escrever *O último front*. No início do século XX, o Canadá era tão hostil com imigrantes chineses que havia uma taxa de quinhentos dólares para cada pessoa de origem chinesa que entrasse no país. Quando os trabalhadores do Chinese Labour Corps foram levados ao Canadá, o imposto pela imigração deles foi dispensado, já que faziam parte do esforço de guerra, mas isso significava que os trabalhadores não tinham permissão de sair dos trens durante a viagem, e que eram vigiados de perto todo o tempo em que estiveram no Canadá.

Normalmente, quando conto essa história, recebo olhares intrigados. Mas pelo jeito o público simplesmente decidiu que me odeia, ou talvez estejam fartos das minhas lições de moral, porque apenas se remexem, inquietos, enquanto olham em volta ou para o próprio celular. Ninguém olha para mim.

Só me resta seguir em frente.

— Eles ficaram naqueles trilhos durante dias, passando calor. Não podiam receber tratamento médico nem quando desmaiavam por desidratação. Não conseguiam se comunicar com ninguém de fora, já que o governo canadense havia proibido que a imprensa mencionasse a presença dos trabalhadores chineses. E acho que essa é uma ótima metáfora para o ponto central do livro, que é o fato de a mão de obra chinesa ter sido usada, depois escondida e desmerecida como se fosse algo vergonhoso.

— Ah, é mesmo? — interrompe Diana Qiu de repente. — Então você também é contra a falta de reconhecimento do trabalho de pessoas asiáticas?

Fico tão surpresa de ser interrompida que por um momento apenas a encaro. Diana Qiu faz o tipo esbelta e artística, com olhos escuros e penetrantes, sobrancelhas milimetricamente desenhadas e um batom tão vermelho que parece uma cicatriz em seu rosto. Na verdade, sua estética ousada e chique me lembra um pouco Athena, e as similaridades me fazem estremecer.

De canto de olho, vejo um flash. Alguém tirou uma foto. Várias pessoas na plateia erguem os celulares. Estão filmando a conversa.

— Que tipo de pergunta é essa? — Sei que eu não deveria jogar mais lenha na fogueira, mas as palavras indignadas me escapam antes que eu consiga impedir. — Quer dizer, claro que isso é errado. Esse é o ponto principal do...

— Assim como roubar as palavras de uma mulher morta — declara Diana.

Várias pessoas da plateia ofegam ao mesmo tempo.

— Vamos nos ater às perguntas já preparadas — intervém Annie, mas não faz a menor diferença. — Noor, o que você acha de...

— Alguém tem que botar a boca no trombone! — Diana ergue a voz. — Agora há provas muito concretas de que June Hayward não escreveu *O último front*. Todo mundo viu as acusações, não adianta fingir que não. E, desculpa, mas não vou ficar aqui sentada fingindo que ela é uma colega que merece o meu respeito enquanto o legado da Athena está em jogo.

— Por favor — pede Annie, desta vez mais alto. — Este não é o local mais apropriado para essa discussão, e temos que respeitar todas as palestrantes convidadas.

Diana parece prestes a dizer mais alguma coisa, mas Noor toca em seu braço e ela se afasta do microfone de braços cruzados.

Não respondo nada. Nem sei o que eu *poderia* dizer. Diana e o público já me consideraram culpada, e nada que eu dissesse poderia me redimir aos olhos deles. Só me resta ficar ali sentada, com o coração acelerado e o corpo tomado pela humilhação.

— Tudo bem? — pergunta Annie. — Por favor, podemos seguir em frente?

— Tá bem — concorda Diana, seca.

Annie, visivelmente aliviada, pergunta a Ailin o que ela acha de *Bridgerton*.

Mas já é tarde demais. Não tem como remediar o estrago. Continuamos até o fim do bate-papo, mas ninguém se importa com as perguntas que Annie preparou. As pessoas que restaram na plateia digitam furiosamente em seus celulares, sem dúvida resumindo o barraco para seus seguidores. Noor e Ailin seguem as deixas de Annie com bravura, como se alguém estivesse remotamente interessado em sistemas de escrita chinesa pré-histórica ou misticismo islâmico. Diana não fala nada, assim como eu. Fico o mais imóvel possível, com o rosto em chamas e o queixo trêmulo, tentando ao máximo não me desfazer em lágrimas. Tenho certeza de que, enquanto continuamos ali, as pessoas já estão criando memes com fotos da minha expressão atordoada.

Quando enfim nos dispensam, eu reúno minhas coisas e saio andando o mais rápido que posso sem de fato começar a correr. Annie me chama, talvez para pedir desculpas, mas eu não paro até ter virado o corredor. Naquele instante, tudo que quero é sumir.

Marnie: NOSSA QUE VACA
Jen: Ela é doente? Tipo, doente mental?
Marnie: Tipo, não importa o que ela acha que sabe. Confrontar você em público é o Completo Oposto da Elegância. Ela claramente não estava atrás de uma solução, só queria atenção.
Jen: NÉ? Exatamente. Essa indignação performática é nojenta. Tá mais do que na cara que é uma estratégia pra se promover. Ela deve estar tentando alavancar as vendas da arte dela com esse showzinho.
Marnie: Se é que dá pra chamar o que ela faz de arte…

Solto uma risadinha. Estou encolhida na cama, com as cobertas puxadas até o queixo. *Graças a deus as Anjas da Eden existem*, penso. Em algum lugar da internet, o desabafo de Diana está circulando entre multidões extasiadas de haters de Juniper

Song, mas, por ora, fico feliz de ver Jen e Marnie menosprezando o portfólio de Diana.

> **Marnie:** Talvez eu não entenda de arte performática
> **Marnie:** Mas neste vídeo ela tá só cortando o próprio cabelo
> **Marnie:** E nem é um corte bonito
> **Marnie:** E o piercing no nariz dela é feio
> **Jen:** Desde quando a gente passou a chamar surtos psicóticos de artes visuais kkkk essa mulher precisa se tratar urgente
> **Marnie:** MDS você não pode falar isso
> **Marnie:** kkkk

Solto outra risada, depois mudo de aba e entro no site de Diana. Vejo a última exposição dela, intitulada *Mukbang*, em que ela mastiga ovos cozidos pintados com rostos asiáticos durante treze minutos enquanto encara a câmera com uma expressão impassível.

As Anjas da Eden têm razão. Enquanto observo o rosto de Diana (os olhos achatados e raivosos; os pedaços de gema caindo por sua boca de lábios finos), não consigo acreditar que deixei essa pessoa minúscula e mesquinha, com sua arte vexatória e forçada, me depreciar. Ela está com inveja. Estão todas com inveja; é daí que vem esse ódio. E talvez eu tenha me deixado atingir, mas não vou deixar que pessoas cruéis como Diana, que gostam de pagar de celebridade na internet, destruam minha carreira.

Treze

NAQUELE FIM DE SEMANA, VOU DE METRÔ ATÉ ALEXAN- dria para um churrasco que minha irmã e o marido organizaram.

Rory e eu não somos muito próximas, mas temos a intimidade natural de duas irmãs que não conseguem entender o que a outra vê no próprio estilo de vida e que já desistiram de tentar mudar essa situação. Rory acha que sou inconstante e despreparada para o futuro, e que estou desperdiçando meu diploma de uma faculdade de elite e ficando velha demais para correr atrás do sonho de ser escritora em vez de procurar uma carreira estável com benefícios e aposentadoria. Enquanto eu acho que Rory, que estudou contabilidade na Universidade do Texas e agora trabalha exatamente com isso, tem uma vida tão chata, normal e clichê que eu preferiria arrancar meus olhos a viver da mesma forma.

Rory é casada com Tom, seu namorado da faculdade, um técnico de TI que sempre teve a personalidade e a aparência de uma massa de pão grudenta. Nenhum dos dois entende sobre mercado editorial. Não são, como Rory diz, "leitores assíduos". Eles gostam de procurar o último lançamento de John Grisham em livrarias de aeroporto, e Rory vez ou outra pega emprestado algum título de Jodi Picoult na biblioteca durante as férias, mas, fora isso, não fazem a menor ideia das vicissitudes do meu mundo, nem fazem questão de saber. Acho que Rory nem tem conta no Twitter.

Nesta noite, isso é uma bênção.

Rory e Tom moram no subúrbio, tão afastados que conseguem arcar com uma casa com quintal espaçoso e deque, onde fazem churrascos em família no último sábado de cada mês. O clima está perfeito esta noite: úmido e quente, mas arejado o bastante para que não chegue a incomodar. Rory está fazendo pão de milho, e o cheiro está tão bom que sinto que vai ser a primeira vez nesta semana tensa que a comida ficará no meu estômago em vez de voltar por onde veio, por conta da ansiedade.

Os dois estão conversando na varanda quando chego. O assunto, até onde entendi, é se foi justo o RH ter repreendido a colega de mesa de Rory por dizer à outra colega que o cabelo dela estava lindo naquele dia.

— Eu só não acho que você deveria sair tocando no cabelo das pessoas sem permissão — argumenta Tom. — Tipo, é questão de bom senso, não de raça.

— Ah, fala sério, quem vê pensa até que ela estava assediando a mulher — retruca Rory. — Foi um elogio. É uma completa maluquice chamar a Chelsea de racista. Poxa, ela é democrata. Até votou no *Obama*. Ah, oi, querida.

Rory me dá um abraço quando apareço. Costumo ficar constrangida por essas demonstrações de afeto típicas de irmã mais velha; sempre parecem meio falsas, como se ela estivesse compensando o fato de ter sido distante quando éramos mais novas. Mas hoje eu quero aproveitar esse aconchego.

— Pega uma cerveja. Vou dar uma olhada no forno.

— E aí, tudo em cima? — Tom gesticula para a mesa de piquenique, e eu me sento de frente para ele.

Vejo que está deixando a barba crescer, e agora ela tem quase cinco centímetros, o que realça sua estética de lenhador forte e despreocupado. Toda vez que vejo Tom, me pergunto como deve ser levar a vida com a mesma satisfação de uma simples pedra.

— Ah, o de sempre — respondo, aceitando uma Corona Light. — Poderia estar melhor.

— Rory me contou que você publicou outro livro, né? Parabéns!

Eu estremeço. Espero que eles não tenham procurado meu nome no Google recentemente.

— É, valeu.

— O livro é sobre o quê?

— Ah, hã, Primeira Guerra Mundial. São, tipo, narrativas de trabalhadores no front.

Sempre fico constrangida de explicar o Chinese Labour Corps para pessoas que não estão familiarizadas com meu livro, porque o que se segue são sempre narizes torcidos e comentários desinteressados e incômodos como "Não sabia que os chineses participaram da Primeira Guerra Mundial" ou "Hã, por que você escolheu falar sobre chineses?".

— É em formato de mosaico, tipo aquele filme, *Dunkirk* — continuo. — Uma história maior é contada através da junção de histórias menores.

— Que legal. — Tom assente. — Ótimo assunto para um romance. Parece que todos os livros e filmes estão obcecados com a Segunda Guerra Mundial, sabe? Tipo *Capitão América* e todos aqueles filmes sobre o Holocausto. Não tem muita coisa sobre a Primeira Guerra.

— O filme da *Mulher-Maravilha* é sobre a Primeira Guerra — fala Rory da cozinha.

— Bom, é verdade. Mas é só *Mulher-Maravilha*. Não é literatura de verdade. — Tom se vira para mim, em busca de apoio. — Não é?

Meu deus, penso. É por isso que não converso com minha família sobre o mercado editorial.

— Como vai a Allie? — pergunto.

Allie é minha sobrinha de oito anos. Estou vendo brinquedinhos de plástico espalhados pelo quintal inteiro, mas nem sinal do furacãozinho destrutivo com hálito de amendoim, então presumo que hoje eu esteja livre das responsabilidades de tia. Em teoria, não tenho nada contra crianças, mas acho que eu gostaria mais de Allie se ela fosse tímida e louca por livros, pois assim eu poderia levá-la para passear em livrarias independentes. Em vez disso, ela é um projeto de mais uma menina qualquer, viciada em Iphone e obcecada pelo TikTok.

— Ah, ela está ótima. Foi a uma festa do pijama na casa das amiguinhas hoje. Começaram a ler *A teia de Charlotte* na escola, então estão se recusando a comer carne este mês. Só hambúrgueres vegetarianos.

— Com certeza isso vai durar um tempão, hein?

— Rá. Nem me fala.

Bebericamos nossas cervejas, já tendo esgotado os assuntos rotineiros. Muitas vezes sinto que falar com Rory e Tom é o mesmo que conversar com o epítome do Americano Médio, ou com um perfil vazio de Facebook. *Qual sua opinião sobre filmes? E música?* Já tentei perguntar a Tom sobre o trabalho, mas pelo jeito não tem nada de interessante no dia a dia de um técnico de TI.

Ou será que tem? Um pensamento me ocorre de repente.

— Ei, Tom. Teria como você rastrear o endereço de IP de, tipo, qualquer conta aleatória do Twitter?

Ele franze a testa.

— Pra que você precisa de um endereço de IP?

— Hã, tem um perfil que está me assediando.

Faço uma pausa, sem saber até que ponto explicar, ou se isso sequer faria sentido para alguém que não está profundamente envolvido no mercado editorial.

— Tipo, espalhando mentiras sobre mim e coisas assim.

— Não dá pra denunciar a conta?

— Já fiz isso.

Brett tem encorajado as pessoas a denunciarem e bloquearem contas que ficam incitando ódio contra mim, mas o Twitter é conhecido por não cumprir muito bem suas próprias políticas contra assédio. Até onde sei, não adiantou de nada.

— Mas não acho que vão fazer alguma coisa — acrescento.

— Entendi. Bom, acho que você não vai conseguir encontrar a pessoa usando só o usuário do Twitter.

— Mas os sites não armazenam os endereços de IP dos visitantes?

— Sim, mas os dados do Twitter são protegidos. Todas as grandes redes sociais protegem seus dados. São obrigadas por lei.

— Não daria pra você, sei lá, invadir o sistema? Você não é um hacker?

Ele solta uma risadinha.

— Não sou esse tipo de hacker. E vazar dados assim viraria notícia. Seria uma enorme violação de privacidade. Não quero ir para a cadeia, Junie.

— Mas se eu tivesse meu próprio site, conseguiria ver os endereços de IP de todos os visitantes?

Tom pensa por um instante, depois dá de ombros.

— Bom, acho que sim. Existem *plug-ins* para fazer esse tipo de coisa. Daria até pra fazer no WordPress. Mas o problema é que um endereço de IP não diz muita coisa. Talvez dê pra descobrir a cidade em que a pessoa mora, ou até o bairro. Mas não é como mostram nos programas de TV, em que ele indica a localização exata num passe de mágica, feito um GPS. E faz diferença se a pessoa estiver acessando o site do celular ou do roteador de casa.

— Mas daria para definir a área geográfica — insisto. — Isso é, se você conseguisse o endereço?

Tom hesita.

— Você não tá fazendo nada ilegal, né?

— Claro que não. Meu deus. Eu não vou, tipo, atirar um coquetel molotov pela janela da pessoa.

Só estou tentando fazer graça, mas a situação é tão específica que Tom parece desconfortável e não para de cutucar a boca de sua garrafa de cerveja.

— Então você poderia me falar mais sobre o que você precisa? Porque se estiverem mesmo te assediando, então talvez não seja seguro...

— Eu só quero saber quem é — respondo. — Ou, de maneira geral, de onde a pessoa é, se está por perto... Para ter certeza de que não vou sofrer nenhuma ameaça física, entende? Tipo, para saber se eu deveria me preocupar se vão me perseguir ou...

— Perseguir? O que está rolando?

Rory aparece com uma travessa de pão de milho em uma mão e uma tigela de melancia fatiada na outra. Ela coloca a comida na mesa, se senta no banco ao meu lado e me dá outro abraço.

— Tá tudo bem, Junie?

— Tá, sim, é só uma coisinha idiota. Só estou pedindo que o Tom me ajude a encontrar uma pessoa que está fazendo bullying comigo no Twitter.

Rory franze a testa.

— Bullying?

Sei no que ela está pensando. Eu sofri muito bullying no ensino fundamental, quando as coisas em casa já não estavam indo bem. Na época, eu me refugiei nos livros. Passava o tempo todo em mundos de fantasia, o que acho que causou a impressão de que eu era quieta e antissocial. Eu aparecia na escola carregando calhamaços de *O Senhor dos Anéis* e *As crônicas de Spiderwick*, e ficava debruçada sobre eles o dia todo, ignorando tudo ao redor.

Os outros adolescentes não gostavam disso. Alguns dos meus colegas de turma brincavam de fazer careta atrás de mim enquanto eu estava lendo, só para ver se eu perceberia. Alguns espalharam o boato de que eu não sabia falar. *Junie Biruta*, era como me chamavam, como se "biruta" não fosse uma palavra que deixou de ser usada nos anos 1990.

— Não, não é isso, está mais para... pessoas esquisitas da internet — explico. Acho que Rory não vai entender o conceito de trollagem. — É que, tipo, só porque sou uma escritora famosa eles acham que têm o direito de falar a merda que quiserem pra mim. Até ameaças de morte e coisas do tipo. Eu só estava pedindo para o Tom me ajudar a descobrir quem está fazendo isso, ou, pelo menos, saber por alto onde essas pessoas moram.

Rory olha para o marido.

— Você consegue fazer isso, né? Parece um assunto sério.

Tom suspira, insatisfeito.

— Vou repetir: não consigo acessar os endereços de IP pelo Twitter...

— Eu te arranjo os endereços de IP — digo. — Só preciso que você dê uma olhada neles pra mim.

Entre meu olhar suplicante e a expressão séria e exigente de Rory, Tom parece sentir que não tem muita escolha.

— Claro. — Ele pega outra cerveja. — Fico feliz em ajudar.

Ele não faz mais nenhuma pergunta. Graças a deus Tom aceita sem questionar mais nada. Assim como Rory. Sinto uma pontada de afeto profundo pelos dois. Não há o menor traço de desconfiança nesta família, apenas um sentimento de confiança amorosa e compreensiva, e o melhor pão de milho com chili de couve que já comi.

Quando chego em casa naquela noite, eu me acomodo diante do computador para aprender o básico de web design.

Não é tão difícil. Participei de um curso intensivo de HTML com duração de quatro semanas na faculdade, quando eu ainda acreditava que, se não conseguisse viver da escrita, pelo menos poderia ter um salário estável como programadora. Até que percebi que o mercado de programação também está ficando saturado demais para acomodar alguém que não leva tanto jeito para a coisa. Eu não conseguiria arranjar um emprego com as habilidades que adquiri, mas pelo menos consigo montar um site razoável que não tem cara de armadilha de um hacker russo.

O layout não é tão importante assim. A intenção é parecer um blog amador e fuleiro. Passo uns quinze minutos copiando, colando e formatando uma parte das "provas" mais cruéis do meu suposto plágio na página inicial. Também faço questão de manter esse site invisível em qualquer ferramenta de busca e SEO. Não quero que usuários aleatórios caiam no site ao buscarem meu escândalo no Google.

Por fim, crio minha própria conta falsa no Twitter. Sem foto de perfil, sem imagem de capa, apenas um usuário chamativo: @LazaroAthena.

Quando está tudo pronto, eu envio uma DM para a conta @FantasmaDaAthenaLiu.

Oi. Não te conheço, mas valeu por ter exposto a June Hayward. Eu tenho mais algumas provas aqui, se te interessar.

E aí colo o link da minha armadilha.

***

@FantasmaDaAthenaLiu não responde na mesma hora. Passo uns dez minutos deitada na cama, atualizando a timeline do Twitter sem parar, mas parece que a pessoa nem está on-line. Enquanto isso, na minha conta oficial, recebo três novas DMs de desconhecidos me incentivando a me matar, então decido deixar as mensagens de lado por um tempinho.

Mesmo assim, não consigo parar de navegar pela timeline para ver o resto. O alvoroço causado pelas acusações já passou, embora alguns influenciadores proeminentes ainda estejam querendo a minha cabeça. (Por que a @EdenPress ainda não respondeu a essas acusações?, questiona Adele Sparks-Sato. Está pegando muito mal para a sua editora, @DaniellaWoodhouse. Isso diz muito sobre o quanto vocês se importam com vozes marginalizadas.)

Mas a discussão já tomou um rumo inusitado: também começaram a circular boatos sobre Athena. Até onde sei, tudo começou com um longo fio escrito por @NemHeroisNemDeuses, outra conta anônima recente. Se a June Song realmente fez isso, ela é nojenta, diz o primeiro tuíte. Mas não vamos fingir que Athena Liu era um modelo de representatividade asiática-americana. Segue o fio. [1/?]

Faz anos que nós da comunidade sino-americana não nos sentimos confortáveis com a forma como Athena retrata a racialização e a história da China. [2/?]

A maneira como ela aborda o Kuomintang é um exemplo escrachado da lavagem cerebral sofrida nas mãos dos imperialistas ocidentais. Ela trata os nacionalistas como a escolha óbvia para a democratização do país, mas ignora as atrocidades realizadas pelo KMT depois que eles foram para Taiwan. O que os povos originários de lá diriam sobre essas declarações? [3/?]

Além disso, em seu conto intitulado "A fuga de meu pai", Athena se refere aos dissidentes da Praça da Paz Celestial como heróis. Entretanto, vários desses dissidentes se tornaram apoiadores fervorosos de Trump depois que fugiram para o Ocidente. [4/?]

Será que o apoio de Athena Liu à democracia inclui apenas ataques à República Popular da China? E tem mais: muitas das afirmações dela sobre as experiências do pai são inconsistentes. Aliás, as representações de toda a história da família dela são inconsistentes. [5/?]

E assim continua por mais dezesseis tuítes, culminando em um link do Google Docs com mais provas dos crimes de Athena. @NemHeroisNemDeuses conclui que Athena não tinha contato com os movimentos mais radicais da diáspora asiática. Que ela não era uma marxista de verdade; era apenas uma socialista de Iphone, na melhor das hipóteses. Athena mentiu sobre a história de sua família para fazê-la parecer mais trágica do que de fato foi, porque era conveniente, para conferir autenticidade à sua história, para chamar atenção. Athena, assim como Maxine Hong Kingston, sempre mostrou o pior lado da história e da cultura da China para conseguir a empatia do público branco. Athena traiu a própria raça.

A maior parte do Twitter nem faz ideia da merda que está acontecendo, porque ninguém está tão envolvido assim em história ou política da China, nem leu as obras de Athena com atenção o suficiente para dar opiniões embasadas. Mas o que se entende e o que se espalha é a informação de que Athena Liu é problemática.

E aí vem a segunda onda de chorume, dessa vez com foco em Athena. Está na cara que a maioria dos envolvidos nem se importa com a verdade. Só estão ali para causar. Essa gente ama ter um alvo, e vão estraçalhar tudo o que estiver ao seu alcance.

Mas que merda!!!

Sempre soube que ela era uma falsa.

Que bom que essa filha da puta finalmente foi exposta. Faz anos que acho a Athena suspeita.

Um vídeo de alguém rasgando os livros de Athena e jogando as páginas em uma fogueira viraliza no TikTok. (Isso dá início a outro debate sobre nazistas e a queima de livros, mas vou poupar você desse canto sombrio da internet.) Kimberly Deng, youtuber da Universidade da Califórnia, posta um vídeo de uma hora dissecando as "frases problemáticas" em cada um dos livros de Athena. (Certa vez, Athena escreveu sobre os "olhos amendoados" de um interesse amoroso, o que corrobora os padrões de beleza ocidentais e a objetificação de mulheres asiáticas.)

Tem algo perturbador, quase *exultante*, na maneira como as pessoas caem em cima dela. É como se estivessem esperando por essa oportunidade desde o começo, como se tivessem passado anos preparando essas patadas. Para ser sincera, isso não me surpreende. Athena é o alvo perfeito. Ela era bonita demais, bem-sucedida demais, certinha demais para não ter culpa no cartório. Ela estava pedindo para isso acontecer, e tenho certeza de que uma repercussão negativa como esta teria acontecido mais cedo ou mais tarde, mesmo se ela não tivesse morrido engasgada com uma panqueca de pandan.

Marnie: Nossa, vocês estão acompanhando esse rolo da Athena Liu?

Jen: Pois é, que bizarro... desculpa, mas o que é uma supremacista Han?

Marnie: Acho que é tipo um supremacista branco, mas pra grupos étnicos chineses. Sabe como é, a falta de minorias étnicas da China nas obras dela é GRITANTE.

Jen: Não sabia que você gostava dos livros dela

Marnie: Ah eu só li um. kkkk Não consegui passar da primeira página. Era uma ficção literária muito forçada, se é que me entende.

Marnie: Mas esses fios aqui dão uma resumida.

Alguém conta uma história assustadoramente parecida com a minha lembrança de Athena no Museu de História Americana: Fui a um evento em que ela entrevistou veteranos da Guerra da Coreia e gravou tudo o que eles disseram em um pequeno gravador. Seis meses depois, ela publicou uma história intitulada "Voando de parasail sobre Joseon", que tem sido aclamada como um dos retratos mais fiéis de prisioneiros de guerra na Coreia, mas nunca engoli isso. Parecia que Athena tinha tirado as palavras direto da boca desses veteranos, colocando-as num papel e fingindo que eram dela. Ninguém recebeu qualquer crédito ou agradecimento. Ela deu a entender que tinha criado tudo sozinha. Guardei isso por anos porque não quis ser a pessoa que atacaria outra pessoa asiática. Mas se o assunto é legado literário, acho que é importante que isto seja mencionado.

Vou confessar que estou gostando um pouquinho disso. É bom saber que tem mais alguém por aí ciente de que Athena era uma ladra.

Mas a verdade não importa, seja qual for. Ninguém que espalha esses boatos se dá ao trabalho de checar os fatos ou avaliar algo com cuidado. Usam frases como "Acho que é importante que saibam", "Acabei de descobrir" e "Compartilhando para que meus seguidores fiquem ligados", mas no fundo estão todos felizes pra cacete, se empanturrando com essa fofoca das boas, empolgados com a chance de derrubar Athena Liu. *Ela era humana, afinal de contas*, estão pensando. *Gente como a gente. E se a destruirmos, criamos uma plateia; criamos autoridade moral para nós mesmos.*

De um jeito perverso, isso tudo é muito bom para mim. Quanto mais as pessoas caem em cima de Athena, mais tudo parece confuso, o que diminui a autoridade dos meus haters. Um erro não anula o outro, é claro, mas a internet tem muita dificuldade de reconhecer isso. Agora que a história ficou mais complicada, já não é tão gratificante me criticar por roubar algo de uma vítima adorável e inocente. Porque agora, Athena é uma esnobe arrogante, uma suposta racista (ninguém consegue se decidir quanto a isso), definitivamente uma supremacista chinesa Han e uma ladra à sua própria maneira por conta de suas representações de personagens coreanos e vietnamitas. Athena é uma mentirosa, uma hipócrita. Athena Liu Foi Cancelada Postumamente.

Nem toco no assunto com Brett ou Daniella. Para mim, já deu. Todo mundo sabe como essas coisas terminam. Vi esse mesmo ciclo acontecer com uma escritora novata de uns vinte anos, que acusou uma pessoa muito mais velha no mercado editorial de aliciá-la, só para depois ela própria ser acusada de aliciar autores ainda mais novos. Ninguém sabe a verdade até hoje, mas ela não conseguiu mais nenhum contrato de publicação. É assim que intrigas de Twitter funcionam. As pessoas fazem acusações a torto e a direito, a reputação de todo mundo vai pelo ralo e, quando a poeira baixa, tudo continua do jeitinho que era.

***

Naquela tarde, recebo a DM pela qual estava esperando.

Valeu, diz @FantasmaDaAthenaLiu. Mas já deixei links pra maior parte dessas coisas. Se encontrar alguma prova nova, me fala. Vamos fazer justiça pela Athena.

Corro em direção à minha mesa e abro o WordPress no notebook. Meu site recebeu seu primeiro e único visitante, como esperado. Copio o endereço de IP de nove dígitos e o envio por mensagem para Tom. Prontinho. Qualquer informação ajudaria à beça.

Tenho algumas teorias sobre quem está por trás daquela conta. Talvez Adele Sparks-Sato. Lily Wu e Kimberly Deng são outras candidatas. Ou Diana Qiu, aquela artista visual surtada. Mas não sei o que eu faria se alguma delas fosse a culpada. Adele e Diana moram em Nova York, e Lily em Boston. Um endereço de IP seria uma prova circunstancial na melhor das hipóteses.

Tom me responde algumas horas depois.

Hoje é seu dia de sorte. Testei vários serviços de geolocalização de IP e todos eles apontam a mesma cidade. Você não conhece ninguém de Fairfax, conhece?

Desculpa... Acho que estou me metendo onde não fui chamado. Talvez você deva ir até a polícia se achar que a pessoa pode tentar algo sério.

E sinto muito por não conseguir ser mais específico.

Normalmente dá pra limitar os resultados a alguns quilômetros, mas você teria que cortar um dobrado pra identificar um endereço específico.

Mas não preciso de um endereço específico. Sei exatamente de quem se trata. Só tem uma pessoa que tanto Athena quanto eu conhecemos e mora em Fairfax. E eu não duvido nada que ele faria uma coisa dessas.

Com o coração martelando, abro o Twitter e procuro por "Geoffrey Carlino" para descobrir a quantas anda o ex-namorado de Athena.

Catorze

A H, GEOFF.
Por onde eu começo a falar dele?

Athena e eu não éramos próximas quando eles começaram a sair. Eu ainda estava em Nova York, passando perrengue no meu trabalho mal remunerado e entediante na Teach for America, mas conheço muito bem a história de como tudo foi pelos ares entre os dois, um negócio cabuloso que aconteceu no Twitter e no Instagram para todo mundo ver. Pelo que entendi, Geoff e Athena se conheceram em uma residência literária no Oregon, quando os dois ainda eram jovens e figuras promissoras. Faltavam poucos meses para Athena publicar seu primeiro romance; Geoff, por sua vez, tinha acabado de assinar seu primeiro contrato com uma editora pequena, mas de prestígio. Já era de se esperar que acabariam se envolvendo; os dois eram uns gostosos e, na maior parte do tempo, héteros; eram prodígios prestes a revolucionar o mercado editorial. Acho que parte da atração entre eles veio por causa do intercâmbio de um ano que Geoff fez em Beijing (embora, depois do término, Athena tenha reclamado comigo que "O nome chinês do Geoff era Jie Fu, e ele queria que eu o chamasse assim quando estivéssemos a sós. Isso não é esquisito pra cacete? Tipo, o nome dele é Geoff, porra").

Depois da residência, Athena se mudou com Geoff para uma casa dos pais dele, em Fairfax. Sei disso porque, durante os seis meses seguintes, os feeds do Instagram dos dois ficaram tão lotados de fotos fofinhas de casal que chegava a me dar ânsia de vômito: fotos de seus sorrisos radiantes lado a lado, a pele lisinha e as sardas luminosas; fotos em preto e branco tiradas em cafés, com legendas do tipo escritor em ação; e fotos de corpo inteiro deles fazendo trilha por toda a Costa Leste, altos, esbeltos e pingando suor. Houve uma época em que parecia que os dois iriam alcançar o patamar de outros casais literários famosos, como Jean-Paul Sartre e Simone de Beauvoir, Anaïs Nin e Henry Miller ou F. Scott e Zelda Fitzgerald, se a Zelda tivesse publicado mais livros.

Mas Geoff... Como dizer isso de uma maneira gentil? Ele simplesmente não tem tanto talento assim. Talvez dê até para comparar o histórico de publicação dele com o meu. Começou bem, com dezenas de textos premiados em revistas famosas de contos, mas seu primeiro romance, autoproclamado um "thriller que desafia gêneros literários" sobre androides que "mudam de raça" em um futuro próximo, não fez jus às expectativas. Uma resenha na *Locus* chamou o livro de "uma análise confusa, e em última instância equivocada e possivelmente maliciosa, da fluidez racial e da pós-racialidade". Meu livro de estreia pode não ter vendido tão bem, mas pelo menos ninguém disse que eu deveria "deixar a filosofia rasa e irrefletida para os jovens universitários em vez de enfiá-la em páginas ao alcance dos adultos".

Geoff ficou furioso com essa crítica em particular, e escreveu um post longo e constrangedor em seu blog sobre como ele tinha sido mal interpretado e como o resenhista da *Locus* não tinha a "capacidade intelectual" necessária para apreciar a complexidade e o radicalismo de sua crítica racial. O Twitter, como era de se esperar, caiu matando em cima dele. Athena terminou o relacionamento pouco tempo depois (foi isso o que nós, plebeus, inferimos quando as fotos de "trabalhando em casa" que ela postava no Instagram de repente passaram a ser tiradas em outro lugar).

O término pode soar repentino, mas todo mundo já esperava por isso. Também vale mencionar que depois do fiasco no livro de estreia, Geoff publicou uma série de contos sobre uma menina androide chamada Xiao Li, que suportava uma série de abusos de clientes humanos sórdidos antes de se autodestruir em uma explosão que dizimou metade de Nova Beijing. Segundo Geoff, os contos propunham um questionamento explosivo da misoginia colonial, dos direitos da IA e do patriarcado chinês. Alguém no Twitter perguntou de onde ele havia tirado todas as frases em chinês espalhadas pelo texto, e Geoff casualmente respondeu que estava namorando um "dicionário de cabelo comprido". (Isso foi assunto no Twitter durante dias.) Também houve acusações de que, embriagado, ele saía apalpando pessoas em bares, assim como denunciaram a existência de uma conta em um conhecido site pornô que estranhamente parecia ser de Geoff, com uma bio que dizia "ADORO uma oriental!", mas fomos todos educados demais para mencionar isso em público.

Então o livro de Geoff fracassou. Athena fez o que todos esperávamos que fizesse e se afastou daquela confusão, e o casal mais bonito do mercado editorial foi reduzido à jovem autora mais bonita do mercado editorial e a um cara branco cuja carreira terminou antes mesmo de começar.

Àquela altura, Geoff deveria ter enfiado o rabinho entre as pernas e seguido em frente. Ele ainda tinha um agente literário de renome, contrato para um segundo livro e uma chance de salvar a própria carreira. Mas aí sua presença no Twitter tomou um rumo bizarro. Ele começou uma lenga-lenga sobre como foi injustamente pintado como o vilão, quando, na verdade, foi Athena que o encorajou a escrever aquela postagem sobre a *Locus*, mesmo não ficando ao lado dele depois.

Fiquei com vergonha alheia quando vi o desenrolar da história. Athena tomou a decisão certa, que foi desativar seu perfil no Twitter e não dizer nada até que a internet tivesse encontrado outra coisa na qual investir o fascínio obsceno disfarçado de cuidado. Sem qualquer noção, Geoff continuou respondendo a tuítes cáusticos até que seu número de seguidores caiu para a casa dos dois dígitos. A essa altura, ele também desativou a conta. Seu agente o largou por "motivos pessoais". A sequência de seu primeiro livro continua sob contrato, mas não se sabe se ainda verá a luz do dia, se é que Geoff ainda está tentando terminar de escrever a história.

E tem como saber o que realmente aconteceu? O Twitter nos torna ávidos por julgar, mas sem qualificação para tal. Geoff era um sanguessuga manipulador, abusivo e inseguro, ou a vítima, a depender de para quem você perguntasse. Athena se safou dessa, mas principalmente porque ninguém conseguia acreditar que a bela e talentosa Athena Liu era tão horrível quanto Geoff a fazia parecer, e porque é mais fácil usar um cara branco, cis e hétero como saco de pancada.

Até onde sei, Athena e Geoff não se falavam havia meses.

Então por que ele está tentando me atingir?

Depois de investigar mais a fundo, tenho certeza de que ele está por trás disso tudo. O perfil dele retuitou absolutamente tudo que a conta @FantasmaDaAthenaLiu já postou. Às vezes ele acrescentava os próprios comentários: Não consigo acreditar que ninguém tá falando disso. A Eden e Juniper Song deveriam estar com vergonha.

O último tuíte tinha sido postado um mês antes disso: Alguém mais recebe olhares esquisitos quando pede que a comida seja "apimentada de verdade, não apimentada para o padrão de gente branca" em restaurantes indianos? (O tuíte recebeu três curtidas e a seguinte resposta de RichardBurns08: Também acontece comigo. Sou casado com uma tailandesa há três anos e a galera ainda pensa que o gaijin aqui não dá conta. Adoro provar que estão errados!). O timing é conveniente demais.

Preciso agir rápido. Geoff é um idiota, mas é um idiota instável e imprevisível. É melhor cortar o mal pela raiz. Acho que consigo me defender, mas quero descobrir o que ele tem na manga.

Ainda tenho o número de Geoff da época em que Athena convidou a gente e várias outras pessoas para um retiro de escrita em Potomac. A viagem nunca aconteceu; começamos a discutir sobre o custo dos chalés e a questionar se separar as acomodações por gênero era algo heteronormativo e conservador ou se as pessoas que não estavam namorando teriam que passar pelo constrangimento de dividir o quarto com casais. De repente, todo mundo tinha conflitos de agenda e teve que cancelar em cima da hora. Mas eu guardei o contato de cada um deles, nem que fosse só para diferenciar o código de área de cada um.

Envio um print do primeiro tuíte de @FantasmaDaAthenaLiu para Geoff e acrescento: Já sei de tudo.

Ele é um desses babacas que deixa a confirmação de leitura das mensagens ativada. E ele vê na mesma hora. Mas não responde.

Com o coração batendo tão forte que consigo sentir nos meus peitos, eu escrevo: Amanhã, na frente do café Coco's na Tyson Corner, às 15h30. Sua única chance. Apareça ou vou contar pra todo mundo.

Depois desligo o celular, atiro o aparelho do outro lado da cama e solto um grito.

* * *

Chego cedo no Coco's. Peço um latte gelado, mas só me permito beberiar um pouquinho; não quero ter que ir ao banheiro no meio da conversa. Está um calor de rachar, então o salão ao ar livre é todo meu. Escolho uma mesa com dois lugares perto de um canto, o que me dá uma visão completa do pátio e das rotas de fuga em qualquer direção. Não sei por que estou procurando possíveis saídas como se fosse uma agente da KGB em território inimigo, mas isso descreve bem a nossa situação: duas pessoas que têm trocado mentiras na internet e tentam decidir como arruinar a reputação uma da outra.

Fico chocada quando Geoff aparece. Eu o vejo atravessando a praça, com a cabeça baixa, como se estivesse com medo de ser reconhecido. Está vestindo um boné de beisebol e óculos de sol enormes. Que ridículo.

— Oi, Junie. — Ele arrasta a cadeira à minha frente para se sentar, depois tira os óculos de sol. — Que bom ver você de novo.

Dá para entender por que Athena se apaixonou por ele. Geoff é, pelo menos por fora, muito bonito. Já vi em suas fotos de divulgação como a linha de seu maxilar é bem definida, e como é intenso o verde de seus olhos. Ao vivo, todas essas características são tão acentuadas que chega a ser um pouco atordoante. Parece a personificação do interesse amoroso de algum romance jovem adulto sombrio e sensual, com o cabelo escuro bagunçado e a barba áspera por fazer.

Mas, como já li seus tuítes, eu o acho patético demais para ser sexy.

Tomo outro golinho do meu latte. Decidi que não vou ceder o controle da situação. Não quero que ele pense, nem por um momento, que está no comando. Vou tomar a dianteira com a maior agressividade possível.

— Então, que bosta é essa de que eu roubei o manuscrito da Athena?

Ele se recosta na cadeira e cruza os braços sobre o peitoral largo. (Percebo que é isso que as pessoas querem dizer quando escrevem que alguém tem um "peitoral largo".)

— Acho que nós dois sabemos muito bem do que estou falando.

— Eu não sei — respondo com raiva. Não é difícil fingir que estou brava. A superioridade relaxada dele me faz querer lhe dar um soco. — Isso é absurdo.

— Então por que quis me encontrar?

— Porque o que você está fazendo é nojento — esbravejo. — É repugnante e desrespeitoso, não só comigo, mas com a Athena também. E se você fosse qualquer outra pessoa, eu te mandaria à merda, mas dado o seu... histórico com a minha melhor amiga, pensei que eu deveria fazer isso pessoalmente.

Ele revira os olhos.

— É sério, Junie? Agora a gente vai brincar de teatrinho?

Esmurro a mesa de metal. É dramático, mas gosto do jeito que isso o faz se encolher.

— A única pessoa brincando de teatrinho aqui é você. E vou te dar uma única chance de se explicar antes que eu te processe por difamação.

A confiança dele fraqueja por um momento. Será que funcionou? Será que eu o assustei?

— Nós conversamos sobre esse manuscrito — diz ele. — Athena e eu.

Meu estômago se revira.

— Ela me contou sobre ele quando estávamos namorando. Eu a vi fazendo a pesquisa pro livro. Os trabalhadores migrantes, as vozes esquecidas no front. Eu vi as páginas da Wikipédia.

Ele se inclina para a frente e me encara estreitando os olhos.

— E me parece muito conveniente que, logo depois de ela morrer, você tenha aparecido com um livro exatamente sobre o mesmo tema.

— Mais de uma pessoa pode escrever um livro sobre a Primeira Guerra — retruco, seca. — A história mundial não tem direitos autorais, Geoffrey.

— Não vem com essa desculpa pra cima de mim.

— Agora é o momento em que você vai mostrar todas as suas provas?

Minha estratégia é fazê-lo mostrar as cartas logo de cara. Se ele tiver *mesmo* provas, já era pra mim de qualquer forma, e eu queria pelo menos saber quando esse momento vai chegar. Mas se ele não tiver nada, talvez ainda dê para contornar.

O rosto dele se fecha.

— Eu sei o que você fez — afirma ele. — Todo mundo sabe. Você não vai se safar dessa com mentiras.

Será que eu acertei? Será que ele não tem nada mesmo?

Decido insistir, só para ver como ele vai reagir.

— Pelo visto você ainda está delirando.

— *Eu* estou delirando? — Geoff solta uma risada sarcástica. — Pelo menos não estou saindo por aí ostentando uma amizade que nunca existiu. Eu sei que vocês não eram próximas. Melhores amigas desde a faculdade? Ah, por favor. Athena nunca mencionou seu nome quando a gente namorava. Eu já vi você numa convenção uma vez, sabia? Vi sua biografia no programa do evento e lá dizia onde você tinha se formado. Sabe o que a Athena me falou quando perguntei se ela te conhecia?

Não quero ouvir. Não tem por que isso me incomodar tanto, mas incomoda, e é óbvio que Geoff percebeu, porque ele sorri e arreganha os dentes feito um cão de caça que acabou de sentir cheiro de sangue.

— Ela disse que você era uma otária qualquer da faculdade. Disse que não sabia por que você continuava insistindo, já que seu livro de estreia era medíocre e que seria melhor você desistir antes que o mercado te esmagasse de vez. — Ele ri. —

Lembra como a Athena fingia sentir empatia de maneira falsa e exagerada quando tentava convencer a gente de que ela tinha emoções humanas? *Puxa vida, coitadinha. Anda, vamos embora antes que ela veja que a gente está aqui.*

Meus olhos estão marejados. Eu pisco, irritada.

— Está na cara que você não a conhecia tão bem quanto pensa — rebato.

— Querida, eu já vi as manchas nas calcinhas fio dental dela. Ela é um livro aberto. Assim como você.

Fico tentada a sair correndo, ou até a me inclinar sobre a mesa e dar um tapão naquele rosto cruel e presunçoso. Mas aí eu não conseguiria nada do que me propus a fazer.

Se concentre. Estou quase lá. Só preciso me livrar disso tudo.

— Digamos... — Batuco as unhas na mesa e pisco de nervosismo para dar um efeito. — Digamos que eu tenha pegado mesmo.

Ele arregala os olhos.

— Porra, eu sabia, sua mentirosa do caralho...

— Tá, peraí, por favor. — Finjo estar horrorizada, erguendo as mãos como se para mostrar que não tenho garras. Deixo minha voz oscilar. — O que você *quer*, Geoff?

O rosto dele volta a assumir um sorriso convencido. Está ficando arrogante; sabe que está no controle.

— Então você realmente achou que iria se safar dessa — conclui ele.

— Será que a gente pode deixar isso pra lá? — imploro.

Não é difícil parecer assustada. Tudo que preciso fazer é imaginar que estou voltando para casa sozinha à noite, que Geoff está do outro lado da rua, e que não há nenhuma convenção moral e social contra violência que separe os punhos dele do meu rosto. Ele é enorme e musculoso; poderia me esmagar se quisesse. Eu pisco freneticamente para lembrá-lo disso. Quero que ache que me encurralou.

— Por favor, se você vazar essa informação, eu... eu vou perder tudo.

— Ou talvez não. — Ele se inclina para a frente, apoiando a palma das mãos na mesa. — Talvez possamos chegar a um acordo.

Eu me esforço para manter o rosto impassível.

— O que... o que você quer dizer com isso?

— Você deve estar ganhando uma grana com aquele livro, não é? — Os olhos dele correm de um lado para o outro, checando se alguém está ouvindo. — Não minta, eu vi a notícia do adiantamento. Na casa dos quinhentos mil, não foi? E sei que você já cobriu o valor.

Minha garganta se contrai.

— Você... você está me chantageando?

— Só acho que pode ser um acordo vantajoso para nós dois — responde ele. — Você vende seus livros e eu guardo seu segredo. Todo mundo se dá bem, não é mesmo? Que tal negociarmos as porcentagens?

Meu deus do céu. Ele é tão idiota assim? Será que está escutando o que sai da própria boca? Fico imaginando a fúria que se seguiria se eu jogasse essa conversa no Twitter. Geoff nunca mais ganharia um centavo com a escrita. Teria que ficar na surdina. Jamais voltaria a existir em público, não como ele mesmo.

Mas uma bomba dessas seria o verdadeiro caos, e eu provavelmente acabaria atingida. Preciso fazer com que tudo isso caia no esquecimento, sem alarde.

— Hum... Não. — Faço questão de batucar meu próprio lábio, depois faço biquinho. — Não, acho que não quero.

Geoff estreita os olhos.

— Você não tem escolha.

— Não tenho?

— O que você acha que vai acontecer quando todo mundo descobrir?

— Ninguém vai descobrir nada. — Dou de ombros. — Porque não é verdade. Você só fala merda, Geoffrey, e a gente sabe disso.

— Eu sei que você roubou o livro...

— Não, você *não* sabe. Você não tem uma provinha sequer, só está inventando coisas pra chamar atenção.

Dou um tapinha no bolso fechado com zíper, onde meu celular está gravando toda a conversa.

— Mas o que eu tenho é uma gravação de você tentando *me chantagear* pra conseguir uma porcentagem dos royalties de um livro que você alega ter sido roubado. Você não está fazendo isso pela Athena, só está tentando se aproveitar do legado dela. E quando isto aqui vazar, Geoff, você acha mesmo que vai voltar a assinar algum contrato de publicação na sua vida?

Ele parece querer me estrangular. Seus olhos ficaram tão arregalados que consigo ver a parte branca ao redor das pupilas. Os lábios dele se afastam e revelam os caninos. Por um momento, fico com medo de ter exagerado, de tê-lo feito chegar ao limite. Penso em todos os filmes sobre caras brancos com pinta de bom moço que surtam de repente. Chris Evans em *Entre facas e segredos*. O estuprador em *Bela vingança*. Talvez Geoff vá pular por cima da mesa e enfiar uma faca na minha clavícula. Talvez vá engolir a raiva e me esperar ir embora só para depois me atropelar enquanto volto para casa.

Mas isto não é um filme, é a vida real. E Geoffrey Carlino não é um macho alfa cuja fúria não possa ser domada. Ele é um menininho patético e inseguro que ladra mas não morde, que não tem mais nenhuma carta na manga.

Geoff não tem mais energia para aguentar o tranco. Sua raiva logo se transforma em derrota. Eu vejo os ombros dele murcharem.

— Você é uma pessoa horrível — esbraveja, cheio de raiva.

— Eu sou uma escritora brilhante e uma ótima amiga — respondo. — Você, por outro lado, foi pego em uma gravação tentando tirar vantagem das palavras supostamente roubadas da sua ex.

— Vai se foder, sua vagabunda.

— Ah, vai à merda.

Eu me levanto. Uma vez assisti a um vídeo de um caçador que atirou bem no meio da testa de um leão dando o bote. Eu me pergunto se ele se sentiu como me sinto agora: sem fôlego, vitoriosa, salva por um triz. Também me pergunto se ele olhou para sua vítima e ficou maravilhado com todo aquele poder e potencial desperdiçados.

— Não me procure nunca mais.

Assim que concluo que Geoff não tem provas contra mim, não tenho a menor dificuldade para construir a narrativa da minha resposta. Após trocar alguns rascunhos com Jen e Marnie, publico meu pronunciamento oficial sobre todo aquele fiasco no meu site profissional, depois compartilho o link no Twitter. (Pensei em postar um print do pronunciamento que rascunhei no aplicativo de notas, mas pedidos de desculpas feitos lá se tornaram um gênero textual próprio, e não muito respeitável.)

Oi, pessoal.

É claro que estou ciente das acusações quanto à autoria de *O último front* que vêm circulando nos últimos tempos. Peço desculpas por não ter me pronunciado antes. Por favor, espero que entendam que tem sido um momento difícil para mim, e que estou me esforçando para lidar com a morte trágica da minha melhor amiga.

Em resumo, as acusações são completamente falsas. *O último front* é uma criação original minha. Athena me inspirou a desbravar esse capítulo esquecido da história mundial, e não surpreende que a voz dela se faça presente na minha obra.

Entendo que toda a situação esteja carregada de uma polêmica racial. E me chateia ver as pessoas argumentando que apenas Athena teria conseguido escrever *O último front*, já que o trabalho dela focava muito as questões da diáspora asiática. Isso coloca nós duas em caixinhas e minimiza nossas identidades enquanto escritoras.

Não conheço as motivações por trás desse boato, mas só consigo ver isso como um ataque malicioso e cruel à minha relação com alguém de quem sinto muita falta, e cuja morte foi um dos eventos mais traumáticos da minha vida.

Meu agente e minha editora conduziram suas próprias investigações e não encontraram qualquer delito. Não vou mais tocar nesse assunto.

Obrigada,
Juniper

Claro que os primeiros comentários e respostas são perversos.

Mentirosa do caralho.

Então só calhou de você escrever o mesmo livro que a sua amiga morta estava fazendo? Que coincidência, hein?

KKKKK ela não presta nem pra escrever um pedido de desculpas.

Aff, a June Song apareceu com uma desculpinha esfarrapada, e aposto que os brancos vão ficar se estapeando pra defender ela. Odeio o mercado editorial.

Não acredito numa única palavra que você diz, sua racista filha da puta.

Se essa é a verdade, então por que demorou tanto pra falar alguma coisa?

Mas uma vez que passa a avalanche inicial de pessoas me mandando pra casa do caralho, fica visível que meu pronunciamento foi bem recebido. Consigo quase *ver* a opinião pública mudar de ceticismo para empatia da noite para o dia.

Essa foi uma das perseguições mais cruéis e maldosas que já vi, tuíta um influenciador que havia se mantido neutro até então. Que vergonha de vocês pelo estrago que fizeram com a Juniper Song e ao legado de Athena Liu.

Galera, é disso que falo quando digo que a gente não sabe brincar, diz uma booktuber com cinquenta mil inscritos. Quando é que a gente vai aprender a não cair matando em situações sobre as quais a gente não sabe nada?

Também há um pronunciamento de Xiao Chen que, sinceramente, eu vou abraçar: Este livro é tão racista que só poderia ter sido escrito por uma pessoa branca.

Na manhã seguinte, a conta @FantasmaDaAthenaLiu sumiu. Não há mais nada para ser usado; nenhuma acusação original em que se embasar. Os links das citações estão quebrados; os retuítes com comentário não levam a lugar algum. Algumas pessoas ainda estão fazendo alvoroço, atacando verbalmente a afobação do mercado editorial em sempre acreditar primeiro em mulheres brancas jovens, mas em outros espaços parece que todo mundo só quer fingir que essa história nunca aconteceu. Tenho certeza de que ainda há haters raivosos por aí que acreditam que sou culpada, mas não há uma única prova concreta disso. Ninguém tem provas suficientes para levar o caso à justiça. Além disso, a única pessoa que poderia dar entrada em uma ação relacionada ao patrimônio literário de Athena é a sra. Liu, e ela não fez nenhum pronunciamento nem entrou em contato comigo. Não há nada concreto nesse bicho-papão; apenas a lembrança fugaz de um monte de gente gritando a troco de nada.

Brett me manda um e-mail com boas notícias na segunda-feira seguinte.

A Greenhouse Productions fez uma oferta de quinze mil. Dezoito meses, com possibilidade de renovação da compra dos direitos, e mais dinheiro na sua conta se eles renovarem mesmo. Vou tentar conversar com eles para aumentar para dezoito mil. Acho que consigo. Vamos dar o contrato para nosso agente responsável pelo audiovisual ler e garantir que está tudo dentro dos conformes, e aí vamos mandá-lo pra você assinar. O que acha?

Quinze mil é um pouco abaixo do que eu esperava, considerando todo o hype, mas acho que o simples fato de a Greenhouse ter feito uma oferta já indica que continuam me dando credibilidade.

Assim, do nada?, escrevo de volta. Por que demoraram tanto?

Ah, Hollywood é devagar, responde Brett. Acredite, dá pra considerar que isso foi até rápido. Vou te mandar a papelada até o final da semana.

Tudo volta ao normal. A *Deadline* publica uma nota sobre a compra dos direitos audiovisuais, e um monte de gente me parabeniza na internet (todos parecem ter a impressão de que Jasmine Zhang será a diretora, mas eu não corrijo ninguém). O ciclo de notícias do meio editorial passa para o próximo escândalo bombástico: uma escritora de livros jovens adultos que passou meses enviando ameaças de morte anônimas para uma rival até que, por descuido, acabou enviando uma de seu próprio e-mail. (Ela está tentando fingir que foi uma piada, mas ninguém acredita, e a escritora que foi atacada abriu uma vaquinha para juntar dinheiro e processar a outra por danos morais pelo sofimento psicológico.)

As ameaças de morte vão diminuindo para uma a duas vezes por dia, até que não recebo mais nenhuma. Logo me sinto segura para abrir as DMs de novo. Em uma semana, tudo que aparece nas minhas notificações é a enxurrada habitual de posts de "parabéns", marcações em pilhas de livros e resenhas, e vez ou outra a proposta de algum esquisitão perguntando se eu poderia avaliar seu manuscrito de quinhentas páginas. Todos os tuítes maldosos sobre mim se perderam no buraco negro da memória do Twitter. Volto a conseguir dormir uma noite inteira. Já consigo comer sem sentir ânsia de vômito.

Sou inocentada no tribunal da opinião pública. E, pelo menos por enquanto, o fantasma de Athena foi exorcizado.

Quinze

E U DEVIA TER PARADO POR AÍ.
As discussões finalmente se aquietaram, assim como Brett prometeu. Não preciso mais silenciar as notificações por medo de travarem meu celular. Não sou mais a protagonista do Twitter. Mas é exatamente esse o problema: agora estou caindo no esquecimento.

Esse é o destino de todo livro que não se torna um clássico. *O último front* foi lançado há quase um ano. Depois de quatro meses, enfim saiu da lista de mais vendidos. Não levou nenhum dos prêmios aos quais concorreu, em grande parte por culpa do escândalo de @FantasmaDaAthenaLiu. As mensagens dos fãs, sejam boas ou ruins, estão começando a minguar. Os convites para comparecer a escolas e bibliotecas foram deixando de aparecer. Não recebi nenhuma atualização da Greenhouse Productions desde que assinei o contrato, o que pelo visto é normal. A maioria dos projetos fica engavetada até que o período de retenção dos direitos termine. As pessoas pararam de me pedir textos e artigos de opinião. Ultimamente, quando tuíto alguma coisa engraçada, consigo no máximo cinquenta ou sessenta curtidas.

Já fui ninguém na internet antes, quando precisava me apegar às duas únicas menções que recebia no Twitter por semana para conseguir uma dose de serotonina. Mas eu ainda não tinha percebido que mesmo se você tiver o mundinho literário na palma da mão, ele ainda pode se esquecer de você em um piscar de olhos. Chega de velharias; tragam as melhores novidades, que, até onde sei, no momento é uma autora estreante bonita, atlética e de uns vinte e poucos anos chamada Kimmy Kai. Ela passou a infância fazendo acrobacias em um circo itinerante no Havaí e agora publicou uma autobiografia sobre sua infância fazendo acrobacias em um circo itinerante no Havaí.

Não estou passando fome. Já fiz as contas. Se eu levar uma vida modesta (e por "modesta" quero dizer continuar no meu apartamento atual e pedir comida a cada dois dias em vez de todo dia), consigo sobreviver pelos próximos dez, talvez quinze anos só com o dinheiro que ganhei com *O último front*. A edição em capa dura já está na décima reimpressão. A edição em brochura acabou de sair, o que causou um bom aumento nas vendas, já que é mais barata, então vende um pouquinho mais. Eu realmente não preciso de dinheiro. Poderia deixar tudo isso para trás e ficar perfeitamente bem.

Mas, minha nossa, eu quero muito voltar a ser o centro das atenções.

Quando seu livro é o mais recente fenômeno editorial, você se deleita com uma enxurrada de atenção. Você é o foco das conversas culturais. Você tem o equivalente literário do toque de Midas. Todo mundo quer entrevistar você. Todo mundo quer que você escreva blurbs para os livros, ou que seja a mediadora no evento de lançamento deles. Tudo o que você diz é importante. Se der uma opinião polêmica sobre o processo de escrita, sobre outros livros, ou até mesmo sobre a própria vida, as pessoas vão confiar piamente nas suas palavras. Se recomendar um livro nas redes sociais, as pessoas vão sair no mesmo dia para comprá-lo.

Mas é claro que seus cinco minutos de fama não duram para sempre. Já vi grandes autores best-sellers que eram um sucesso há menos de seis anos sentados sozinhos e esquecidos em sessões de autógrafo vazias enquanto colegas mais novos e atraentes recebiam filas quilométricas de fãs. É difícil alcançar o topo da relevância literária a ponto de continuar sendo um nome conhecido durante anos ou décadas depois do lançamento mais recente. Só alguns vencedores do Prêmio Nobel conseguem tal proeza. O restante de nós precisa continuar dando murro em ponta de faca para se manter sob os holofotes.

Acabei de descobrir no Twitter que minha mentoranda, Emmy Cho, assinou com Jared, o antigo agente de Athena, um gênio da indústria conhecido por firmar contratos de seis a sete dígitos. Enquanto mentora, fico feliz por ela, mas também sinto uma pontada de ansiedade toda vez que Emmy compartilha as novidades. Sinto medo de que ela me alcance, que seu iminente contrato de publicação envolva um adiantamento maior do que o meu, que ela venda os direitos audiovisuais para uma produtora que vai, de fato, vendê-los para um estúdio, que a fama dela ofusque a minha, e que da próxima vez que nos virmos em um evento literário ela me cumprimente com um aceno de cabeça frio e prepotente.

O único jeito de sair na frente, claro, é conquistar o mundo com meu próximo projeto.

Mas não faço ideia do que poderia ser.

Certa manhã, Brett me liga para botar o papo em dia. Trocamos algumas palavras educadas por um tempo, e então ele pergunta:

— E aí, como vão as coisas na terra da escrita?

Sei o que ele quer saber de verdade. Todos estão imploran-do pelo meu próximo projeto, e não é só porque o mercado editorial não presta atenção nas coisas por muito tempo. O que ele está pensando, assim como Daniella, é que se eu conseguir publicar outra coisa além de *O último front*, algo que não seja plágio ou esteja intimamente ligado a Athena, mas que ainda tenha o inexplicável toque de Juniper Song, poderemos nos livrar dos boatos de uma vez por todas.

Solto um suspiro.

— Vou ser sincera: não tenho nada. Estou sem ideias. Te-nho brincado com alguns conceitos, mas nada vinga.

— Ah, tudo bem.

Não sei dizer se ele está irritado ou não. É a terceira vez que temos esta conversa, e sei que meu tempo está acabando. Não há um prazo fixo; o contrato que assinei com a Eden só engloba um livro, mas estipula que Daniella tem o direito de ser a primeira a dar uma olhada no meu próximo projeto. Brett quer mostrar algo a ela em breve, enquanto ainda estamos nas suas graças, porque vai saber se outra editora iria querer me contratar?

— Sei que a criatividade só dá as caras quando quer. Sei mesmo. Mas agora você tem capital social, e é melhor fisgar a oportunidade enquanto o mar está pra peixe…

— Eu sei, eu sei. — Pressiono as têmporas com os dedos.

— Só não consigo pensar em nada que me prenda. Eu preciso me importar *de verdade* com o assunto, sabe? Tem que ser algo robusto e importante.

— Não precisa ser grandioso, Junie. Não estamos tentan-do ganhar o Pulitzer. Nem precisa ser parecido com *O último front*. — Brett faz uma pausa. — Você só precisa, sabe, publicar alguma coisa. Qualquer coisa.

— Tá bom, Brett.

— Você entendeu, né?

Reviro os olhos.

— Ouvi em alto e bom som.

Aí nos despedimos. Brett desliga. Eu solto um grunhido e volto ao meu notebook. Estou encarando a mesma página em branco no Word há semanas.

O problema não é estar sem ideias. Na verdade tenho várias, e tempo de sobra para transformá-las em rascunhos completos. Agora que os compromissos de divulgação de *O último front* acabaram, não tenho mais desculpa para não ser produtiva. Brett tem razão em estar impaciente; ando fazendo promessas vagas sobre novos projetos há mais de um ano, e nada se concretizou.

O problema é que toda vez que me sento para escrever, é a voz de Athena que ouço.

O último front deveria ter sido uma colaboração única. Uma mistura da ideia e pesquisa de Athena com minha prosa e meu aperfeiçoamento. Senti uma alquimia extraordinária e misteriosa durante aquelas semanas frenéticas, quando trouxe a voz narrativa dela de volta dos mortos e a harmonizei com a minha. Eu não dependia de Athena, nunca *precisei* dela para escrever, mas o exercício conjunto me deu confiança em uma época em que eu não tinha nada. Escrever seguindo os passos dela tornou minha escrita muito *forte*.

Mas agora que estou tentando seguir em frente, ela não me deixa em paz. A maioria dos autores alega escutar a voz de um "editor interior", um opositor interno que procura defeitos e dificulta os primeiros rascunhos. Minha editora interior tomou a forma de Athena. Ela analisa e descarta, cheia de desdém, toda história que tento escrever. Muito clichê. Muito previsível. Muito *branco*. Ela é ainda mais carrasca com as frases. *O ritmo está esquisito. A imagética não funciona. É sério? Outro travessão?*

Tentei ignorá-la e insistir na escrita apesar de ela estar ali, e *justamente* por ela estar ali. Mas é nessas horas que a risada de Athena fica mais alta e suas provocações, mais maldosas. Minhas inseguranças só se intensificam. Quem sou eu para acreditar que consigo conquistar qualquer coisa sem ela?

Em público, me mantive comedida, mas as gracinhas de Geoff no Twitter mexeram mais comigo do que deixei transparecer. Fantasma da Athena Liu. Que escolha grotesca de nome; com certeza a ideia era espantar e provocar, mas há mais verdade nisso do que Geoff poderia imaginar. O fantasma de Athena se escorou em mim; ele paira sobre meu ombro, sussurrando em meu ouvido a todo momento.

É enlouquecedor. Ultimamente comecei a sentir receio de pensar em escrever, porque não consigo fazer isso sem pensar *nela*. E aí, é claro, meus pensamentos inevitavelmente abandonam a escrita e passam para as lembranças: aquela última noite, as panquecas, os sons gorgolejantes que Athena emitiu enquanto se debatia no chão.

Pensei que tivesse superado a morte dela. Minha saúde mental parecia ótima. Eu estava *numa boa*. Estava *bem*.

Até que ela voltou.

Mas não é isso que fantasmas fazem? Uivam, gemem e fazem alarde? Não é esse o objetivo de um fantasma? Fazer qualquer coisa para te lembrar de que ele está ali? Qualquer coisa que te impeça de esquecê-lo?

Preciso confessar uma coisa: fiz caixa dois.

Na noite em que estive no apartamento de Athena, não peguei apenas *O último front*. Também peguei um punhado de papéis que estavam na mesa, alguns datilografados, alguns repletos dos garranchos cheios de curvas e praticamente ilegíveis de Athena, assim como alguns desenhinhos abstratos cujo significado ainda não desvendei.

Juro que foi só por curiosidade. Athena sempre foi toda reservada quanto ao próprio processo criativo. Pelo que ela dizia, parecia até que os deuses lançavam histórias dignas de prêmios já completamente formadas em sua mente. Eu só queria olhar dentro da cabeça dela e ver se os primeiros passos de seu planejamento eram parecidos com os meus.

No fim das contas, nós duas criamos de maneiras parecidas. Ela começa com palavras ou frases aleatórias, algumas originais, outras claramente letras de música ou versões modificadas de citações famosas da literatura: *Rook já estava morto quando cheguei; o menino de lugar nenhum; era uma noite escura mas reluzente; se eu te batesse, seria como te beijar?*

Coloco tudo sobre a mesa e encaro os papéis, caçando uma migalha de inspiração. Não consigo tirar a voz de Athena da cabeça, mas talvez consiga colaborar com ela. Talvez consiga forçar o fantasma dela a arregaçar as mangas outra vez e ressuscitar aquela mesma química profana que deu o gás necessário a *O último front*.

Há apenas algumas poucas frases completas e só um parágrafo inteiro, escrito à mão, que começa assim:

Nos meus pesadelos, ela entra em um corredor escuro e interminável, e nunca olha para trás, não importa o quanto eu chame seu nome. O vestido dela deixa rastros molhados no tapete. Seus braços pálidos estão cobertos de sangue e arranhões. Sei que ela matou o urso. Sei que ela escapou da floresta. Agora está abandonando o passado, movendo-se com o mesmo desespero de Orfeu, só que ao contrário; como se, caso jamais volte a olhar por cima do ombro, ele vá deixar de existir. Ela esqueceu que estou presa aqui, incapaz de me mexer, incapaz de fazer com que me veja. Ela se esqueceu completamente de mim.

Não sei como explicar o que acontece a seguir. É como se a história já habitasse meu coração, à espera de ser contada, e a voz de Athena é a palavra mágica que a traz à vida. De repente, meu bloqueio criativo se dissipa, e os portões da minha imaginação se escancaram.

Consigo ver o formato completo da história: o gancho da abertura, os temas subjacentes, o final chocante, porém inevitável. Nossa protagonista é uma menina de pés descalços, uma jovem bruxa perseguindo a mãe imortal por toda a eternidade, desvendando os segredos dela só para lhe surgirem mais dúvidas quanto a si mesma e ao lugar de onde veio. É uma análise pouco sutil dos meus sentimentos em relação à minha própria mãe: como ela se transformou de forma tão abrupta depois da morte do meu pai; como a menina aventureira que ela costumava ser, talvez parecida comigo, foi completamente exilada. O ponto central é o desejo de saber quem seus pais foram. A necessidade de receber de seus pais o que eles jamais lhe darão.

Quando você está completamente focada, escrever um rascunho não parece tão penoso. Está mais para reviver uma lembrança, colocar em palavras algo que esteve escondido no peito esse tempo todo. A história jorra para fora de mim, parágrafo a parágrafo, até que eu olhe lá fora e perceba que o sol está prestes a nascer e escrevi quase dez mil palavras em um rompante frenético.

O fantasma de Athena não me importunou nem uma vez sequer. Enfim cheguei a um projeto que ela não consegue criticar.

Esboço as linhas gerais para o resto da história e crio um cronograma de escrita para mim: se conseguir atingir duas mil palavras por dia, e levando em conta o período de edição e releitura, consigo terminar em menos de um mês. Depois, antes de cair no sono, digito um título no topo do arquivo: *Mãe Bruxa*.

Ninguém em sã consciência chamaria isso aqui de roubar. Essa é a parte mais bizarra desse fiasco todo. *Mãe Bruxa* é uma criação original minha. Tudo que Athena fez foi contribuir com algumas frases, talvez com uma imagética sutil. Ela foi o catalisador, e mais nada. Ninguém sabe para onde ela teria levado o restante da história. Eu com certeza não sei, e aposto que, fosse lá o que fosse, não seria nada parecido com o que vou publicar.

E, ainda assim, é essa história que acaba comigo.

Primeiro, quero contar sobre a vez em que Athena roubou algo de mim.

Ficamos amigas no início do primeiro ano da faculdade. Morávamos no mesmo andar do dormitório, então é claro que esse se tornou nosso principal círculo social naquelas primeiras semanas. Comíamos juntas, fazíamos compras para o dormitório juntas, pegávamos o transporte de Yale até o mercado Trader Joe's para comprar queijo apimentado e pasta de amendoim, passávamos as madrugadas juntas na sala comunal e percorríamos as ruas do centro de New Haven nas sextas à noite de minissaia e blusas justíssimas, com olhos de águia atrás do barulho e das luzes que significavam festa, torcendo para que o conhecido de um conhecido nos deixasse entrar.

O que nos aproximou de imediato foi nosso amor em comum pelo livro *A idiota*, de Elif Batuman.

— É o retrato perfeito da vida no campus — declarou Athena, expressando com precisão cada sentimento que já tive pelo romance. — Ele descreve exatamente o abismo entre querer que os outros saibam quem você é e o medo profundo de que eles talvez te entendam, numa época em que ainda nem temos certeza de quem somos. A questão não é só traduzir do russo para o inglês, é traduzir uma identidade ainda não formada. Adoro esse livro.

Íamos juntas a noites de microfone aberto em cafés de livrarias e festas no apartamento de veteranos dos nossos seminários de ficção. Do fim de agosto ao fim de setembro, cheguei a acreditar que eu era o tipo de pessoa de quem essa deusa incrivelmente descolada seria amiga.

Na primeira semana de outubro, saí com um cara bonitinho do segundo ano chamado Andrew. Eu o vi pela primeira vez durante as sessões de debate sobre história mundial, mas não tinha criado coragem de falar com ele até que nossos caminhos se cruzaram na festa da irmandade Delta Phi, onde estávamos os dois caindo de bêbados e em busca de um corpo no qual se apoiar. Não tínhamos trocado nem duas palavras antes de darmos uns amassos. Não consigo lembrar se foi bom ou não, só que foi bem grudento, mas parecia que estávamos indo de acordo com o esperado, e isso, por si só, era uma conquista. Antes de minhas amigas me arrastarem de volta para casa, salvei meu contato no celular dele. Por um milagre, Andrew me mandou mensagem no dia seguinte e me convidou para assistir a um episódio de *Sherlock* no dormitório dele, já que o colega de quarto ficaria até tarde no treino de *ultimate frisbee*.

O que aconteceu em seguida foi tão mundano que quase não vale a pena ser contado. Ele estava com uma garrafa de vodca. Por estar animada, bebi muito e rápido demais. Nem chegamos a ver *Sherlock*. Acordei no dia seguinte com a calcinha ao redor dos tornozelos e chupões intensos no pescoço, tão roxos que pareciam quase pretos. Pelo menos a minha vagina estava bem; mais tarde eu a cutuquei para tentar descobrir se estava dolorida ou sangrando, mas parecia tudo normal. Eu só estava com a boca seca, de ressaca e com tanto enjoo que ficava me debruçando na lateral do beliche, sentindo ânsia de vômito. Tudo estava embaçado; acabei dormindo com as lentes de contato e meus olhos estavam tão secos que eu mal conseguia mantê-los abertos. Ao meu lado, Andrew estava adormecido e completamente vestido. Fiquei incrivelmente agradecida por ele ter continuado dormindo quando passei por cima dele para sair da cama.

Achei meus sapatos de salto, os coloquei e cambaleei de volta para o meu dormitório.

Fiquei bem durante aquela semana. Não saí de novo, mesmo quando metade das garotas que eu conhecia foi toda arrumada para um evento aberto ao público organizado por uma irmandade naquela noite. Fiquei no dormitório e me diverti comendo pipoca e vendo um filme com algumas meninas do meu andar; até tentei estudar um pouco. O clima estava começando a esfriar; eu usava um suéter de gola rulê e cachecóis para esconder os chupões. No quarto, onde não dava para esconder meu pescoço de Michelle, com quem eu dividia o espaço, apenas brinquei sobre ter tido um fim de semana daqueles, e o assunto morreu aí.

Andrew não tinha me mandado mensagem desde que fui embora de seu quarto, o que não me incomodou muito. Na verdade, eu me sentia indiferente em relação à coisa toda, e orgulhosa por essa indiferença. Me sentia uma mulher madura e realizada. Tinha transado com um aluno do segundo ano. Um *bonitinho*. A grandiosidade disso me agradava. Havia cruzado a fronteira da vida adulta; tinha "ido pra cama" com alguém, como diziam os jovens. E eu estava ótima.

Foi só na semana seguinte que comecei a ter flashbacks. O rosto de Andrew surgia em minha mente durante as aulas: vívido, próximo, com o queixo áspero e o hálito azedo de vodca de canela. De repente me dei conta de que não conseguia respirar, não conseguia me mexer sem sentir ondas de vertigem. Minha imaginação corria solta, conjurando as piores possibilidades possíveis. Será que eu estava grávida? Será que tinha contraído HPV? Herpes? Aids? Será que meu útero apodreceria dentro de mim? Será que eu deveria procurar a enfermaria do campus? Se sim, teria que pagar algumas centenas de dólares que eu nem tinha? Será que minha mãe havia cancelado meu plano de saúde estudantil? Eu não conseguia me lembrar. Será que eu ia morrer por causa de um erro idiota que cometi quando não estava nem acordada?

Andrew só me mandou outra mensagem às duas da madrugada do sábado seguinte: Ei, tá acordada? Vi a mensagem quando levantei para fazer xixi e a deletei na hora. Não queria ter que lembrar da existência dele quando acordasse de vez.

Mas eu não conseguia tirar o rosto, o cheiro e o toque dele da minha cabeça. Comecei a tomar banhos extremamente longos, três ou quatro vezes ao dia. Não parava de ter pesadelos em que estava imobilizada debaixo dele, presa sob seu queixo áspero, incapaz de me mexer ou de gritar. Michelle me acordava, sacudindo meus ombros de leve, e perguntava com muita delicadeza e culpa se eu poderia lhe emprestar uns protetores auriculares, porque ela tinha um debate às oito da manhã e eu estava interrompendo seu ciclo de sono REM. Eu me pegava chorando sem motivo no meio da tarde, esmagada pelo desprezo que sentia por mim mesma. Até considerei frequentar um grupo de estudos bíblicos, muito embora eu tivesse parado de ir à igreja depois que meu pai morreu, já que o pastor me disse que ele ia para o inferno por nunca ter sido batizado. Eu só queria alguma coisa que pudesse me ajudar a dar sentido à minha convicção retrógrada, mas ainda persistente, de que eu estava irreversivelmente maculada, usada e imunda.

— Oi, Juniper.

Athena me abordou certa tarde quando eu estava a caminho do bandejão. Naquela época, Athena era a única que me chamava pelo meu nome, um hábito que ela manteve durante toda a vida adulta; ela chamava Tashas de "Natasha" e Bills de "William", como se essa insistência em ser formal fosse elevar todos os presentes na conversa. (E elevava.) Ela tocou meu braço. Seus dedos eram macios e gelados.

— Está tudo bem?

E talvez tenha sido porque eu estava me segurando por tanto tempo, ou porque ela foi a primeira pessoa em Yale que olhou para mim e percebeu que algo estava errado, mas no mesmo instante caí aos prantos de um jeito feio e escandaloso.

— Vem — chamou ela, fazendo carinho nas minhas costas. — Vamos pro meu quarto.

Athena segurou minha mão enquanto eu contava a história toda em meio a soluços. Ela conversou comigo sobre minhas opções, me fez dar uma olhada na lista de recursos do campus e me ajudou a decidir se eu queria fazer terapia (queria) ou denunciar Andrew para a polícia e prestar queixa (não queria). Ela me acompanhou na primeira consulta com a dra. Gaily, que foi quando recebi o diagnóstico de ansiedade, desabafei toda a merda que estava carregando desde a morte do meu pai e aprendi estratégias de enfrentamento que uso até hoje. Ela deixava comida na minha porta quando percebia que eu não tinha ido jantar. Mandava fotos de filhotinhos de cachorro tarde da noite e dizia: Espero que sonhe com eles!

Durante duas semanas, Athena Liu foi meu anjo da guarda. Achava que ela era superbondosa. Achei que seríamos amigas para sempre.

Mas amizades entre calouros não duram muito. Quando chegou o segundo período, eu tinha meu próprio círculo social, e ela tinha o dela. Ainda sorríamos e acenávamos quando nos cruzávamos no bandejão. Ainda curtíamos as postagens uma da outra no Facebook, mas deixamos de nos falar por horas, sentadas no chão de nossos quartos, trocando histórias sobre autores que ansiávamos por conhecer ou escândalos literários que tínhamos visto no Twitter. Já não trocávamos mensagens durante as aulas. Desconfiei que a atrocidade do que compartilhei com ela pudesse ter minado a possibilidade de uma amizade em construção. Existem níveis apropriados de intimidade. Não dá para soltar um "Acho que fui estuprada, mas não tenho certeza" antes de três meses de amizade.

Todos nós seguimos em frente. Esqueci Andrew, ou pelo menos o enterrei tão fundo na memória que ele só ressurgiria depois de muitos anos, nas sessões de terapia. O cérebro de uma caloura é incrivelmente propenso à amnésia seletiva; acredito que seja uma reação de sobrevivência. Fiz amizades novas e mais próximas, para quem nunca contei o que aconteceu. Os chupões sumiram. Eu me acostumei com a vida em Yale, parei de ir a festas onde fazia papel de idiota e mergulhei de cabeça nos estudos.

Mas aí o primeiro conto de Athena saiu em uma das revistas literárias de Yale, um periódico pretensioso chamado *Ouroboros*. Isso foi uma façanha e tanto; calouros nunca eram publicados na *Ouroboros*, ou pelo menos foi isso que ouvi dizer. Todo mundo comprou exemplares para mostrar apoio. Levei o meu para ler no quarto. Senti uma pontada de inveja; eu também tinha enviado um conto meses antes, mas fui rejeitada em letras garrafais no mesmo dia. Ainda assim eu queria demonstrar espírito esportivo, então pensei em ler o bastante para encontrar algumas frases particularmente perspicazes, depois comentar sobre elas com Athena da próxima vez que a visse.

Folheei até a página doze, onde começava o conto dela, e dei de cara com minhas próprias palavras me encarando de volta.

Mas não eram bem as *minhas* palavras. Apenas meus sentimentos e todos os meus pensamentos confusos e desordenados, articulados em um estilo simples, discreto mas sofisticado, que na época não tive a eloquência para atingir.

E a pior parte era não saber, narrava a protagonista. *Não conseguia nem mesmo dizer se tinha sido estuprada, se cheguei a querer aquilo, se alguma coisa tinha sequer acontecido, se estava feliz por nada ter acontecido ou se eu queria que tivesse acontecido só para que eu pudesse tratar aquilo com mais importância do que eu tratava a mim mesma. A região entre minhas pernas é uma lacuna. Não há lembrança, nem vergonha, nem dor. Tudo simplesmente desapareceu. E eu não sei o que fazer com esse vazio.*

Li o conto do início ao fim, repetidas vezes, e a cada leitura encontrei mais e mais semelhanças e identifiquei detalhes pessoais que foram modificados com uma preguiça ou indiferença impressionantes. O nome do cara era Anthony; o da garota, Jillian. Eles beberam vodca sabor limonada de morango. Cursavam a mesma matéria de Filosofia Antiga. Ele a convidou para ver *O Hobbit*.

— Gostei da sua história — falei para Athena no jantar enquanto sustentava seu olhar e a desafiava a negar tudo. *Eu sei o que você fez.*

Ela me encarou e abriu um sorriso educado e vazio, o mesmo que, mais tarde, ela mostraria com frequência a fãs em sessões de autógrafo.

— Obrigada, Juniper. Que gentileza sua dizer isso.

Nunca mais conversamos sobre essa história ou sobre o que aconteceu com Andrew.

Talvez tenha sido só coincidência. Éramos calouras insignificantes e frágeis em uma universidade enorme onde esse tipo de coisa sempre acontece. Meu conto não era excepcional. Era, na verdade, completamente mundano. Nem toda garota tem uma história de estupro. Mas quase toda garota tem uma história de "não sei muito bem, eu não gostei, mas não consigo chamar de estupro".

Mas eu não conseguia ignorar a semelhança entre as frases que usei ao descrever minha dor e as frases que Athena usou em seu conto. Não conseguia desvincular a prosa de Athena da lembrança de seus olhos castanhos e enormes piscando, repletos de empatia, enquanto eu lhe contava entre soluços engasgados todas as coisas sombrias e feias que habitavam meu coração.

Ela tinha roubado minha história. Eu estava convencida disso. Ela roubara as palavras direto da minha boca. E fez a mesma coisa com todos à sua volta durante o resto da carreira, e, para ser sincera, se era para eu me sentir mal por ter me vingado: foda-se.

Mãe Bruxa é recebido de maneira mais ou menos calorosa. É aclamado pelos críticos, mas as vendas são mornas. Isso já era esperado. É uma novela, não um romance (não consegui pensar em um jeito de expandir a história para além de quarenta mil palavras), e o mercado é sempre menor para esse gênero. Faço uma turnê em livrarias de Washington, Boston e Nova York, onde é fácil reunir um público de entusiastas da literatura em qualquer sexta-feira. Todos os eventos recebem muitas pessoas. Ninguém faz perguntas desagradáveis sobre minha boa-fé racial. Ninguém menciona o escândalo de plágio.

A recepção pela crítica é boa, de um jeito até surpreendente. Uma resenha positiva da *Kirkus* disse: "Uma fábula silenciosa e comovente sobre traição e perda da inocência." O *Library Journal*, também em uma resenha positiva: "Juniper Song se mostra habilidosa em lidar com temas maduros em contextos completamente distantes da Primeira Guerra Mundial." E nossa maior conquista foi o *New York Times*, e sei que Daniella teve que dar um jeitinho para conseguir essa façanha: "Se havia qualquer suspeita de que Juniper Song não era responsável pelas próprias obras literárias, permitam que *Mãe Bruxa* dissipe esse medo: essa mulher sabe escrever."

Há algo desconcertante em toda essa calmaria. As coisas estão muito tranquilas, quase de maneira sufocante, como o ar parado antes de uma tempestade. Mas estou aliviada demais, disposta demais a acreditar que deixei todos os problemas para trás. Já estou pensando no próximo contrato, em possíveis ofertas de adaptação audiovisual para esse novo material. Talvez *Mãe Bruxa* não seja matéria-prima para um sucesso de bilheteria, mas daria para fazer uma série de TV de notoriedade discreta a partir dele. Algo tipo *Big Little Lies* ou *Pequenos incêndios por toda parte*. Alguém chame a Reese Witherspoon para produzir. Alguém dê um alô para a Amy Adams interpretar a mãe. Alguém diga à Anna Kendrick para me interpretar.

Eu me permito relaxar e encher a cabeça de sonhos. Depois desse tempo todo, finalmente parei de escutar o fantasma de Athena toda vez que me sento para escrever.

Mas eu deveria ter imaginado que isso não duraria muito tempo.

Dezesseis

DUAS SEMANAS DEPOIS DO LANÇAMENTO DE *MÃE BRUXA*, Adele Sparks-Sato faz um post em seu blog intitulado "*Mãe Bruxa* também é plágio, e eu já cansei da porra da June Hayward".

Vejo o alerta do Google quando estou prestes a entrar no chuveiro. Sento na cama, apertando a toalha ao redor do peito enquanto clico no link.

Como muitos de vocês, fiquei curiosa quando a Eden Press anunciou que June Hayward, agora escrevendo como Juniper Song, iria lançar uma novela, uma trama de volume único. Depois das acusações que *O último front* recebeu, eu tinha minhas dúvidas se ela seria capaz de escrever algo de qualidade similar, especialmente agora que não há mais nenhum trabalho de Athena para roubar... ou era o que eu achava. Nem acreditei no que estava vendo quando abri a primeira página.

Mãe Bruxa começa com frases idênticas às de uma história que Athena Liu escreveu em um workshop do Coletivo de

Escritores Asiático-Americanos no verão de 2018. Isso não é coincidência. Aqui estão as provas.

Logo abaixo, Adele incluiu prints do Google Docs e fotos de esboços impressos com anotações à mão nos comentários, além de tantos relatos e datas que seria impossível forjar esse tipo de acusação.

Caso alguém esteja pensando que isto é uma tramoia muito bem elaborada para desacreditar Hayward, saibam que eu entrei em contato com oito pessoas que estiveram presentes no workshop daquele ano. Nem todo mundo ainda tem as fotocópias dos exercícios daquele verão, mas todos esses participantes atestaram por escrito que se lembram do texto de Athena. Eles incluíram os próprios nomes nesta postagem como forma de endossar a crítica. Se não quiserem confiar nas minhas palavras, considerem o peso de nossos testemunhos em conjunto.

O debate acerca da autoria de *O último front* tem sido difícil e preocupante para muitas pessoas da comunidade das diásporas asiáticas. Muitos de nós, porque eu me incluo nisso, não queriam acreditar que alguém faria algo tão repugnante e egoísta. E muitos de nós estávamos dispostos a dar o benefício da dúvida a June Hayward.

Com essas provas, não restam dúvidas quanto às intenções de Hayward. Ela, seu agente, Brett Adams, e a equipe dela na Eden Press agora têm a chance de escolher demonstrar reponsabilidade, transparência e seu suposto compromisso com a justiça.

Nós vamos ficar de olho.

Abaixo o celular. A água está caindo há uns dez minutos, mas não consigo criar coragem de levantar e ir lá desligar o chuveiro. Apenas continuo sentada na beira da cama, puxando e soltando o ar enquanto o mundo parece encolher ao meu redor.

Quando vi os tuítes de @FantasmaDaAthenaLiu pela primeira vez, perdi o controle em uma crise de ansiedade que durou horas. Desta vez, minha reação está estranhamente mais branda. Sinto como se estivesse submersa na água. Tudo parece errado e distorcido. De alguma forma, estou ao mesmo tempo mais calma e mais aterrorizada do que antes. Talvez seja porque, desta vez, não há dúvidas quanto ao que acontecerá a seguir. Desta vez a verdade é incontestável, e não faz diferença sair correndo para tentar controlar a narrativa pública ou não. Não preciso me perguntar o que meus amigos e colegas estão pensando de mim, ou se vão acreditar se eu negar as acusações. Está tudo preto no branco. O que tiver que ser será, independentemente do que eu fizer ou disser.

Melhor deixar o celular no modo "não perturbe". Guardo o iPad na gaveta. Desligo o notebook. Pego uma garrafa de uísque de cima da geladeira, um WhistlePig que Daniella me deu para comemorar os três meses consecutivos na lista de mais vendidos do *New York Times*. Depois me acomodo no sofá e assisto a episódios antigos de *Friends* enquanto bebo direto do gargalo até apagar pelo resto da noite.

Melhor deixar a internet fazer o trabalho sujo enquanto eu estiver fora do ar. Quando eu tiver que encarar a comoção, prefiro que venha tudo de uma vez.

Acordo na manhã seguinte e vejo que perdi mil seguidores. Os números ainda estão caindo; noves se tornam oitos diante dos meus olhos. Desta vez, não preciso procurar meu nome para me manter atualizada sobre o assunto. Está bem ali, por todo o feed e nas minhas menções.

Porra, eu sabia que a Juniper Song era dessas.

June Hayward ataca novamente!

Será que essa filha da puta não vai parar nunca?

Alô, mercado editorial, a Bruxa Branca está de volta.

Da última vez, mantive minhas contas em redes sociais ativas, em parte para acompanhar o que estava sendo dito, em parte porque temia que desativá-las significasse admitir que sou culpada. Desta vez, minha culpa é uma conclusão óbvia; só me resta tentar controlar os danos, e com isso quero dizer lidar com ameaças à minha integridade física. Deleto minha conta do Twitter. Tranco o perfil no Instagram. Desativo as notificações do meu e-mail público. Com certeza estou recebendo ameaças de morte, mas pelo menos não vou ficar sabendo assim que chegarem.

Alguém edita minha página na Wikipédia com os dizeres: "Juniper Song Hayward é uma 'romancista', plagiadora em série e racista descarada." Essa frase em particular some em uma hora; a Wikipédia mantém o mínimo de civilidade, creio eu. Mas a seção de "Plágio" na minha biografia continua da seguinte forma: "Em março de 2020, a crítica literária Adele Sparks-Sato publicou um texto em que afirmava que o parágrafo inicial de *Mãe Bruxa*, novela de Hayward, é uma cópia exata do primeiro parágrafo de *Ela*, uma história não publicada da falecida escritora Athena Liu. Essa acusação agrava as suspeitas de longa data de que Hayward também roubou *O último front* de Liu, embora ainda não haja provas conclusivas de que isso seja verdade. Daniella Woodhouse, editora de Hayward, publicou um breve pronunciamento em que alega que a Eden Press está ciente das acusações e está investigando a questão."

Meu celular toca seis vezes naquele dia, e todas são ligações de Brett. Não atendo. Em algum momento terei que atender, quando estiver confiante de que vou conseguir escutar que estou demitida sem cair aos prantos.

Por enquanto, sinto uma espécie de prazer perverso em ver tudo desmoronar.

Ao longo da semana seguinte, todas as minhas relações no mercado editorial se desintegram. Sou convidada a me retirar de dois grupos profissionais do Facebook e de três canais do Slack em que entrei nesse último ano. Todos os meus ditos amigos escritores me ignoram, sem exceção, até mesmo aqueles que alguns meses atrás declararam abertamente que ficariam do meu lado contra as pessoas enfurecidas.

Não tenho mais ninguém a quem recorrer além das Anjas da Eden.

Ai, meu deus, mando por mensagem. Tá acontecendo de novo. Como ninguém responde (o que é estranho, já que Jen é viciada em celular), mando outra mensagem algumas horas mais tarde. Tô passando por um momento terrível, alguém por aí consegue conversar comigo agora?

Elas me ignoram durante três dias. Por fim, Marnie responde: Oi, Junie. Desculpa, ando ocupada esses dias. Tô me mudando.

Jen nem chega a responder.

Era para eu ter minha sessão de mentoria mensal com Emmy Cho na sexta-feira, mas, na tarde de quinta, recebo um e-mail do coordenador do programa:

Olá, Juniper, a Emmy acha que continuar com a mentoria não é uma boa ideia. Ela nos pediu que repassássemos a mensagem para você. Obrigado por tudo que fez pela Emmy e por nosso programa.

Filha da puta. Emmy poderia no mínimo ter tido a dignidade de dizer isso na minha cara. É imprudente da minha parte, mas respondo ao e-mail do coordenador do programa: Obrigada por me avisar. Você sabe se a Emmy tem algum feedback sobre o meu estilo de mentoria? Quero levar isso em consideração no futuro. O que realmente quero saber é se a Emmy vai sair falando mal de mim por aí. Não espero receber uma resposta, mas ela chega à minha caixa de entrada mais tarde naquela noite: Emmy apenas acha que vocês duas têm perspectivas muito distintas de como o mercado funciona. Ela pediu que você não entre mais em contato com ela, de forma direta ou indireta.

Na sexta-feira, eu me arrasto para fora da cama e tento me deixar apresentável para uma reunião virtual com a equipe da Eden. Finalmente atendi a uma das ligações de Brett na noite anterior, depois que Rory me enviou uma mensagem perguntando se eu estava viva: Seu agente me mandou um e-mail. Ele falou que você não está respondendo, e que está preocupado com você. O que está acontecendo? Tá tudo bem?

— Daniella quer conversar com você assim que possível — disse Brett quando retornei a ligação. Parecia cansado. Nem perguntou se as acusações eram verdadeiras. — Marcamos uma reunião no Zoom amanhã às duas.

Brett está na linha comigo neste exato momento. Todo o pessoal da Eden está na mesma tela, sentados juntos ao redor de uma mesa de reunião: Daniella, Jessica, Emily e um homem ruivo que não reconheço. Ninguém sorri. Ninguém me cumprimenta quando entro na videochamada.

— Olá, June. — A voz de Daniella soa fria e baixa, e é assim que descubro que ela está brava. — Estou aqui com a Jessica e a Emily, e o Todd Byrne do departamento jurídico.

— Eu também estou aqui — anuncia Brett, em vão.

— Oi, Todd — respondo com uma voz fraca.

Ninguém me disse que eu teria que arranjar um advogado. Todd apenas assente em resposta. Nessa hora, percebo que ele está presente por eles, não por mim.

— Cadê a Candice? — pergunto, puxando conversa enquanto tento me situar.

— Ah, a Candice não trabalha mais na editora — informa Daniella. — Ela saiu há um tempo.

— Ah.

Fico esperando, mas Daniella não explica mais nada. Tento não pensar muito no assunto. Assistentes editoriais vêm e vão o tempo todo. São funcionários mal remunerados e de baixo escalão na cidade mais cara do mundo; são destratados, menosprezados e sobrecarregados com uma quantidade mínima de oportunidades de crescer na carreira. É necessário ter uma vontade sobre-humana para se manter no mercado editorial. A Candice não deve ter aguentado.

— Que pena.

— Vamos direto ao assunto, pode ser? — Daniella pigarreia. — June, se você acha que tem algo que precisamos saber, é melhor nos contar agora mesmo.

Meu nariz arde. Para o meu horror, percebo que já estou prestes a chorar.

— Eu não fiz nada disso — respondo. — Juro por deus. Não é plágio, é tudo meu, ainda mais *Mãe Bruxa*...

— Ainda mais? — interrompe Todd. — O que isso quer dizer?

— Bem, *O último front* foi inspirado em minhas conversas com Athena — acrescento rapidamente. — Mas agora ela está morta, é claro, e eu não pude conversar com ela enquanto rascunhava *Mãe Bruxa*, então o estilo de escrita não lembra tanto o dela assim...

— Não é isso que Adele Sparks-Sato está alegando — comenta Jessica.

Ela pronuncia o sobrenome de Adele como se estivesse lendo um ingrediente de uma receita de sopa exótica: *Sparks-Satooo*.

— Bom, me parece que ela foi a público com algumas provas bem conclusivas... — acrescenta.

— Adele não sabe de merda nenhuma — explodo. — Desculpa. Não, quer dizer, eu entendo o ponto de vista dela. Entendo por que se coloca tão protetora em relação ao trabalho de Athena. E, tipo, ok, eu me inspirei em uma frase que Athena escreveu uma vez. Eu vi... Hã, ela me mostrou no caderno dela. Mas a história é completamente original; é baseada na relação que tenho com a minha mãe, na verdade, hã, se quiserem, vocês podem, tipo, ligar pra ela e tudo...

— Não acho que isso será necessário — intervém Daniella.

— E quanto a *O último front*? É completamente original também?

— Gente. — Minha voz fica presa na garganta. — Que isso? Vocês me conhecem.

— Você pode contar pra gente — continua Daniella. — Estamos do seu lado. Se houve algum tipo de... colaboração ou qualquer coisa que indique que você não é a única autora, nós precisamos saber. Ainda conseguiríamos dar um jeito. Poderíamos determinar que os royalties fossem repartidos com os herdeiros de Athena, quem sabe, e depois lançar uma nota à imprensa sobre a autoria conjunta, em que você explica que sentiu que precisava honrar o trabalho da sua amiga e que não tinha a intenção de enganar ninguém. Depois talvez pudéssemos criar uma fundação no nome de Athena...

Ela fala como se tivesse certeza de que sou culpada.

— Espera aí — interrompo. — Não, olha, eu juro por deus, é tudo *meu*, o projeto é meu, eu escrevi cada uma daquelas palavras por conta própria.

E é verdade mesmo. A mais pura verdade. Eu que criei *O último front*. A versão da Athena era simplesmente impublicável. Aquele livro só existe graças a *mim*.

— Você teria alguma prova disso? — pergunta Todd. — Rascunhos iniciais, talvez... e-mails com datas que pudéssemos verificar?

— Bem, *não*, porque eu não tenho o hábito de enviar coisas pra mim mesma por e-mail.

— Existe alguma prova de que foi *mesmo* plágio? — intervém Brett. — Quer dizer, estamos presumindo que a Junie é culpada até que se prove o contrário? Que ridículo. Vocês não acabaram de lançar um livro sobre a reforma do sistema de justiça criminal?

— Não estamos perseguindo a Junie — esclarece Daniella. — Só estamos tentando protegê-la, pelo bem da reputação dela e da Eden...

— Então estamos sendo processados? — insiste Brett. — Os herdeiros de Athena emitiram um pedido para suspensão de atividades? Ou isso tudo é só por precaução?

— É por precaução — admite Todd. — Por enquanto, é fácil solucionar a questão dos direitos autorais. O parente mais próximo, que seria a mãe de Athena, Patricia Liu, não expressou o menor desejo de processar Junie por qualquer dano, e contanto que a gente retire ou reescreva o parágrafo inicial de *Mãe Bruxa*, não haverá nenhum problema com o grosso da obra...

Vejo uma luzinha no fim do túnel. A decisão da sra. Liu de não me processar é novidade. E eu aqui pensando que ficaria no vermelho por conta de milhares de dólares em ressarcimentos.

— Então estamos bem, não é?

— Bom. — Daniella pigarreia. — Ainda resta o problema da imagem que estamos passando. Precisamos explicar qual é a nossa versão. É isto que estamos tentando fazer aqui: passar os fatos a limpo para que estejamos todos de acordo. Então se a June puder repetir, só pra esclarecer, exatamente como escreveu *O último front* e *Mãe Bruxa*...

— *O último front* é um trabalho original meu, inspirado em conversas que tive com a Athena. — Minha voz permanece firme. Ainda estou apavorada, mas sinto que estou pisando em um terreno mais estável agora que sei que não vou ser dispensada pela minha editora. Eles estão tentando me ajudar. Só preciso me expressar da maneira certa e vamos dar um jeito de fazer isso tudo dar certo. — E *Mãe Bruxa* inclui o primeiro parágrafo de um dos rascunhos não publicados de Athena, mas tirando isso também é um trabalho original meu. Eu escrevo minhas próprias histórias, gente. Eu juro.

Há uma breve pausa. Daniella lança um olhar para Todd, com a sobrancelha esquerda arqueada bem alto.

— Tudo bem, então — conclui Todd. — Vamos precisar disso tudo por escrito, claro, mas se foi só isso que você fez... então a situação é perfeitamente contornável.

— Então a gente consegue se livrar disso? — pergunta Brett.

Todd hesita.

— Isso é uma pergunta para o departamento de comunicação...

— Talvez eu possa fazer um pronunciamento — sugiro. — Ou, tipo, dar uma entrevista. Explicar as coisas. A maior parte disso é só um grande mal-entendido, talvez se eu pudesse...

— Acho que o melhor a se fazer agora é focar no próximo projeto — responde Daniella, categórica. — A Eden vai publicar um comunicado em seu nome. Vamos enviá-lo a você esta tarde, para que você dê seu ok.

Emily se intromete:

— E acreditamos que, enquanto isso, talvez seja melhor você se manter longe das redes sociais. Mas se quiser anunciar um novo projeto, algo em que você esteja trabalhando no momento...

Ela deixa o resto no ar.

Entendi a indireta. Cale a boca, não chame atenção e prove que você é capaz de escrever seus próprios livros. De preferência um que não tenha nada a ver com a porra da Athena Liu.

— No *que* você está trabalhando agora? — questiona Daniella. — Brett, eu sei que não temos contrato para novas obras, mas temos o direito de dar uma olhada primeiro, então se houver algo que vocês queiram compartilhar com a gente...

— Estou cuidando disso — respondo, com a voz rouca. — É óbvio que essa história toda tem sido bem estressante, então ando distraída...

— Mas teremos algo novo em breve — complementa Brett. — Vou entrar em contato quando estiver pronto. Estamos de acordo, pessoal? Junie vai dar um jeito naquele primeiro parágrafo pra ontem, e eu retorno na próxima semana quando tivermos algo mais ou menos parecido com uma ideia formada.

Todd dá de ombros; já fez a parte dele. Daniella assente. Todos nós trocamos palavras educadas sobre como foi bom termos conversado para entender e esclarecer tudo frente a frente, e depois Daniella encerra a videochamada no Zoom.

Brett me liga logo em seguida para continuar a conversa.

— Eles me odeiam? — pergunto, arrasada. — A Daniella já ficou de saco cheio de mim?

— Não, não. — Ele para. — Na verdade, não é tão ruim quanto parece. Qualquer tipo de controvérsia é uma propaganda gratuita bem-vinda. A expectativa é que seus royalties aumentem no próximo pagamento.

— O quê? Sério?

— Bom... É o seguinte: não queríamos te contar pelo Zoom, mas parece que todo esse fiasco chegou ao conhecimento de um monte de, hã, comentaristas de direita. Acho que não é bem o tipo de pessoa com quem você quer se relacionar; quer dizer, vamos ser objetivos quanto a isso. Eles estão transformando essa história em uma questão de guerra cultural, e isso sempre chama atenção, então as vendas... aumentam. E é sempre bom quando elas aumentam.

Não consigo acreditar. É a primeira notícia boa que recebi a semana inteira.

— Aumentam quanto?

— O suficiente pra que você receba um bônus.

Parece a hora errada para comemorar, e talvez seja muito inapropriado, mas, bem lá no fundo, penso que finalmente vou conseguir comprar aquele sofá da IKEA em que eu estava de olho. Vai ficar lindo do lado das minhas estantes.

— É que eu achei até que a Daniella queria me matar. — Uma risada histérica escapa. — Tipo, ela parecia *tão* brava...

— Ah, a Daniella não está nem aí — responde Brett. — Sabe, ela precisa fazer o próprio trabalho. Mas no fim das contas o que realmente importa é o fluxo de caixa. A Eden vai ficar do seu lado. Você está dando dinheiro demais, então não vão pular fora. Tá se sentindo melhor?

— Muito melhor. — Suspiro. — Nossa. Bem melhor.

— Então você vai trabalhar em algo novo?

— Acho que é melhor eu fazer essa porra logo, né?

— Seria ótimo. — Brett ri. — Escreva algumas ideias para que eu possa mostrar a Daniella na semana que vem. Não precisa fazer um esboço do projeto todo, só jogue umas ideias para mostrar a ela que você ainda leva jeito. Mas tente não escrever nada sobre mulheres chinesas, tá bom?

— Rá, rá — digo, depois desligo.

***

Meu celular toca mais uma vez naquela noite, bem quando acabei de pedir uma pizza para jantar. Clico no botão verde para atender, acreditando que é o entregador.

— Alô?

— June? — Há uma pausa. — É a Patricia Liu. A mãe da Athena.

Ai, meu deus do céu. Tenho uma vontade instantânea de desligar e atirar meu celular do outro lado do cômodo, mas isso só vai piorar a situação. Aí a mulher vai saber que estou apavorada demais para conversar com ela, e vai começar a se perguntar por quê, e eu vou ficar acordada a noite toda surtando sobre o que ela teria me dito. Melhor abrir o jogo e terminar logo com isso. Se ela mudou de ideia quanto a me processar, Brett e a equipe da Eden precisam saber.

Não consigo evitar que minha voz falhe.

— Oi, sra. Liu.

— Olá. — A voz dela parece abafada e anasalada, e me pergunto se andou chorando. — Estou ligando porque… bom, não tem um jeito fácil de tocar no assunto.

— Sra. Liu, acho que eu sei o que…

— Uma mulher chamada Adele Sparks-Sato entrou em contato comigo hoje de manhã. Ela queria saber se eu ainda tinha os cadernos de rascunhos da Athena, e se ela poderia dar uma olhada.

A sra. Liu não entra em detalhes, e minha única alternativa é perguntar:

— E?

— Bom, ela insinuou que você roubou *O último front* de Athena. E queria olhar os cadernos pra ver se havia alguma prova de que Athena estava trabalhando nesse projeto.

Pressiono a testa com a palma da mão. É isso. Acabou. Achei que ela estivesse me ligando para perguntar sobre *Mãe Bruxa*, mas isso é mil vezes pior.

— Sra. Liu, nem sei o que dizer.

— Eu disse a ela que não, é claro. — Meu coração para. A sra. Liu continua: — Não gosto quando desconhecidos... Enfim, pedi a ela que me desse algum tempo pra pensar no assunto. E achei que deveria falar com você primeiro.

Ela faz outra pausa. Sei o que ela quer perguntar, mas não consegue reunir coragem para isso. Imagino-a de pé na cozinha, com as unhas fincadas na palma da mão, tentando perguntar em voz alta se é possível que a última pessoa que viu sua filha com vida tenha roubado a obra-prima dela.

— June... — A voz dela fica embargada. Ouço-a fungar. — Como você sabe, June, não quero abrir aqueles cadernos de jeito nenhum.

E a pergunta seguinte, não dita: *Eu teria alguma razão pra fazer isso?*

Acredite em mim: neste momento, sinto vontade de confessar tudo.

Teria sido a melhor hora, a hora *certa*, de me redimir. Penso em nossa última conversa, dois anos atrás, quando visitei a casa dela.

— Eu queria muito ter lido o último romance dela — comentou a sra. Liu naquele dia, quando me levantei para ir embora. — Athena raramente se abria comigo. Ler o que ela escrevia não era o mesmo que conhecer seus pensamentos, mas pelo menos era uma parte dela que ela me deu permissão para ver.

Eu a privei disso. Privei uma mãe das últimas palavras de sua filha. Se eu contar a verdade agora, a sra. Liu vai ao menos recuperar essas palavras. Ela verá todo o esforço que preencheu os últimos anos da vida de Athena.

Mas não posso ceder.

Este é o segredo que me manteve sã durante todo o processo: continuar firme, insistir na minha inocência. Jamais fraquejei diante de nada, nunca admiti o roubo para ninguém. A essa altura, já quase acredito nas minhas próprias mentiras, de que foi meu esforço que tornou *O último front* o sucesso que é; que, no fim das contas, o livro é *meu*. Já distorci a verdade de tantas maneiras que consigo, de fato, ficar de consciência limpa. Se eu disser o contrário para a sra. Liu, vou botar tudo a perder. Vou colocar a corda no meu próprio pescoço. E o mundo pode estar desmoronando ao meu redor da maneira que for, mas não posso entregar os pontos se ainda houver uma mísera chance de me proteger.

— Sra. Liu... — Respiro fundo. — Eu trabalhei muito, muito mesmo, em *O último front*. Tem meu sangue e meu suor naquele livro.

— Entendo.

— Sua filha era uma escritora excepcional. Assim como eu. E acho que fere tanto o legado dela quanto o meu futuro se desconsiderarmos essas duas verdades.

Eu levo jeito com as palavras. Sei como mentir sem mentir. E sei, de alguma maneira, que a sra. Liu deve entender o que realmente estou tentando lhe dizer. Tenho certeza de que ela sabe o que vai encontrar nos cadernos de Athena se permitir que Adele Sparks-Sato os folheie.

Mas ela morre de medo do que há naqueles Moleskines. Isso está mais evidente do que nunca. Estou falando com uma mãe que, no fim das contas, preferiria não ter que confrontar as coisas sombrias que estavam enterradas na alma da própria filha. Nenhuma mãe quer conhecer a filha tão bem assim. Então aqui estão os termos do nosso acordo: ela vai guardar meus segredos, desde que nunca precise confrontar os de Athena.

— Muito bem — diz a sra. Liu. — Obrigada, June.

Antes que ela desligue, deixo escapar:

— E, sra. Liu, sobre *Mãe Bruxa*...

Minha voz vai morrendo aos poucos. Não sei muito bem o que quero dizer, ou se é prudente falar qualquer coisa. Todd me avisou que a sra. Liu não vai me processar, mas odeio sentir esse peso nos ombros. Quero ouvir da boca da própria sra. Liu que isso tudo está resolvido.

— Enfim, não sei se a senhora ficou sabendo, mas vou reescrever o início.

— Ah, June. — Ela suspira. — Não me importo com isso.

— É um trabalho original, de verdade. Eu de fato... de fato peguei o primeiro parágrafo. Não sei como, acho que estávamos trocando trechos, e ele foi parar no meu caderno de alguma maneira, e foi há tanto tempo que me esqueci... Mas, enfim, o resto da história...

— Eu sei — afirma a sra. Liu, e agora há um quê de dureza em sua voz. — Eu sei, June. Athena nunca teria escrito algo assim.

Antes que eu consiga perguntar o que quis dizer com isso, ela desliga.

Dezessete

APOEIRA JÁ BAIXOU QUANDO CHEGA O FIM DO MÊS, E todas as pessoas relevantes já têm opinião formada. A internet me odeia, sou uma vergonha para o mercado editorial e minha relação com a editora está por um fio.

Pelo menos não estou falida. Na verdade, sob quase todos os aspectos, ainda sou um sucesso. Habito aquele lugar curioso em que a fração de leitores cronicamente on-line me odeia, mas o resto dos americanos que consomem livros não. As pessoas ainda compram meus livros nos saldões das lojas de departamento. Apesar da petição criada por Adele Sparks-Sato e Diana Qiu para que a Eden retire minhas obras das livrarias até que eles tenham realizado uma investigação independente (que surtadas!), minhas vendas não caíram.

Aliás, até melhoraram. Brett tinha razão, esses escândalos geram propaganda gratuita. A informação não é oficial até sair seu informe de royalties, dizia seu último e-mail, mas suas vendas deste mês alcançaram quase o dobro do mesmo período no ano passado.

Basta se embrenhar um pouquinho nas partes mais questionáveis da internet para descobrir o que está acontecendo. Defensores da liberdade de expressão de extrema direita me tornaram o rosto de sua campanha. Eu e meu belo rostinho anglo-saxão nos tornamos a vítima perfeita dos fascistas de esquerda e das multidões da cultura do cancelamento. (Parece que o pessoal da extrema direita faz questão de garantir que procedimentos legais sejam seguidos à risca, mas apenas quando a pessoa acusada cometeu algo como abuso sexual ou plágio com motivação racista.) Um dos âncoras da Fox News encoraja seus milhões de telespectadores a me apoiarem para que a Eden não me desligue da editora, o que criou uma situação meio esquisita em que milhares de eleitores do Trump começaram a comprar um livro sobre trabalhadores chineses maltratados. Minha assessora de imprensa me repassa um pedido de entrevista de uma youtuber jovem e popular, mas recuso o convite quando vejo que a maioria dos vídeos dela que viralizaram tem títulos como: "LEVEI UM REVÓLVER PRA AULA DE ECONOMIA E OLHA NO QUE DEU" e "MACETANDO UMA LIBERALZINHA COM FATOS SOBRE O ABORTO".

Sim, sim, eu sei que não pega bem. Assim como a Taylor Swift, eu não tinha a menor intenção de me tornar uma Barbie da supremacia branca. É claro que não apoio o Trump, inclusive votei no Biden! Mas é tão errado assim aceitar o dinheiro que essas pessoas estão jogando em cima de mim? Não era para estarmos comemorando todas as oportunidades de dar um golpe nesses caipiras racistas?

Então o que aconteceu foi o seguinte: minha reputação foi destruída, mas estou longe de ter sido cancelada, e tenho uma fonte de renda estável por tempo indeterminado. Poderia ser pior. Posso ter queimado meu filme com o mercado editorial, mas isso não significa que a vida acabou. Ainda tenho mais dinheiro na conta do que a maioria das pessoas da minha idade. Talvez esteja na hora de parar enquanto ainda estou em vantagem.

Nas semanas seguintes, com frequência cogito parar de escrever de uma vez por todas. Talvez minha mãe tivesse razão; talvez essa história de carreira longa não seja para mim. Talvez eu devesse tratar *O último front* como um trampolim para alçar novos voos. Tenho dinheiro suficiente para bancar qualquer formação, e uma média alta de uma faculdade de prestígio que pode me colocar nos melhores programas de direito ou administração. Talvez eu tente virar advogada. Talvez me matricule em cursos intensivos de análise quantitativa e vá para a área de consultoria.

A perspectiva de um trabalho estável é atraente, com horas bem definidas e benefícios, e onde ser branco faz de você não uma pessoa chata e redundante, mas um funcionário perfeitamente normal e desejável. Chega de ficar rolando o Twitter em pânico, chega de competir para ver quem tem o pau maior, chega de reler meus e-mails milhares de vezes para tentar descobrir se a pessoa que cuida da minha divulgação me odeia ou não.

Mas não consigo desistir da única coisa que dá sentido à minha vida.

Escrever é o mais próximo que temos da magia de verdade. Escrever é criar algo do zero, é abrir portas para outros lugares. Escrever nos dá o poder de moldar nosso próprio mundo quando o mundo real é doloroso demais. Parar de escrever seria como morrer. Eu jamais seria capaz de entrar em uma livraria sem sentir saudades ao passar o dedo pelas lombadas, sem imaginar o longo processo editorial que fez aqueles títulos chegarem às lojas e me lembrar dos meus próprios livros. E eu passaria o resto da vida me remoendo de inveja toda vez que alguém como Emmy Cho assinasse um contrato de publicação, toda vez que visse um jovem promissor viver a vida que deveria ser minha.

Escrever moldou o cerne da minha identidade desde que eu era criança. Depois que meu pai morreu e minha mãe se fechou, e depois que Rory decidiu viver a própria vida sem mim, escrever me deu um motivo para continuar viva. E por mais desolada que eu fique, vou me apegar a essa magia até o fim dos meus dias.

O problema é que não tenho nada para escrever para Daniella. Nenhuma das minhas ideias antigas serve. Tirei alguns dos meus primeiros rascunhos de uma gaveta metafórica, mas as premissas agora me parecem chatas, banais ou simplesmente estúpidas.

Uma comédia romântica jovem adulta sobre uma menina que se apaixona por um menino morto há um século. (Esse aqui é puro sentimento, não tem enredo nenhum, e é em grande parte baseado na quedinha que tive pela estátua de Nathan Hale no campus da faculdade.)

Um casal que reencarna século após século com a mesma história trágica até que os dois consigam encontrar uma maneira de escapar desse círculo vicioso. (A premissa é legal, mas a ideia de pesquisar tantos períodos históricos diferentes me assusta. Quer dizer, existe alguma coisa fofa sobre os anos 1700?)

Uma mulher assassinada por um ex-namorado volta como um fantasma e tenta salvar as próximas vítimas dele, mas nunca consegue, e então as mulheres mortas formam uma procissão de fantasmas que por fim consegue colocar o cara na cadeia. (Tá, esse aí até tem uma premissa, mas a Netflix acabou de lançar uma versão moderna de *Barba-Azul*, e não quero ser acusada de plágio de novo.)

Dou uma olhada na Wikipédia e na Enciclopédia Britânica, procurando por fatos históricos promissores que eu poderia expandir. Talvez eu pudesse escrever sobre os sobreviventes chineses desaparecidos do *Titanic*. Ou sobre os bateeiros da Montanha de Ouro. Ou sobre a Unidade de Gangues Orientais do Departamento de Polícia de Nova York; chamavam essa galera de Esquadrão de Jade, e esse nome seria ótimo para um título de livro, não seria? Ou sobre a máfia chinesa; Patrick Radden Keefe escreveu um excelente livro de não ficção sobre uma traficante de pessoas chinesas que operou durante anos na cidade de Nova York. E se eu escrevesse uma versão fictícia da vida dela?

Mas por que essa obsessão com a China? Por que estou me limitando? Não deveria ser perfeitamente cabível escrever também sobre imigrantes russos ou refugiados africanos? Nunca tive a intenção de limitar minha escrita à China; só aconteceu por acaso. Acho que um dos meus avós ou bisavós era judeu; eu poderia ligar para uma das minhas tias e perguntar, aí poderia usar isso como ponte para a história e a mitologia judaicas. E tenho certeza de que minha mãe já mencionou que tem ascendência indígena Cherokee. Talvez valha a pena ir atrás disso; talvez haja uma história no processo de descobrir uma conexão que eu nem sabia que tinha.

Mas, verdade seja dita, fico intimidada com o trabalho que isso ia dar. Como já fiz toda aquela pesquisa para *O último front*, histórias inspiradas em chineses são mais fáceis. Já sei muito sobre a história deles, sobre todas as pautas políticas atuais. Já falo o vocabulário essencial; só preciso de um gancho.

Uma vez conheci uma poeta que carregava um caderninho para onde quer que fosse, e fazia questão de escrever nele pelo menos um comentário espirituoso sobre cada interação que tinha ao longo do dia. *O cabelo do barista era de um tom gritante de roxo. A mulher da mesa ao lado arrastou a palavra "sim" como se fosse uma estratégia para ganhar tempo. O nome do chefe escapou da boca do porteiro feito moedas enferrujadas.*

— Eu não crio, eu coleciono — explicou a poeta. — O mundo já é tão rico. Tudo o que faço é condensar a desordem da vida humana em uma experiência de leitura concentrada.

Tento fazer a mesma coisa enquanto resolvo umas pendências em Washington D.C. Registro alguns pensamentos que tive na lavanderia (*abarrotada, eficiente, o dono deve ser grego ou russo; será que é racista eu não saber diferenciar?*) e no mercado Trader Joe's da K Street (*toda vez que ela ia ali, as prateleiras pareciam abarrotadas de promessas orgânicas, mas no fim ela sempre acabava levando o pacote de biscoito de gengibre e o fettuccine para micro-ondas*). Eu me sinto muito Acadêmica e Observadora enquanto fico anotando isso no caixa, mas, quando chego em casa, não consigo encontrar inspiração em nada do que produzi. É tudo muito sem graça. Ninguém quer ler sobre as políticas culinárias do Trader Ming's.

Preciso ir além. Preciso escrever sobre coisas que as pessoas brancas não veem no dia a dia.

Na tarde do dia seguinte, pego a linha verde até Chinatown, um lugar que nunca visitei apesar de morar em Washington há quase cinco anos. Fico um pouco apreensiva, porque vi no Reddit que a Chinatown de Washington tem o maior índice de criminalidade na cidade, e, quando saio da estação de metrô, noto que o lugar transmite mesmo um ar ameaçador de abandono. Ando com as mãos enfiadas nos bolsos, com os dedos fechados ao redor do celular e da carteira. Deveria ter trazido meu spray de pimenta.

Você está parecendo uma branquela medrosa, para com isso, me repreendo. *Pessoas de verdade moram aqui, não é uma zona de guerra*. Não vou conseguir descobrir as histórias dessas pessoas se ficar agindo feito uma turista assustada.

Passo pela Igreja Batista do Calvário e tiro uma foto do Portão da Amizade, que me dá as boas-vindas à Chinatown em tons de turquesa e dourado. Não sei o que os caracteres na placa querem dizer. Vou ter que procurar depois.

Tirando isso, o lugar não tem muito a oferecer em termos culturais. Passo por uma Starbucks, um restaurante Ruby

Tuesday, uma filial da sorveteria Rita's e uma loja de cosméticos Bed Bath & Beyond. Todos os estabelecimentos têm nomes em chinês na fachada, em uma caligrafia caprichada em dourado e vermelho, mas, do lado de dentro, vendem as mesmas coisas que daria para encontrar em qualquer outro lugar. É estranho, mas não vejo muita gente chinesa nas ruas. Um tempo atrás li em uma matéria que a Chinatown de Washington havia sido gentrificada de maneira cruel, mas não esperava que se parecesse tanto com qualquer outro bairro da cidade.

Estou morrendo de fome, então entro na primeira lanchonete que encontro, um lugarzinho chamado Mr. Shen's Dumplings; mal dá para ver o nome em inglês entre as placas em chinês e os recortes do TripAdvisor que se amontoam na vitrine. O lugar parece um pouquinho decadente. As mesas estão lascadas e as janelas, gordurosas. Mas essa não é a marca registrada de um autêntico restaurante chinês? Eu me lembro de ter lido sobre o assunto no Twitter uma vez. Se um restaurante chinês não dá a mínima para a decoração, é sinal de que a comida é maravilhosa. Ou de que os donos não estão nem aí.

Sou a única pessoa no recinto. Isso não é, necessariamente, um mau sinal. São quatro da tarde; já passou da hora do almoço, mas ainda é cedo demais para jantar. Sem dizer uma palavra, uma garçonete me serve um copo de água que parece sujo e me entrega um cardápio plastificado. Depois, ela sai andando.

Olho ao redor, me sentindo uma idiota. Está na cara que atrapalhei a folga dos funcionários entre as refeições, e fico constrangida por ocupar tanto espaço. Não tem nada que me apeteça. O cardápio consiste em diferentes tipos de bolinhos no vapor recheados. Não sei o que é isso, mas parece nojento. O cheiro forte, bolorento e fedido que vem da cozinha está acabando com o meu apetite.

— Já sabe o que vai pedir?

Uma garçonete aparece ao meu lado com uma caneta e um bloquinho em mãos.

— Ah. Desculpa, já.

Paro e aponto para a primeira coisa que vejo no cardápio. Acho que seria falta de educação simplesmente levantar e ir embora.

— Vou querer, hã, bolinhos de carne de porco com alho-poró, por favor.

— Porção com seis ou doze?

— Seis.

— Cozidos ou fritos?

— Hã… cozidos?

— Beleza.

Ela pega o cardápio das minhas mãos e volta para a cozinha sem dizer mais nada.

Mas que filha da puta, penso, mas aí lembro que, de acordo com aquele tuíte, atendimento ruim é outro indício de comida chinesa de qualidade. Acho bom que esses bolinhos no vapor sejam de outro mundo.

Tento me concentrar nos pontos positivos. Dá para encontrar um excelente potencial narrativo ali, se eu prestar atenção. Talvez esta seja a história comovente de um restaurante chinês prestes a fechar, até que a filha do dono larga seu emprego horrível numa empresa para cuidar dos negócios da família com a ajuda da comunidade, das redes sociais e de um dragão falante mágico. Talvez eu possa dar a essa garçonete de merda uma história simpática e uma mudança de personalidade. Ou talvez não. Quanto mais eu penso nessa ideia, mais me parece uma mistura de *Ratatouille* e *Mulan*.

Para de enxergar as coisas do ponto de vista de uma pessoa branca, alerto a mim mesma. Não posso inventar histórias sobre essas pessoas se não souber nada sobre elas. Preciso conversar com os moradores do bairro. Fazer amizades, entender de onde vêm, descobrir os detalhes curiosos que só os sino-americanos saberiam.

A única outra pessoa à vista é um senhor de meia-idade limpando as mesas atrás de mim. Acho que é um bom ponto de partida.

Pigarreio e aceno para ele.

— Qual é o seu nome?

Meu tom de voz é tão enérgico e animado que chega a parecer falso. Tento mudar minha expressão para algo neutro, ou menos esquisito. Fiz uma aula de jornalismo investigativo no ensino médio, e de repente lembro de algumas dicas: estabeleça uma relação amigável, escute e observe com atenção, mantenha contato visual e faça perguntas claras e abertas. Queria ter me lembrado de começar uma gravação no celular. Era para eu estar anotando frases enquanto conversamos, mas não quero que ele fique intimidado com meu papel e caneta.

— Desculpa, moça. — Ele deixa o pano de lado e vem na minha direção. — Aconteceu alguma coisa?

— Ah, não, não. Eu só, hã, queria conversar um pouquinho, se você estiver com tempo.

Eu me retraio com as palavras que saem da minha boca. Por que isto está sendo tão desconfortável? Parece até que estou fazendo algo malicioso, como falar com o filho de alguém sem permissão. Mas isso é ridículo. Qual o problema de ter uma conversa amigável?

O garçom fica parado ali, me observando, e eu deixo escapar:

— Então, você gosta de morar em Chinatown?

— Na daqui? — Ele dá de ombros. — Não é uma Chinatown de verdade. Talvez um simulacro de Chinatown. Na verdade, eu moro em Maryland.

O inglês dele é bem melhor do que eu esperava. O sotaque é carregado, mas que tipo de falante novato de inglês usa a palavra "simulacro"? Por um instante me pergunto se as pessoas forçam esse sotaque para transmitir autenticidade para clientes brancos. Também me pergunto se ele é um daqueles professores ou doutores que emigraram para os Estados Unidos por terem ofendido o governo do país deles. Qualquer uma das opções seria uma reviravolta interessante.

— Então, há quanto tempo você trabalha aqui?

Ele fica pensativo por um momento.

— Ah, acho que já faz uns nove anos. Ou dez. Minha esposa queria ir pra Califórnia, mas eu queria ficar perto da nossa filha. Talvez a gente se mude quando ela se formar.

— Ah, que legal. A sua filha estuda na Georgetown?

— Estuda na George Washington. Está cursando economia.

Ele pega o paninho e se vira para voltar às mesas. Não quero perder a atenção dele, então continuo falando:

— Então, você gosta de trabalhar neste restaurante? Tem alguma história interessante sobre, hã, trabalhar aqui?

— Com licença, posso ajudar?

A garçonete sai apressada da cozinha. Ela franze a testa e olha ora para mim, ora para o sujeito, depois fala algo rápido, curto e grosso em chinês para ele. A resposta do homem soa esmorecida; acho que diz algo como "pega leve", mas o tom da garçonete fica mais alto, mais urgente. Por fim, o sujeito dá de ombros e larga o paninho na mesa antes de se retirar para a cozinha.

A garçonete se vira para mim.

— Se tiver algum problema, posso ajudar.

— Ah, não, tudo bem, eu só estava puxando assunto. — Ergo as mãos em um pedido de desculpas. — Perdão, eu devia ter percebido que ele podia estar ocupado.

— É, está todo mundo bem ocupado. Desculpa estar meio silencioso por aqui, mas você precisa deixar os funcionários trabalharem.

Eu reviro os olhos. Sou a única cliente no restaurante. Não é possível que estejam tão ocupados assim.

— Tudo bem — respondo, reunindo o máximo de desdém que consigo.

Ela não vai embora.

— Mais alguma pergunta?

A voz dela treme. Ela está *com medo*. De repente, minha ficha cai. Ela deve achar que sou da polícia ou do departamento de imigração, e que estou tentando deter o senhorzinho.

— Ai, meu deus. — Eu agito as mãos na frente do corpo… para quê? Para provar que não tenho uma arma ou um distintivo? — Não, não é nada disso.

— Então o que foi? — Ela me olha de cima a baixo, depois inclina a cabeça. — Espera aí, você não é aquela escritora?

Meu coração para. Até então, eu só tinha sido reconhecida em livrarias e palestras. Por um minuto, fico lisonjeada, e uma parte de mim acha que ela vai querer pedir um autógrafo.

— Eu, hã, é. Sou a Juniper…

— Você é aquela mulher que roubou o trabalho da Athena Liu. — O rosto dela se fecha. — Eu sabia, eu já vi suas fotos na internet. Juniper Song, não é? Ou Hayward, sei lá. O que você quer?

— Eu só estava puxando assunto — digo, numa voz fraca. — Eu juro, não estou aqui pra…

— Não me importa — responde ela, ríspida. — Não sei o que você está tentando fazer, mas a gente não quer se meter nisso. Na verdade, vou ter que pedir pra você se retirar agora.

Acho que ela nem tem o direito de me enxotar daqui. Não estou causando nenhum tipo de tumulto em público, nem fiz nada ilegal. Eu apenas puxei papo com o garçom. Penso em me manter firme, fazer valer meus direitos como consumidora e insistir que chamem a polícia se quiserem que eu saia. Mas prefiro não me envolver em outra polêmica. Já consigo imaginar os vídeos no YouTube: "Branquela da Chinatown insiste que não é do Departamento de Imigração."

— Tá. — Eu me levanto. — Pode cancelar meu pedido então.

— Tem certeza? — pergunta a garçonete. — A gente não faz reembolso. Vai sair 8,95 dólares, fora as taxas.

Sinto o rosto queimar. Minha mente se agita, tentando encontrar alguma resposta atravessada, mas não consigo pensar em nada que não seja patético ou simplesmente racista. Em vez disso, tiro uma nota de vinte da carteira, coloco a bolsa no ombro e passo pela garçonete para ir embora, fingindo não ouvir as risadinhas entretidas dela enquanto saio num rompante pela porta.

Brett começa a pegar no meu pé depois de um mês de limbo criativo. Noto que ele está tentando me dar espaço, já que todos os e-mails até então têm sido gentis e delicados. Mas é visível que começou a perder a paciência.

Quero te fazer uma nova proposta, diz a última mensagem. Me ligue quando puder.

Solto um grunhido, depois pego o celular.

Ele atende na primeira chamada.

— June! Que bom que ligou. Como você está?

— Estou bem. As mensagens de ódio pararam. Não estou mais recebendo ameaças de morte.

— Ah, que ótimo. Eu falei que essas coisas iam passar. — Ele faz uma pausa. — Então, hã, sobre o que discutimos da última vez...

— Não tenho nada. — Percebo que é melhor simplesmente falar na lata. — Nadinha, nem uma mísera ideia. Não sei nem por onde começar. Desculpa, eu sei que não era isso que você queria ouvir.

Sinto uma pontada de culpa. Para Brett, não é apenas uma questão de dinheiro. A reputação dele também está em jogo;

ele não quer queimar o próprio filme com a equipe editorial da Eden por ter apresentado a cliente mais vergonhosa da casa. Mas não posso deixar que crie falsas esperanças quando não tenho nada.

Eu me preparo para sentir a decepção de Brett. Em vez disso, ele me faz a seguinte pergunta:

— E que tal fazer um trabalho sob encomenda?

Tenho que me segurar para não rir e debochar dele. Obras sob encomenda são para escritores medíocres, ou pelo menos foi isso que me disseram. É trabalho barato para pessoas que não conseguiram vender seus projetos originais.

— Como assim?

— Só estou querendo dizer que, se você estiver com problemas para criar seus próprios conceitos, por que não escrever a partir de um esboço?

— Tipo um, sei lá, romance de super-herói? Valeu, Brett, mas eu passo. Ainda tenho *princípios*…

— É só que… já faz um tempo, June. As pessoas estão ficando impacientes.

— A Donna Tartt publica um livro por década — choramingo.

— Bom. — Brett não precisa me dizer o óbvio: não sou Donna Tartt. — As circunstâncias são diferentes.

Eu solto um suspiro.

— Para quem é o trabalho? Marvel? Disney?

Acho que eu toparia escrever um romance de *Star Wars*. Quer dizer, parece bem difícil, e eu teria que ir a fundo no meu passado nerd para voltar a me importar com qualquer personagenzinho secundário que me passassem, mas acho que poderia funcionar. Pelo menos o bastante para enganar o fã médio e sem noção que compra esse tipo de livro.

— Na verdade, não seria pra uma franquia que já existe. Você já ouviu falar da Snowglobe?

O nome é familiar. Já vi essa palavra circulando pelo Twitter; talvez a conta deles tenha me seguido recentemente. Mas, tirando isso, não consigo associar o nome a nada importante.

— É uma empresa de produção editorial ou algo assim? Tipo, uma editora de autopublicação?

— Bom, eles fazem uma porção de coisas. As donas têm conexões tanto com editoras quanto com estúdios de filmagem. Elas trabalham com editores para desenvolver ideias que se encaixem nas necessidades atuais do mercado, e depois trabalham com autores para criá-las. Elas se baseiam no que grandes casas editoriais estão procurando. E você teria bastante flexibilidade criativa para tomar a frente da ideia, sabe, e torná-la sua.

— Mas eu não ficaria com os direitos autorais, né?

Não entendo muito sobre esse tipo de trabalho, mas, pelo que li na internet, costuma ser um negócio ruim para o criador. Ao contrário de projetos originais, em que você detém os direitos da obra e recebe royalties, esse trabalho geralmente oferece um pagamento fixo. Um livro sobre uma franquia popular de videogame, por exemplo, talvez alcance dezenas de milhares em número de vendas. Mas mesmo se for um sucesso descomunal, o escritor contratado talvez nunca receba mais do que dez mil dólares. Não é lá muito dinheiro por seis a oito meses de trabalho.

— E as pessoas nem levam esse tipo de escrita a sério, levam? Não é trabalho literário *de verdade*.

— Muitos títulos queridos pelos leitores são fruto de obras sob encomenda. Só não é de conhecimento público que tenham sido escritos desse jeito. Enfim, não seria uma mudança definitiva na sua carreira, só uma coisa pra te ajudar a sair desse bloqueio. Parece que você se daria melhor se tivesse um... incentivo preexistente.

Odeio o jeito como ele falou isso. Como se fosse uma piada interna entre a gente, como se soubesse a verdade sobre *O último front. Ó, viu só, Junie? A gente sabe que você consegue pintar dentro das linhas. Vamos te arranjar outro livro pra colorir.*

Para ser sincera, não acho que é a pior ideia do mundo. Mas meu orgulho fica ferido só de pensar nela. Já estive no páreo dos maiores prêmios literários do país. Não consigo imaginar sair disso e passar a escrever obras sob encomenda.

— Imagino que o pagamento seja uma porcaria, né?

— Bom, eles estão dispostos a negociar, ainda mais com uma autora tão renomada. Mas, sim, os royalties não vão ser tão altos quanto você está acostumada.

— Então qual o sentido disso?

— Bem, você teria um livro novo publicado. E aí teria alguma coisa sobre o que falar. Alguma coisa pra fazer a conversa fluir.

Muito bom, Brett. Você tem razão. Então não consigo evitar perguntar:

— E qual é a proposta?

Ele não pode me contar agora. Primeiro tenho que assinar um contrato de sigilo, mas, felizmente, ele já tem um em mãos e só precisa me mandar o link para assinar o documento. Enquanto Brett cuida disso, jogo o nome da Snowglobe no Google e dou uma olhada no site da empresa. As donas são todas mulheres brancas, jovens e esbeltas, do tipo que sempre vejo zanzando em cerimônias do mercado literário com uma taça de Chardonnay na mão. Na página de "Projetos ativos", vejo uma lista de contratos de produção com Amazon, Hulu e Netflix. Na verdade, já ouvi falar de alguns daqueles títulos. Brett tem razão, eu não fazia ideia de quantos projetos famosos são, na verdade, obras sob encomenda. Talvez a ideia não seja tão ruim. Talvez seja *mesmo* mais fácil deixar outra pessoa descobrir o que o mercado quer, para que eu possa me concentrar naquilo em que sou boa: escrever um belo texto.

— Enfim. — O contrato de sigilo está assinado. Brett retornou à chamada. — Então, eles estão muito interessados em fazer uso da sua especialidade em causas sociais chinesas, tudo bem?

Sinto um leve indício de medo.

— Tá...

— E você conhece a política do filho único, não é?

— Hã, aquela que forçava as mulheres a abortar?

— Não, estou falando da política de controle populacional que a China estabeleceu em 1978.

Ele está citando a Wikipédia. Sei disso porque acabei de abrir a mesma página.

— Mas foi isso que eu disse. Eles forçavam as mulheres a abortar.

Faço uma rápida pesquisa da palavra "aborto" para checar se estou certa, e até que estou; mais ou menos.

— Elas querem um livro sobre *isso*?

— Bom, querem uma versão moderna da coisa. Então, o problema com a política do filho único é que tem homens demais na China, sabe? Por causa dos abortos seletivos. Os pais prefeririam ter meninos, porque é uma cultura patriarcal e tudo mais, então tem uma demanda enorme de meninas e mulheres. Ou seja, os homens chineses têm dificuldade em encontrar esposas, ou ter seus próprios filhos. Está acompanhando?

— Hã, claro.

— É aí que entra o toque de distopia. Imagine um mundo parecido com *O conto da aia*. Mulheres são educadas em instituições, nascidas e criadas para serem máquinas de ter bebês, depois são vendidas para os maridos como escravas domésticas. — Brett solta uma risadinha nervosa. — Um escopo bem ácido, não acha? Você poderia até expandir os temas para torná-lo uma crítica sutil ao patriarcado ocidental, se quisesse. Você é que sabe. Como eu falei, você teria bastante flexibilidade para brincar com o conceito. E aí, o que acha?

Fico em silêncio por um bom tempo. Depois, já que um de nós precisa se pronunciar, respondo:

— Brett, que coisa mais idiota. Ninguém em sã consciência vai querer trabalhar em algo assim.

(Na verdade, estou errada. Duas semanas depois dessa conversa, abro o Twitter e leio o seguinte anúncio: "Simon & Schuster, em parceria com a Snowglobe Inc., está feliz em anunciar que assinou com a renomada autora Heidi Steel para publicar *A última mulher da China*, um romance comovente que se passa em um mundo distópico inspirado na política do filho único!")

— Olha, eu acho que poderia funcionar, sim. É um conceito maneiro — argumenta Brett. — Vai te fazer conquistar o público feminista. Esse é o seu mercado. E tem muito potencial pra virar filme. Com certeza o mercado vai atrás da próxima novidade quando *O conto da aia* se esgotar.

— Mas a *história*... Quer dizer, isso junta tantos assuntos diferentes... Tipo, elas estão falando sério? Uma junção da política do filho único com *O conto da aia*? Não estão com medo de que isso ofenda, tipo, a China inteira?

— Bom, o livro vai ser publicado no Ocidente, Junie. Então quem se importa?

Consigo até imaginar Adele Sparks-Sato e Xiao Chen afiando as garras. Não estou tão atualizada assim sobre a política chinesa, mas até eu consigo ver a bomba prestes a explodir por causa dessa história. Se eu escrever, vou ser dilacerada por odiar a República Popular da China, ou os chineses, ou os homens, ou os três.

— Sem chance — respondo. — Isso é inviável. Elas não têm mais nenhuma outra ideia? Tipo, não sou contra trabalhar com a Snowglobe em si, eu só odiei esse projeto.

— Bom, elas têm, mas estão distribuindo as ideias para os autores de acordo com o... histórico de cada um deles. Estão tentando projetar uma grande iniciativa em relação à diversidade este ano.

Solto uma risada irônica.

— Me surpreende que elas queiram trabalhar comigo, então.

— Fala sério. Pelo menos dê uma olhada no esboço. Acabei de mandar. E você começou a carreira com ficção especulativa, então já tem uma base de fãs nesse nicho...

Não sei se Brett entende que pessoas que gostam de realismo mágico não são nem um pouco fãs de ficção científica sobre um futuro tão próximo assim.

— Tá, mas você precisa admitir que uma distopia que se passa em Beijing está bem longe da minha expertise.

— Uns anos atrás, eu teria dito que um projeto como *O último front* também estava. Nunca é tarde para expandir seus horizontes. Pensa no assunto, Junie. Isso pode salvar sua carreira.

— Não, não pode. — Não sei se rio ou se choro. — Não, Brett, tenho certeza de que esse é o tipo de coisa que acaba com a carreira de alguém.

— June. Fala sério. Pode ser que a gente não consiga uma oportunidade como essa de novo.

— Pode me ligar se, sei lá, a Lucasfilm me quiser pra alguma coisa. Mas sinto muito, Brett. Nem eu quero me rebaixar a esse nível.

Dezoito

Em julho, faço as malas e viajo para o norte, onde vou ministrar um curso no workshop dos Jovens Escritores Asiático-Americanos e Ilhéus do Pacífico, em Massachusetts. É o único programa que ainda me convida, e provavelmente só porque ainda estou pagando aquela bolsa anual idiota em nome da Athena (o workshop foi fundado e organizado pelo Coletivo de Escritores Asiático-Americanos, e Peggy Chan é coordenadora dos dois). Meus outros compromissos regulares evaporaram depois que o blog de Adele Sparks-Sato estourou. No verão passado, eu estava ocupada semana após semana com discursos de abertura e convites para palestrar; neste verão, não tem nada na minha agenda entre maio e agosto.

Considerei fortemente cancelar com o Coletivo, mas sabia que não ia conseguir encarar um verão infindável e monótono sem compromissos. Qualquer distração parecia melhor do que perambular sem rumo pelo apartamento o dia inteiro, sem conseguir escrever uma única palavra por mais que eu tentasse. Além disso, estou torcendo para que a experiência seja boa. Ensinar é uma vocação indiscutivelmente nobre, e, mesmo se isso não me redimir aos olhos do público, pode, no mínimo, ajudar a construir uma conexão com um grupo de estudantes que ainda não decidiu que sou uma grande inimiga. Com isso, talvez volte a ser divertido escrever.

Estou encarregada de ministrar diariamente uma sessão de debate crítico com duração de quatro horas para uma turma seleta: veteranos do ensino médio que eu escolhi a dedo pela potência de sua escrita. É fascinante conhecer todos pessoalmente. Identifico na mesma hora as grandes personalidades do grupo: Christina Yee, uma garota gótica baixinha com um delineado preto bem acentuado, cuja escrita envolvia bastante horror corporal e dentes; Johnson Chen, que usa um topete cheio de gel e sobretudos dos anos 1980 como se fosse um astro de K-pop e cuja escrita egocêntrica me fez acreditar que não passava de um patinho feio, mas com certeza é um ímã de garotas; e Skylar Zhao, uma promissora veterana alta e de pernas compridas, que declarou, durante sua apresentação, que tem a intenção de ser a Athena Liu de sua geração.

Todos se sentam de qualquer jeito, como se não ligassem para como são vistos, mas percebo que querem muito me impressionar. Eles têm aquela clássica mentalidade de principiantes talentosos: sabem que são bons, ou que poderiam ser bons, mas anseiam por reconhecimento e morrem de medo da rejeição. Eu me lembro bem desse misto de sentimentos: a ambição desenfreada, o orgulho crescente pelo fato de seu trabalho talvez ser, *de fato*, extraordinário; tudo isso combinado a uma insegurança desnorteante e incurável. O resultado disso é uma personalidade absurdamente irritante, mas me compadeço desses jovens. São exatamente como eu era dez anos atrás. Bastaria um comentário atravessado e certeiro para destruir a confiança deles de maneira irreversível. Mas as palavras certas de incentivo podem ajudá-los a alçar voos mais altos.

Neste verão, decidi que vou tentar fazer isso por eles. Vou deixar o resto do mundo de lado. Vou parar de ver o Twitter, de revirar o Reddit e de me angustiar com minha própria escrita. Vou me concentrar em fazer aquilo em que posso ser boa.

As apresentações correm bem. Para quebrar o gelo, uso as mesmas deixas que aprendi ao longo de anos de aulas de escrita criativa: "Qual é o seu livro favorito?"

— *Voz e eco* — declara Skylar Zhao, citando o livro de estreia de Athena.

— *Lolita* — responde Christina, de queixo erguido, como se estivesse desafiando alguém. — Do Nabokov, sabe?

Depois: "Qual livro ficaria perfeito se você pudesse reescrever o final?"

— *Anna Kariênina* — afirma Jonhson. — Mas a Anna não se mataria.

Traçamos um conto ao fazer rodar pela sala um papel em que cada um acrescenta uma frase ao que o outro já escreveu. Revisamos rapidamente a história em menos de cinco minutos. Brincamos com interpretações diferentes do mesmo diálogo: "Eu *nunca* disse que deveríamos ter matado *ele!*"

Uma hora depois, estamos todos rindo e fazendo piadas internas. Já não sentimos tanto medo uns dos outros. Eu encerro a aula com uma sessão de perguntas e respostas sobre o mercado editorial; estão todos ávidos para saber como é a busca por agentes, a sensação de quando seus livros vão a leilão e de trabalhar com um editor de verdade. O relógio marca quatro horas em ponto. Passo um dever de casa (reescrever uma passagem de Dickens sem usar nenhum adjetivo ou advérbio) e eles guardam os notebooks na mochila com animação antes de se levantarem para ir embora.

— Valeu, Junie — dizem ao se dirigirem à porta. — Você é o máximo.

Eu sorrio e aceno para cada um deles conforme saem da sala, me sentindo uma mentora sábia e gentil.

Naquela noite, devoro uma salada no refeitório, depois vou até o café mais próximo e anoto meia dúzia de ideias para histórias: parágrafos descritivos, estruturas experimentais, trechos cruciais de diálogo, qualquer coisa que me venha à mente. Escrevo tão rápido que minha mão fica com cãibra. Estou abarrotada de energia criativa. Meus alunos fizeram com que suas histórias parecessem muito ricas, maleáveis e repletas de possibilidades infinitas. Talvez eu não esteja tão enferrujada assim. Talvez só precisasse ser lembrada de como é boa a sensação de criar alguma coisa.

Depois de passar uma hora rascunhando, eu me recosto na cadeira para inspecionar o trabalho, lendo as páginas por alto, atrás de algo que eu possa transformar em esboço. Agora, porém, essas ideias já não parecem tão inovadoras ou brilhantes. Na verdade, são versões ligeiramente modificadas das amostras de meus alunos. Uma garota que não consegue a aprovação da mãe, por mais que só tire boas notas. Um garoto que odeia o pai distante e taciturno, até que descobre os traumas de guerra que moldaram a vida dele. Dois irmãos que viajam para Taiwan pela primeira vez a fim de se reconectar com a própria ancestralidade, mesmo que não consigam entender muito bem o idioma e não gostem da comida.

Fecho o caderno, enojada. Será que é só isso que consigo fazer agora, porra? Roubar de criancinhas?

Tudo bem, digo a mim mesma. *Se acalma*. O importante é que estou colocando a mão na massa; estou voltando a manjar da coisa. Já reacendi uma chama que não sentia havia muito tempo. Preciso ser paciente comigo mesma e dar tempo e espaço para que essa chama ganhe força.

Quando estou voltando para o dormitório, vislumbro meus alunos através da janela do Mimi's, um dos muitos estabelecimentos de *bubble tea* perto do campus. Os doze estão reunidos em volta de uma mesa de seis pessoas; há tantas cadeiras aglomeradas que cada um deles só ficou com um pedacinho da mesa. Todos parecem confortáveis na presença uns dos outros, debruçados sobre notebooks e cadernos. Estão escrevendo; talvez fazendo o dever de casa que passei. Observo quando compartilham trechos entre si, rindo de frases inusitadas, assentindo com aprovação enquanto se revezam lendo em voz alta.

Meu deus, que saudade disso.

Faz muito tempo desde a última vez que vi a escrita como uma atividade em conjunto. Todos os autores publicados que conheço são muito reservados quanto a seus cronogramas de escrita, seus adiantamentos e números de vendas. Odeiam divulgar informações sobre a trajetória de sua carreira, só para o caso de mais alguém resolver mostrar as credenciais. Odeiam ainda mais compartilhar detalhes sobre seus projetos em andamento, com medo de que alguém roube suas ideias e as publique antes. É uma realidade muito diferente da minha época da faculdade, quando Athena e eu nos amontoávamos ao redor da mesa da biblioteca com nossos colegas tarde da noite, discutindo metáforas, desenvolvimento de personagens e reviravoltas até eu não conseguir mais distinguir onde minha história começava e a deles terminava.

Talvez este seja o preço do sucesso profissional: ficar isolada dos colegas invejosos. Talvez, assim que a escrita se torna uma questão de desenvolvimento pessoal, seja impossível dividi-la com mais alguém.

Fico parada perto da janela do Mimi's, talvez por mais tempo do que deveria, e observo com nostalgia enquanto meus alunos se divertem. Um deles, Skylar, ergue o olhar e quase me vê, mas eu abaixo a cabeça e retomo apressada meu caminho em direção aos dormitórios.

* * *

Eu me atraso alguns minutos para a aula na manhã seguinte. A fila da Starbucks do campus estava andando em ritmo glacial, e descobri o motivo quando cheguei ao balcão: uma garota de cabelo rosa e dois piercings no nariz se atrapalhou por quase cinco minutos para anotar meu pedido simples. Quando enfim chego à sala de aula, todos os alunos estão amontoados ao redor do notebook de Skylar, soltando risadinhas, tão distraídos que nem me veem entrar.

— Olha só — diz Skylar. — Chegaram até a comparar frase por frase dos primeiros parágrafos das duas histórias.

Christina se inclina para mais perto.

— *Mentiraaaa*.

— E tem uma comparação feita em um processador de linguagem natural. Olha só aqui.

Não preciso nem perguntar: eles encontraram a postagem do blog de Adele Sparks-Sato.

— As pessoas também acham que *O último front* foi plagiado inteirinho — expõe Johnson. — Olha o parágrafo seguinte. Tem um comentário de uma ex-assistente editorial da Eden. Diz que ela sempre suspeitou...

— Vocês acham que ela pegou do apartamento dela? Tipo, na noite em que ela morreu?

— Ai, meu deus! — exclama Skylar, encantada e horrorizada. — Que perverso.

— Vocês acham que foi ela que matou?

— Ai, meu deus, não...

Eu pigarreio.

— Bom dia.

Eles levantam a cabeça depressa. Parecem coelhinhos assustados. Skylar fecha o notebook com um baque. Caminho alegremente até a frente, segurando um copo da Starbucks em uma das mãos e tentando ao máximo não tremer.

— Como estão todos?

Não sei por que estou me fazendo de sonsa. Eles sabem que eu ouvi. Estão com o rosto inteiro vermelho; nenhum deles me olha nos olhos. Skylar está sentada com a mão tapando a própria boca e trocando olhares de pânico com uma garota chamada Celeste.

— Estão tão mal assim? — Faço sinal para Johnson. — Como foi sua noite, Johnson? Conseguiu fazer o dever de casa?

Ele gagueja alguma coisa sobre o fato de Dickens ser prolixo, o que me dá tempo de decidir como quero lidar com a situação. Existe o caminho honesto, que envolve explicar a eles os detalhes da controvérsia e repetir a mesma coisa que falei para meus editores, e deixar que tirem as próprias conclusões. Seria um objeto de estudo na economia social do mercado editorial, sobre como as redes sociais distorcem e inflamam a verdade. Talvez saiam daqui sentindo mais respeito por mim.

Ou posso fazer com que se arrependam de ter feito isso comigo.

— Skylar? — Minha voz soa mais parecida com um rosnado do que eu pretendia. Skylar se encolhe como se tivesse levado um tiro. — É sobre a sua história que vamos falar hoje, não é?

— Eu... Hã, é.

— Então, onde estão as cópias impressas?

Skylar pisca.

— Bom, eu mandei pra todo mundo por e-mail.

Na ementa do workshop, pedi a todos que trouxessem cópias impressas de suas histórias para o debate crítico. Mas estamos usando notebook desde o ano passado, e sei que é injusto repreender Skylar por isso, mas é o primeiro ataque em que consigo pensar.

— Eu deixei minhas expectativas bem claras na ementa que distribuí. Talvez você ache que as regras não se aplicam a você, Skylar, mas com esse tipo de atitude você não vai chegar muito longe no mercado editorial. Continue pensando que é a exceção à regra e vai acabar como aquela gentinha esquisita que aborda editores em banheiros e enfia manuscritos debaixo de portas de quartos de hotel porque acha que as regras da indústria não se aplicam a eles.

Isso me rende algumas risadinhas. O rosto de Skylar fica branco feito papel.

— Você vai abordar editores em banheiros, Skylar?

— Não — responde ela, arrastando as palavras e revirando os olhos. Está tentando levar na boa, mas consigo ouvir o tremor em sua voz. — Claro que não.

— Ótimo. Então imprima seu manuscrito da próxima vez. Isso vale pra todos vocês.

Eu tomo um gole demorado e gratificante de minha bebida gelada de hibisco. Meus joelhos estão fracos, mas essa patada verbal me preencheu de uma confiança escaldante e maldosa.

— Enfim, vamos começar. Rexy, o que você achou da história da Skylar?

Rexy engole em seco.

— Eu, hã, gostei.

— Baseado em quê?

— Bem, é interessante.

— "Interessante" é o que as pessoas dizem quando não conseguem pensar em nada melhor. Seja mais específica.

Isso dá o tom para o restante da manhã. Antes eu achava que professores malvados eram todos uns monstros, mas pelo jeito a crueldade vem naturalmente. Além disso, é divertido. Adolescentes, afinal, ainda não têm identidades formadas nem cérebros bem desenvolvidos. Por mais espertinhos que sejam, ainda não sabem muito sobre nada, e é fácil constrangê-los por seus comentários infundados.

Skylar leva a pior. Tecnicamente, a história dela (um relato policial que se passa na Chinatown de São Francisco, em que nenhuma das testemunhas quer cooperar com a polícia porque tem seus próprios segredos e códigos de honra) não é ruim. A escrita é firme, o conceito é interessante, e há até mesmo uma reviravolta inteligente ao final que faz o leitor reconsiderar todas as palavras ditas anteriormente por cada um dos personagens. É bem impressionante para uma aluna de ensino médio. Ainda assim, a inexperiência dela é visível. A narrativa de Skylar às vezes é desajeitada, e ela emprega algumas coincidências forçadas para fazer a história andar. Além disso, ainda não descobriu como caminhar sobre a linha tênue entre um diálogo tenso e um histriônico.

Eu poderia apontar essas tendências com gentileza e ao mesmo tempo encorajar Skylar a pensar nas soluções por conta própria.

— Mas aí, do nada, aparece um advogado na cena. — Eu indico a página com o dedo. — Por acaso advogados dão em árvore, Skylar? Será que eles têm um sentido-aranha para identificar problemas conjugais?

Depois:

— A Chloe e o Christopher têm uma relaçãozinha incestuosa esquisita ou você só escolheu retratar todas as interações entre os irmãos desse jeito?

Depois:

— Todos os chineses nesse bairro se conhecem ou você só achou que seria conveniente para o enredo?

Depois:

— Será que não existe uma imagética melhor para transmitir tensão sexual do que literalmente morder um morango?

Depois:

— "Ela soltou o ar que não sabia que estava segurando." *É sério isso?*

Ao final da aula, já convenci a maioria deles de que a história de Skylar é horrível. Não me importo se de fato concordam comigo ou se só estão com medo de invocar minha ira. Despedaçamos a voz e o estilo dela. Suas metáforas não são originais e seus diálogos são engessados (em certo momento, até fiz Johnson e Celeste reencenarem um trecho, só para enfatizar como soava vergonhoso em voz alta), suas reviravoltas foram todas tiradas de referências bem conhecidas da cultura pop, e ela usa e abusa de travessões e ponto e vírgula. No fim, Skylar parece prestes a chorar. Ela parou de assentir, de franzir a testa e de reagir a qualquer mínima crítica. Só fica olhando pela janela, com o lábio inferior tremendo e os dedos amassando a primeira página do caderno.

Eu venci. Tá, é uma vitória patética, mas é melhor do que ficar ali sendo alvo dos olhares zombeteiros deles.

Aquela satisfação cáustica e cruel me acompanha pelo resto da manhã. Eu finalizo a sessão de debate crítico, passo dever de casa e observo enquanto eles fogem em silêncio porta afora.

Sei que só piorei as coisas. Agora vou ter que passar mais uma semana e meia aturando seus rostos rancorosos e condescendentes. Tenho certeza de que, nos bastidores, vão falar merda de mim sem parar até o fim do workshop. Com certeza vão se juntar ao coro de haters virtuais de Juniper Song. Mas pelo menos me comportei como uma megera em vez de ser motivo de piada. E, no momento, para mim isso basta.

Assim que eles saem da sala de aula, eu pego o celular e jogo "Candice Lee Juniper Song Athena Liu" no Google. Não consigo tirar as palavras de Johnson da cabeça desde o começo do dia: *Tem um comentário de uma ex-assistente editorial da Eden. Diz que ela sempre suspeitou.*

Minha respiração acelera de medo enquanto os resultados carregam. O que a Candice disse sobre mim?

Mas a matéria relevante (mais um textão tendencioso e cansativo da Adele Sparks-Sato) não traz nada de novo. Candice não oferece nenhuma prova contundente, nenhuma mísera informação que já não tenha sido analisada pela internet até dizer chega. Apenas um comentário vago que não diz nada com nada.

Fecho a postagem e dou uma olhada nas redes sociais dela. O Instagram de Candice é trancado; o Twitter está inativo desde março. Mas vejo no LinkedIn que recentemente ela começou em um novo trabalho de assistente editorial em uma editora pequena do Oregon.

Meu medo evapora. Não há nenhuma novidade. Meu argumento cuidadoso de inocência plausível ainda se mantém de pé, e o comentário de Candice não passa de uma acusação vaga e invejosa de alguém que já fez parte do mercado editorial.

Além do mais, *Oregon*? Faço mais pesquisas só de birra. A nova editora em que Candice trabalha publica uns dez títulos literários por ano, nenhum dos quais eu já tenha ouvido falar, e menos ainda algum que tenha mais de cem resenhas no Goodreads. Metade dos livros nem são romances propriamente ditos; são *folhetos*. Não é possível que vendam exemplares suficientes para manterem a empresa de pé; ela poderia muito bem estar trabalhando em uma editora de autopublicação. É uma queda drástica em relação ao cargo que tinha na Eden. Duvido que esteja ganhando o salário de um emprego de tempo integral.

Bom, pelo menos houve alguma justiça cósmica neste mundo. É uma vitória minúscula, mas é a única coisa que ajuda a aquietar a raiva no meu peito.

Peggy Chan me liga naquele dia à tarde.

— Vários alunos reclamaram do seu comportamento na aula de hoje — informa ela. — E, June, com base em alguns relatos, estou preocupada que...

— Foi um debate acalorado — respondo. — Skylar Zhao é uma escritora talentosa, mas não sabe ouvir críticas. Na verdade, me pergunto se essa foi a primeira vez que ela teve que encarar o fato de que sua escrita não é tão maravilhosa quanto ela pensa.

— Você não falou nada inapropriado para os alunos?

— Não que eu me lembre.

— Alguns deles disseram que você parecia estar fazendo bullying com a Skylar. June, nós temos diretrizes antibullying bastante rigorosas neste workshop. Há coisas que você pode dizer a adultos, mas não a alunos de ensino médio. Eles são frágeis…

— Ah, com certeza são mesmo.

— Se você estiver disponível, June, gostaria que viesse ao meu escritório.

— Na verdade, Peggy…

Paro de falar, depois suspiro. Algumas explicações possíveis me passam pela cabeça. Skylar é sensível demais, está inventando coisas, foi ela que me provocou para início de conversa, fez a turma inteira se virar contra mim. Mas aí eu avalio a situação e é tudo extremamente patético. Não preciso aturar uma intriguinha de disse me disse com uma menina de dezessete anos. Sou importante demais para ter que aguentar isso.

— Olha, acho que vou sair do programa — falo de repente. — Desculpa, não devia ser isso que você estava esperando. Mas a minha mãe… Eu acabei de descobrir que ela não está muito bem.

— Ah, June. Sinto muito por isso.

— …e ela perguntou se eu poderia visitá-la, mas eu vivo adiando por conta do trabalho, só pensei que, bom, *ela não vai viver para sempre…* — Deixo a voz morrer, impressionada com a mentira descarada.

Minha mãe não está doente coisa nenhuma. Ela está ótima.

— Então talvez o estresse da situação tenha afetado minha conduta, e eu sinto muito mesmo por isso...

— Tudo bem, eu entendo.

Peggy parece não suspeitar de nada. Na verdade, parece até entusiasmada. Talvez também estivesse desejando em segredo que eu pedisse para sair do programa.

Eu a encorajo a continuar.

— Desculpe por sair do workshop assim...

— Ah, a gente dá um jeito. Há alguns escritores nessa região. Vamos precisar encontrar um substituto para amanhã, então talvez eu peça para a Rachel, daqui do escritório, te cobrir... — diverga ela. — Enfim, vamos dar um jeito. Diremos para a turma que você teve uma emergência familiar. Tenho certeza de que vão ficar decepcionados, mas vão entender.

— Obrigada, Peggy. Isso significa muito pra mim. Desculpe o incômodo.

— Cuide-se, June. Sinto muito mais uma vez.

Eu desligo, depois desabo na cama e solto um grunhido de alívio.

Foi uma agonia, mas pelo menos estou livre. Uma vez eu li em algum lugar que asiáticos são muito educados graças a um conceito cultural de permitir que os outros se poupem da humilhação. Podem até te julgar pra cacete por dentro, mas, pelo menos por fora, vão deixar que você se retire com seu orgulho intacto.

Dezenove

A CABA QUE VOU MESMO VISITAR MINHA MÃE.
Ela mora nos arredores da Filadélfia, perto o bastante para que eu consiga pegar um trem e chegar lá na hora do almoço do dia seguinte. Tenho que fuçar meu celular para achar o endereço dela; não a visito há anos, e só vejo minha mãe nas comemorações de Natal e Dia de Ação de Graças na casa de Rory. Tenho certeza de que esta visita espontânea é fruto de uma sensação de vulnerabilidade, motivada pelo medo e por uma regressão infantil. Também tenho certeza de que, para além dos abraços e do carinho no início, vou me arrepender de ter vindo. Sei que assim que os "Que saudade" e "Como você está bonita" virarem comentários controladores e condescendentes que já se transformaram em brigas feias no passado, vou entrar no trem e me mandar de volta para Washington.

Por enquanto, contudo, só quero ficar perto de alguém que já não parta do princípio que me odeia.

Minha mãe está me esperando na varanda quando chego. Liguei há algumas horas para perguntar se eu poderia passar um tempo com ela, que concordou sem nem perguntar o que aconteceu. Eu me pergunto o quanto ela sabe, se já me viu ser alvo de calúnias por toda a internet.

— Oi, Junie.

Ela me envolve em um abraço, e o mero toque já faz meus olhos arderem em lágrimas. Faz tempo que ninguém me abraça.

— Tá tudo bem?

— Tá, tá sim. Eu estava dando aulas em um workshop em Boston que acabou de terminar, aí pensei em dar uma passadinha aqui antes de voltar pra casa.

— Você é sempre bem-vinda aqui.

Minha mãe se vira, e eu a sigo para dentro de casa. Ela não me pergunta como foi o workshop. A falta de interesse descarada por qualquer coisa que envolva escrita doía quando eu era mais nova, mas hoje me traz conforto.

— Cuidado pra não pisar em nada. Não repara na bagunça.

O caminho até a cozinha está entulhado de caixas de papelão meio vazias; cobertores, pilhas de jornais e toalhas estão espalhados pelo chão.

— O que está acontecendo?

— Só vou guardar um pouco da bagunça num galpão. Toma cuidado com os vasos ali. O corretor disse que o lugar vai parecer mais jeitosinho sem tudo isso no meio do caminho.

Eu desvio de uma coleção de gatos brancos de cerâmica.

— Você vai vender a casa?

— Faz um tempinho que estou providenciando isso. Vou voltar pra Melbourne. Quero ficar mais perto das minhas meninas. A Cheryl está fechando um apartamento pra mim esta semana. Tem vários quartos de hóspedes, aí você pode me visitar. A Rory não te contou?

Não, não contou. Eu sabia que minha mãe queria voltar para a Flórida desde que meu pai morreu, que ficar na Filadélfia era algo temporário porque meus avós moravam por perto, mas nunca fiz a conexão entre isso e a possibilidade real de que não vamos mais chamar este lugar de nossa casa.

Mas acho que Rory nunca sentiu uma conexão tão profunda com o lugar. Eu que era obcecada pelas figueiras do quintal, por me esconder entre as raízes e criar histórias muito tempo depois de Rory decidir que era hora de voltar para o mundo real.

— Você já tirou as coisas do meu quarto?

— Acabei de começar. Eu ia colocar a maior parte num galpão, mas por que você não aproveita pra ver se tem algo que queira levar? Só me dá um tempinho pra embalar esta porcelana toda e aí a gente se vê aqui embaixo na hora do jantar.

— Eu... Ah, tá, tudo bem.

Eu paro diante da escada antes de subir. Fico esperando que minha mãe pergunte o que está acontecendo, que use seu instinto materno para perceber que tem algo muito errado comigo. Mas ela já me deu as costas e voltou para aqueles gatos de cerâmica idiotas.

Meus cadernos estão exatamente onde os deixei: empilhados no topo de minhas prateleiras, organizados de cinco em cinco. Cada um está identificado com meu nome, o ano, meu número de telefone e uma recompensa de dez dólares caso seja devolvido para a dona. Não há Moleskines ali; meus cadernos sempre foram aqueles pautados com capa preta salpicada de manchas brancas que você encontra por 99 centavos no Walmart quando seus pais estão fazendo as compras de volta às aulas. Meus mundos dos sonhos.

Eu os pego e coloco no chão.

Minha vida inteira acontecia nesses cadernos. Estão abarrotados de desenhos que rabisquei em vez de prestar atenção nas aulas; esboços de tamanho real que rascunhei depois da escola; cenas meio inacabadas ou ideias para histórias, ou até mesmo fragmentos de diálogos que me vinham à mente durante o dia. Nada nesses mundos dos sonhos se tornou um produto completamente acabado; naquela época, eu não tinha a disciplina ou as habilidades necessárias para escrever um romance inteiro. Eles estão mais para um bufê de criatividade em movimento, portas meio construídas para outros mundos nos quais eu mergulhava por horas quando não queria viver no meu próprio.

Folheio as páginas com um sorriso. É bonitinho ver como minhas ideias eram inspiradas por qualquer mídia pela qual eu estivesse obcecada na época. Minha fase *Crepúsculo* foi durante o sexto ano, e eu claramente estava apaixonada pela Alice Cullen, já que insistia em descrever uma protagonista com o mesmo corte de cabelo curtinho que desafiava a gravidade. No nono ano, tive minha fase emo, e tudo era só letras de músicas do Evanescence e do Linkin Park. Foi quando eu comecei a esboçar cenários urbanos góticos, futuristas e distópicos, onde os jovens voavam por aí em skates e todo mundo usava luvas que deixam os dedos à mostra e um franjão bicolor que caía no olho. Acho que a Ayn Rand foi uma influência em algum momento do primeiro ano do ensino médio, porque na época eu estava escrevendo parágrafos e mais parágrafos sobre um protagonista masculino chamado Howard Sharp, que não se curvava a ninguém, dono de um orgulho implacável e "um dos poucos que acreditavam na verdade em um mundo de mentiras".

Passo o resto da tarde dando uma olhada nos cadernos. Não vejo a hora passar até que minha mãe grita lá de baixo para perguntar se quero pedir comida, e só então percebo que o sol já se pôs. Eu me perdi naqueles mundos por horas.

Grito de volta para minha mãe, dizendo que topo. Depois eu cato uma caixa de papelão para guardar meus cadernos. Vou levá-los para o meu apartamento e deixar que fiquem no meu armário; talvez eu os pegue quando me sentir particularmente nostálgica. Eles não me servem no momento; não tem nada ali que eu poderia transformar em um manuscrito rentável. Mas sempre que eu precisar, eles vão me lembrar de que escrever não costumava ser algo tão angustiante.

Caramba, que saudade do ensino médio, quando eu podia folhear meu caderno até chegar a uma página em branco e enxergar possibilidades em vez de frustrações. Quando eu sentia um prazer verdadeiro em juntar palavras e frases só para ver como elas soavam. Quando escrever era um ato da mais pura imaginação, de me levar para outro lugar, de criar algo que era só para mim.

Sinto falta de escrever sem ter conhecido Athena Liu.

Mas basta publicar um livro e, de repente, escrever se torna uma questão de inveja profissional, orçamentos obscuros de marketing e adiantamentos que não se comparam aos de seus colegas. Editores chegam e estragam suas palavras e sua visão. Marketing e comunicação fazem você condensar centenas de páginas de reflexão cuidadosa e cheias de nuances em tópicos bonitinhos do tamanho de um tuíte. Leitores projetam suas próprias expectativas, não apenas nas histórias, mas nos seus posicionamentos políticos, na sua filosofia, no seu ponto de vista de tudo que seja relacionado à ética. Você, e não a sua escrita, se torna um produto: sua aparência, sua perspicácia, suas respostas à altura para críticas e as panelinhas em tretas de internet com as quais ninguém do mundo real se importa.

E uma vez que você começa a escrever para o mercado, não importa quais histórias estão ardendo dentro de você. Só importa o que o público quer ver, e ninguém dá a mínima para os monólogos internos de uma garota branca, hétero e sem graça da Filadélfia. Eles querem coisas novas e exóticas, querem *diversidade*, e, se eu quiser me manter no jogo, é isso que eu preciso oferecer.

Minha mãe pede comida no Grande Muralha, um restaurante chinês local.

— Acabou de abrir — explica ela quando me sento. — O serviço é horrível, eu não voltaria lá. Precisei pedir uma água três vezes. Mas a entrega é rápida e eu gosto do frango ao molho de laranja.

Ela abre uma embalagem de arroz e a coloca na minha frente.

— Você gosta de comida chinesa, né?

Não tenho coragem de dizer a ela que quem gosta é a Rory, e que comida chinesa me dá embrulho no estômago, ainda mais agora, desde aquele encontro horrível na associação de Rockville.

— Gosto, tá ótimo.

— Eu pedi o Triplo Buda pra você. Ainda é vegetariana, né?

— Ah, só um pouquinho, mas tudo bem. — Eu separo meus pauzinhos. — Obrigada.

Assentindo, minha mãe serve arroz frito com carne de porco no próprio prato e começa a comer.

Não conversamos muito. Sempre foi assim entre a gente: ou um silêncio plácido ou uma briga horrenda. Não existe meio-termo, nem algum interesse em comum sobre o qual a gente possa bater um papo. Qualquer rebeldia que minha mãe já teve parece ter evaporado nos anos 1980, quando ela fumava maconha, seguia bandas por aí e escolhia nomes como Juniper Song e Aurora Whisper para as filhas. Ela voltou a trabalhar depois que meu pai morreu, e desde então incorporou completamente o ideal americano de uma mãe solo trabalhadora: nunca faltou ao trabalho nem a reuniões de pais e mestres, poupou o bastante para colocar Rory e eu em boas faculdades com o mínimo de dívidas e fez um pé--de-meia para a aposentadoria. Parece que as exigências de uma vida assim não deixaram espaço para a criatividade. Ela é o tipo de mãe branca suburbana que compra revistas de casa e decoração no caixa do supermercado, bebe garrafas e mais garrafas de vinho barato, chama *Crepúsculo* de "aqueles livrinhos de vampiro" e não leu nada nas últimas décadas além de livros de banca de jornal.

Minha mãe sempre se deu melhor com Rory. Sempre tive a sensação de que ela não sabia muito bem como lidar comigo. Era meu pai que sempre me acompanhava para onde quer que minha imaginação me levasse. Mas a gente não fala sobre ele.

Ficamos sentadas em silêncio por um tempo, mastigando rolinhos primavera e pedaços de frango tão açucarados que parecem um doce. Por fim, minha mãe pergunta:

— Bem, como vai aquele seu negócio de escrever livros?

Ela sempre foi ótima em usar uma simples pergunta desinteressada para reduzir todas as minhas aspirações a obsessões triviais.

Pouso meus pauzinhos na mesa.

— Hã, tá indo bem.

— Ah, que bom.

— Bom, na verdade, eu estou meio...

Quero contar a ela por que ando tão deprimida nesses últimos meses, mas nem sei por onde começar.

— Estou passando por uns apertos. Criativos. Tipo, não consigo pensar em nada pra escrever.

— Tipo um bloqueio criativo?

— Mais ou menos isso. Eu conheço vários truques pra sair dessa situação. Fazer exercícios de escrita, ouvir música, sair para dar longas caminhadas e coisa assim. Mas desta vez nada está funcionando.

Minha mãe empurra alguns pedacinhos de frango para o canto do prato para apanhar nozes-pecã caramelizadas.

— Bom, talvez esteja na hora de partir pra outra.

— *Mãe.*

— Olha só, a amiga da Rory pode te colocar naquele curso quando você quiser. Só precisa preencher a ficha de inscrição.

Nos últimos quatro anos, sempre que a vejo ela sugere que eu faça mestrado em contabilidade na American University. Chegou até mesmo a imprimir e me enviar por correio o formulário logo depois que meu primeiro romance fracassou e eu tive que recorrer a dar aulas particulares de pré-vestibular para conseguir pagar o aluguel.

— Vou falar pela última vez: não quero ser contadora.

— O que tem de errado em ser contadora?

— Eu já falei que não quero trabalhar em escritório que nem você e a Rory.

Já sei o que ela vai dizer a seguir. Estamos trocando essas farpas há anos.

— Você é bambambã demais pra trabalhar em escritório, é isso? A Juniezinha de Yale não pode se esfalfar que nem o resto de nós mortais?

— Mãe, para.

— Rory bota comida na mesa. Já tem um pé-de-meia pra quando se aposentar.

— Eu ganho mais do que o suficiente pra me sustentar — esbravejo. — Estou alugando um apartamento de um quarto em Rosslyn. Tenho plano de saúde. Comprei um notebook novo. Devo até ter mais dinheiro do que a Rory!

— Então qual é o problema? O que tem de tão difícil em escrever outro livro?

— Não posso contar com os trabalhos que já fiz — digo, embora eu saiba que é impossível fazê-la entender. — Preciso publicar mais um grande sucesso. E depois outro. Senão as vendas vão despencar e as pessoas vão parar de ler meus livros e todo mundo vai se esquecer de mim.

Falar isso em voz alta me faz querer chorar. Não tinha percebido que a ideia de virar um zé-ninguém e cair no esquecimento me aterrorizava tanto. Eu fungo.

— E aí quando eu morrer, não terei deixado nenhuma marca no mundo. Vai ser como se eu nunca tivesse estado aqui.

Minha mãe fica me observando por um bom tempo, depois coloca uma das mãos no meu braço.

— Ficar sem escrever não é o fim do mundo, Junie. E tem várias outras carreiras que não vão partir seu coração com tanta frequência. É só isso que eu quero dizer.

Mas ficar sem escrever é, *sim*, o fim do mundo. Como eu explico isso para ela? Parar não é uma opção. Eu *preciso* criar. É uma necessidade física, um desejo, como respirar e comer; quando está tudo indo às mil maravilhas, é melhor do que transar, e quando não está, não consigo encontrar prazer em mais nada.

Meu pai tocava violão no tempo livre; ele entendia. Um músico precisa ser ouvido; uma escritora precisa ser lida. Quero tocar o coração das pessoas. Quero que meus livros estejam nas livrarias, espalhados pelo mundo todo. Não consigo suportar a ideia de ser como minha mãe ou minha irmã, vivendo suas vidinhas rotineiras, sem grandes projetos ou perspectivas para impulsioná-las de um capítulo a outro da vida. Quero que o mundo prenda a respiração enquanto espera pelo que vou dizer a seguir. Quero que minhas palavras existam para sempre. Quero ser eterna, permanente; quando eu me for, quero deixar para trás uma montanha de páginas que gritem que *Juniper Song esteve aqui, e ela nos contou o que pensava.*

Só que já não sei mais o que quero dizer. Não sei se algum dia já soube. E tenho medo de que a única coisa pela qual serei lembrada, e o único jeito de eu conseguir escrever algo decente, seja fingir ser outra pessoa.

Não quero ser apenas a hospedeira do fantasma de Athena.

— Você poderia trabalhar com a tia Cheryl — sugere minha mãe, sem se dar conta de nada. — Ela ainda está procurando uma assistente. Aí você poderia sair de Washington. É muito caro viver lá mesmo. Por que não vai pra Melbourne comigo? Você poderia comprar uma casa em Suntree com o que ganha. A Rory me mostrou…

Eu fico boquiaberta.

— Você pediu pra Rory mostrar minha declaração de imposto de renda?

— Estávamos só planejando o seu futuro. — Minha mãe dá de ombros, indiferente. — Com o tanto que você tem guardado, seria inteligente investir em alguns imóveis. A Cheryl tem umas casas em mente.

— Meu deus, é exatamente por isso que…

Eu respiro fundo, me forçando a me acalmar. Minha mãe é assim desde que eu me entendo por gente. Nada, a não ser um transplante cerebral, a faria mudar a essa altura.

— Não quero mais falar sobre isso.

— Você precisa ser pragmática, Junie. É jovem, tem bens. Precisa tirar proveito deles.

— Tá, para, por favor — esbravejo. — Eu sei que você nunca apoiou a minha escrita, mas…

Ela pisca.

— É claro que apoiei.

— Não, não apoiou. Você odiava. Sempre achou que era uma coisa idiota, eu sei.

— Ah, não, Junie. Eu sei como o mundo das artes funciona. Nem todo mundo vai se dar bem.

Ela afaga o topo da minha cabeça, do jeito que fazia quando eu era pequena; só que agora isso não me traz nenhum conforto. Um gesto desses, entre mulheres adultas, só pode ser condescendente.

— E eu só não quero que você se machuque — finaliza ela.

Vinte

DOIS DIAS DEPOIS, ESTOU DE VOLTA A WASHINGTON, SEM uma única ideia de livro ou do que fazer.

Quando se tem um projeto, os cronogramas de escrita em tempo integral parecem uma bênção. Mas quando se está tendo dificuldades de idealizar um conceito, as horas parecem sufocantes e acusatórias. O tempo deveria voar enquanto você encara o computador de olhos arregalados, possuído por sua musa enquanto bota pra fora sua obra-prima. Em vez disso, os segundos parecem se arrastar.

Não tenho nada para fazer. Nada para escrever, nada com o que me distrair. Na maior parte dos dias, eu me ocupo com os afazeres domésticos, contando os minutos até que minha próxima refeição me distraia. Eu rego as plantas. Organizo as canecas no armário. Consigo fazer o ritual de levar meia hora para consumir uma lasanha de micro-ondas inteira. Fico com inveja dos baristas da Starbucks, dos caixas nas livrarias; pelo menos eles conseguem preencher os dias com um trabalho servil e digno.

Sempre acabo parando em páginas de matrícula de vários programas de mestrado. Não filtro por nenhuma formação em particular. Levo todas em consideração, seja direito, serviço social, pedagogia, ou até contabilidade, porque todas prometem uma porta de entrada para uma vida completamente diferente, depois de um período devidamente longo em que a academia segura a sua mão para que você não precise pensar por conta própria.

Cogito até voltar para o Veritas College Institute para pelo menos ter o que fazer, mas minha força de vontade evapora toda vez que pego o celular. Falei para o meu chefe que estava pedindo as contas para correr atrás dos meus sonhos; não vou suportar a ideia de explicar por que quero voltar para lá.

Passo a maior parte das noites encolhida na cama, com o celular grudado a centímetros do rosto, revirando a internet em busca de menções ao meu nome e aos meus livros, só para sentir um eco daquela animação da época em que eu era a queridinha do mercado editorial. Leio matérias antigas sobre mim: o perfil na *Publishers Weekly* me chamando de "incisiva e sensível", o blurb do *New Yorker* me chamando de "o novo talento mais empolgante do mercado literário". Leio e releio as resenhas mais entusiasmadas de *O último front* e *Mãe Bruxa* no Goodreads para tentar me mostrar que houve uma época em que as pessoas gostavam mesmo do meu trabalho.

Quando isso tudo começa a perder o efeito, geralmente no momento em que o ponteiro do relógio se aproxima da meia-noite, eu me arrisco a ler as merdas negativas.

No passado, sempre que eu revirava o Goodreads, tratava de filtrar tudo, menos as resenhas que davam cinco estrelas, as quais eu lia repetidas vezes quando precisava de um afago no ego. Mas agora vou direto nas cheias de ódio. É como cutucar uma ferida aberta, só para ver até onde consigo aguentar a dor, porque se você conhece seus limites, ganha a sensação de estar no controle.

As resenhas de uma estrela contêm tudo que se poderia esperar.

Se eu roubasse um romance, com certeza escolheria algo melhor do que isso aqui KKKKKK!

Só tô aqui pra mandar a June Hayward se foder.

Nem li o livro, mas tô dando uma estrela porque a autora é uma ladra racista e plagiadora.

Dei três estrelas a menos só por causa da cena da Annie Waters.

Passo horas deitada ali todas as noites, tomada por cada coisinha cruel que a internet já falou sobre mim. É catártico de uma maneira perversa. Gosto de concentrar toda a negatividade e encarar tudo de uma vez só. Tiro algum conforto do fato de, literalmente, não ter como ficar pior do que está.

De vez em quando, me pergunto como seria ter uma redenção literária. E se eu implorasse para os meus haters me perdoarem? E se, em vez de ficar na defensiva, eu admitisse tudo e tentasse consertar as coisas?

Diana Qiu fez uma postagem no Medium intitulada "Coisas que June Hayward precisa fazer para se redimir". A lista inclui doze itens do tipo: "provar que fez um curso de letramento racial", "doar todo o dinheiro que ganhou com *O último front* e *Mãe Bruxa* para uma instituição de caridade escolhida por um comitê de escritores asiático-americanos" e "divulgar suas declarações de imposto de renda dos últimos três anos para confirmar o quanto ela lucrou com o trabalho de Athena Liu".

É sério que ela quer que eu mostre a porra da minha declaração de imposto de renda? Quem a Diana pensa que é?

Eu aguento ser uma pária. Mas abaixar a cabeça e abrir mão de todo o meu dinheiro, me ajoelhar para os tuiteiros e me prostrar diante da multidão debochada e presunçosa? Eu preferiria morrer.

Certa noite, vejo uma opinião surpreendentemente ponderada no meio desse mar de chorume. É uma resenha de *O último front* publicada há dois meses, tão prolixa que chega a parecer um artigo.

Tirando o drama, eu acho que a questão da autoria é muito interessante, diz o penúltimo parágrafo.

A menos que Hayward publique um pronunciamento detalhado e sincero, nós nunca saberemos a verdade por trás da criação deste livro. Mas uma leitura atenta nos leva a acreditar que este é mesmo um texto de autoria múltipla, porque a maneira como aborda os temas centrais parece um tanto esquizofrênica. Às vezes, é tão inflamado em relação ao apagamento do Chinese Labour Corps que o discurso moralizante escorre das páginas. Em outras ocasiões, ele se rebaixa para o mesmo clichê romantizado que o resto do texto critica. Ou o texto manipula habilmente o leitor ou é exatamente o que achamos que é: um trabalho parcialmente completo de uma autora que foi finalizado por outra.

Eu me empertigo, repentinamente curiosa. *Quem* é essa pessoa? Clico no perfil, mas o nome de usuário é simples e inofensivo: daisychain453. Não há foto de perfil. A conta não tem amigos ou seguidores que eu conheça, e é fascinante dar uma olhada no histórico de resenhas anteriores, sempre opiniões comedidas similares para livros bastante odiados, como *A resposta* e *Terra americana*. Mas nada disso revela qualquer pista sobre a autoria da resenha.

Fico assustada com o quanto essa pessoa parece me conhecer. As partes iniciais da resenha são tão inteligentes, tão incisivas sobre as técnicas empregadas no texto, que me pergunto se, de alguma forma, ela conseguiu acesso aos e-mails da minha editora, se pode ser alguém que trabalhou na Eden.

Mas é o último parágrafo que não sai da minha cabeça.

O que ainda não foi abordado nessa discussão toda é a natureza da relação entre Liu e Hayward. Todas as provas indicam que elas eram, de fato, amigas, embora isso pareça uma coisa horrível de se fazer com uma amiga. Será que foi um caso de inveja, então? Será que, minha nossa, Hayward foi de alguma forma responsável pela morte de Liu? Será que ela, de uma maneira distorcida, só tentou homenagear sua amiga e rival? Ou ela é de fato inocente nessa história? De qualquer forma, eu pagaria para ler um romance sobre essa treta toda.

Planejei meu próximo projeto.

Acordo com o conceito completamente formado na minha cabeça, construído pelo meu inconsciente ao longo de horas de sono agitado. É isto: um caminho para obter a redenção literária e um sucesso de vendas, tudo ao mesmo tempo. A resposta estava na minha cara esse tempo todo. Nem acredito que não tinha me dado conta antes.

Não vou mais me esquivar da polêmica. Essa mentalidade tem me restringido. Até então, estava convencida de que minha ressurreição literária teria que ser dissociada do legado de Athena.

Mas não consigo seguir em frente e esquecer. Ninguém vai me deixar esquecer, muito menos o fantasma de Athena. Não consigo me livrar da influência dela, ou dos boatos em torno dela, em torno de nós duas.

Em vez disso, preciso encará-los de frente.

Vou escrever sobre nós duas. Bem, não exatamente. Será uma versão fictícia da gente, uma pseudoautobiografia na qual eu mesclo fatos e ficção. Vou descrever a noite em que ela morreu, com todos os detalhes sórdidos e eletrizantes. Vou descrever como roubei o trabalho dela e o publiquei. Vou descrever cada passo que dei rumo ao estrelato literário, depois minha terrível queda. Acadêmicos e estudiosos vão se esbaldar com esse texto. Vão escrever livros inteiros sobre como eu habilmente misturei verdades e mentiras, como reivindiquei os boatos sobre mim, transformei as fofocas sórdidas sobre uma amizade querida em uma história que confronta o leitor com seu próprio desejo doentio por escândalo e destruição. Vão dizer que é radical. Revolucionário. Ninguém nunca contrariou as expectativas literárias dessa forma.

Também vou enfatizar o aspecto sáfico da coisa toda. Os leitores vão adorar; histórias de amor *queer* são a moda do momento. Basta dar um indiciozinho de amor entre mulheres e os TikTokers vão à loucura. Pode até virar filme. Florence Pugh vai me interpretar. Aquela garota do *Podres de ricos* será a Athena. A trilha sonora vai ser música clássica. Vai conquistar todos os prêmios.

E uma vez que esse escândalo tenha sido transformado e imortalizado em formato de romance, uma vez que todos os boatos hediondos e não confirmados sobre mim tenham sido relegados ao reino da ficção, eu estarei livre.

Estou tão animada que quase envio a ideia por e-mail para Daniella na mesma hora, mas ela tem lidado com as próprias cagadas no momento. Uma ex-assistente editorial anônima declarou ao *Publishers Weekly* que Daniella tinha o hábito de destilar falas preconceituosas durante as reuniões. ("Já temos uma escritora muçulmana", dissera ela uma vez à equipe de aquisições. "Mais uma e vamos ser a minoria".)

Em resposta a isso, a Eden entrou em estado de sítio no departamento de comunicação. Estou firmemente comprometida a promover diversidade, equidade e inclusão em todas as áreas do meu trabalho, garantiu Daniella em um e-mail enviado para todos os seus autores. Esses comentários foram tirados de contexto e vazados para a imprensa por alguém que eu acredito ter um rancor pessoal contra mim. Da última vez que tive notícias, ela tinha feito doações para um fundo de auxílio à população encarcerada no Meio-Oeste, embora não fique muito claro o que isso tem a ver com o problema inicial de islamofobia.

Não fico muito preocupada. Essa coisa da Daniella vai passar. Profissionais do meio editorial vivem sendo acusados de soltar gafes, mas até parece que vão conseguir cancelar a única editora mulher em uma equipe predominantemente masculina. Mas talvez seja melhor não me aventurar na caixa de entrada dela por enquanto.

Em vez disso, pela primeira vez em semanas, começo a escrever um rascunho de verdade. As palavras fluem com facilidade de meus dedos, talvez porque não haja nada para inventar, nada que me faça parar e refletir. O que sai de mim é a mais pura verdade, e desta vez tenho total controle da narrativa. Começo a escrever milhares de palavras por dia, um nível de produtividade que eu não atingia desde a faculdade. Sinto uma animação genuína com a perspectiva de sentar para escrever todas as manhãs, e só paro quando já é quase meia-noite.

Não consigo evitar sentir que há algum motivo cármico maior para a fluidez de minha escrita ter voltado. Parece redenção. Não, parece perdão. Porque, se eu conseguir escrever isto por conta própria, se conseguir transformar esse caos horrível em uma bela história, então... Bem, não vai apagar o que fiz. Mas vai agregar valor artístico a isso tudo. Será uma maneira de revelar a verdade sem de fato contá-la. E, acima de tudo, vai ser divertido. Vai ficar na cabeça dos leitores para sempre, como uma música chiclete ou o rosto de uma mulher bonita. Esta história será eterna. Athena será parte dela.

O que mais podemos querer, enquanto escritores, do que tal imortalidade? Afinal, fantasmas não querem ser lembrados?

Penso muito em Athena nesses dias.

As lembranças dela não me aterrorizam mais. Não afasto as memórias quando elas invadem minha mente. Em vez disso, eu me detenho ali. Garimpo os detalhes, mergulho nas sensações que os cercam e imagino as milhares de maneiras de reimaginá-los e reenquadrá-los. Eu me sento com o fantasma dela. Eu a convido a falar.

Minha terapeuta me ensinou que a melhor forma de lidar com flashbacks induzidos pelo pânico é pensar neles como cenas de um filme de terror. As cenas de susto são horríveis da primeira vez que você as vê, porque te pegam desprevenido. Mas depois que você as vê repetidamente, depois que já sabe quando a freira possuída vai saltar na tela, essas cenas perdem o poder que tinham sobre você.

Uso o mesmo raciocínio para lidar com cada pensamento horrível que já tive sobre Athena. Vou até as profundezas do horror. Escrevo cada detalhe torturante da noite na Associação de Sino-Americanos de Rockville. Descrevo como me senti podre quando a conta @FantasmaDaAthenaLiu apareceu, como a repercussão que se seguiu acabou com a minha saúde mental. Eu capturo o espectro de Athena e o gravo no papel, onde ele fica preso em um texto preto e branco imutável, onde não consegue fazer nada além de dizer "bu!".

Escrevo sobre como Athena fez eu me sentir incompetente desde a faculdade, como engoli a inveja ácida toda vez que ela conquistava algo e eu não. A maneira como me senti quando Geoff me contou que ela tirou sarro de mim naquela convenção. Conto novamente como ela roubou minha história de possível-estupro. Descrevo como, apesar de tudo, eu ainda a amava.

Mas conforme desenterro o passado, eu me pego pensando nas boas lembranças também. Na verdade, há mais delas do que eu imaginava. Fazia muito tempo que eu não me permitia pensar na faculdade, mas, uma vez que começo, de repente tudo vem à tona. Nosso pedido na Starbucks toda terça-feira depois do seminário de Mulheres na Literatura Vitoriana: um mocha gelado para mim, um chá gelado de hibisco para Athena. Noites em saraus de poesia em que bebericávamos cerveja de gengibre e ríamos das pessoas se apresentando, que não eram poetas *de verdade*, mas que um dia iriam crescer e superar o absurdo que era aquilo. Uma festa para cantarmos as músicas de *Os miseráveis* no apartamento de um estudante de teatro, onde soltávamos gritos esganiçados a plenos pulmões:

— Só mais um!

Enquanto transcrevo tudo isso, me pergunto se nossa amizade era de fato tão hostil quanto eu pensava. Será que aquela tensão invejosa sempre existiu? Será que éramos rivais desde o início? Ou será que eu, do alto da minha insegurança, projetei tudo em relação a Athena?

Eu me lembro do dia, já no último ano da faculdade, que Athena recebeu a primeira oferta para publicar seu livro de estreia; quando o agente dela ligou e contou, enquanto Athena ia para a aula de barre, que logo o livro dela estaria nas livrarias. Athena ligou para mim primeiro. Para *mim*. Ela ainda nem tinha contado para os pais.

— Ai, meu deus — dissera, sem fôlego. — June. Você não vai acreditar. Eu não consigo acreditar.

Em seguida ela me contou a novidade, e eu soltei uma exclamação, e nós duas ficamos aos gritinhos por uns bons trinta segundos.

— Puta merda, Athena — sussurrei. — Tá acontecendo *mesmo*. Tudo que você sempre quis...

— Eu sinto como se estivesse na beira de um penhasco e minha vida toda se estendesse diante dos meus olhos.

Eu me lembro com muita clareza daquele murmúrio ofegante; cheio de choque, esperança e vulnerabilidade ao mesmo tempo.

— Sinto que tudo está prestes a mudar.

— E vai mudar mesmo — garanti a ela. — Cacete, Athena, você vai ser uma *estrela*.

E aí demos mais uns gritinhos, desfrutando da companhia do outro lado da linha, porque era maravilhoso conhecer alguém que entendia exatamente os seus sonhos, que sabia como meras palavras poderiam se tornar frases que iriam se transformar em obras-primas completas, como aquela obra-prima poderia fazer você deslanchar para um mundo completamente novo e irreconhecível onde você teria tudo. Um mundo que você escreveu para si mesma.

Eu me apaixono mais uma vez pela escrita. Volto a sonhar. Desde que os tuítes de @FantasmaDaAthenaLiu vazaram, passei a ficar na defensiva, vivendo na base do medo e da insegurança. Mas agora volto a cogitar as promessas do mercado editorial, o que esse mundo poderia me proporcionar. Brett vai vender este projeto para Daniella por um adiantamento bem menor do que *O último front*, dadas as circunstâncias. Mas vai ser um sucesso inesperado. Vai para a primeira reimpressão antes mesmo do lançamento. Depois o ciclo de notícias vai começar, e ninguém vai conseguir parar de falar sobre a audácia da coisa toda. A discussão frenética vai alavancar as vendas, e eu vou quitar meu adiantamento em poucas semanas. Vou começar a receber o dobro de royalties que recebia antes.

Estou me sentindo tão bem que entro no Instagram pela primeira vez em muito tempo e, ignorando a torrente de comentários raivosos em todas as minhas postagens anteriores, publico uma foto que tirei durante a sessão de escrita de hoje. Nela, estou sentada a uma mesa de madeira maciça ao lado da janela de um café, banhada pelo pôr do sol; minhas sardas se destacam e meu cabelo pende em cachos suaves ao redor dos ombros. Uma de minhas mãos está apoiada na bochecha, a outra paira sobre o teclado do notebook, com os dedos prontos para criar.

"Voltando ao manuscrito", coloco na legenda. "Estou abstraindo toda a negatividade, porque quando se é uma escritora, tudo o que importa é a história. O próximo capítulo já está atrasado. Mal posso esperar para dividir isso aqui com vocês."

A antiga conta de Instagram de Athena volta à vida naquela noite.

Eu nem teria visto a postagem se não estivesse rolando minhas notificações atrás de curtidas. Alguém elogia meu rosto lisinho e pergunta como é minha rotina de cuidados com a pele. Alguém comenta que adora a cafeteria da foto. Outra pessoa escreve: Livro novo da Juniper Song? Mal posso esperar!

Mas também tem uma mensagem que diz apenas: Achou que ia se livrar de mim? Imagino que seja uma besteirinha, mas a foto em miniatura me parece familiar, e o perfil tem o símbolo de verificado, então clico no post.

Quase deixo o celular cair.

É a conta da Athena, postando pela primeira vez desde a manhã antes de sua morte. Na foto, ela está sentada diante de sua escrivaninha, sorrindo com doçura, mas tudo parece *esquisito*: os olhos dela estão um pouco arregalados demais, o sorriso cheio de dentes está tão largo que dói, e sua pele tem um tom pálido fantasmagórico, apesar da luz do sol que se infiltra pela janela. Ela parece um daqueles memes de lendas urbanas da internet: uma imagem que deveria ser normal, mas tem uma intensidade tão perturbadora que faz os pelos da nuca se eriçarem. Ao lado de sua mão direita há uma edição em brochura aberta de *O último front*. À sua esquerda, uma versão em capa dura de *Mãe Bruxa*.

Eu clico para continuar lendo a legenda.

Achou que ia se livrar de mim? Foi mal, Junie. Ainda estou mandando ver. Que bom que você aproveitou o dia para escrever! Eu também consegui escrever bastante. Essa sou eu folheando alguns trabalhos antigos para buscar inspiração. Ouvi dizer que você é uma grande fã minha ☺

A comida do jantar volta direto para a minha garganta. Corro até o banheiro. Demoro quase meia hora tentando respirar, em pânico, e fazendo exercícios mentais, antes de conseguir me acalmar o bastante para pegar o celular de novo.

Faço algumas pesquisas no Twitter: "Athena Liu Instagram", "Athena Instagram", "Athena Insta", "Athena Fantasma" e todas as outras possibilidades que consigo imaginar. Ainda não tem ninguém falando disso. A foto não tinha nenhuma hashtag e não marcava mais ninguém. Além do mais, a conta, que já chegou a ter quase um milhão de seguidores, agora não tem mais nenhum. A pessoa por trás disso ou bloqueou ou removeu todos os seguidores de Athena. Sou a única que consegue ver essa postagem. Quem quer que seja, essa pessoa não está tentando viralizar. Só quer chamar minha atenção.

Como isso é possível? As redes sociais não são bloqueadas depois que o dono delas morre?

Apesar de ser uma grande besteira, jogo "Athena Liu viva" no Google para ter certeza de que ela, sei lá, não ressuscitou graças a algum milagre da medicina sem eu ter percebido. Mas os resultados não se mostram úteis; o mais "relevante" é uma matéria sobre um evento recente do Departamento de Literatura de Yale que foi dedicado a manter viva a memória de Athena.

Athena está morta, enterrada, virou pó. A única pessoa que ainda acha que ela continua por aí sou eu.

Eu deveria bloquear essa conta e esquecer o assunto. É bem provável que seja só alguém querendo me trollar, postando merdas grotescas para mexer comigo. É isso que Brett e Daniella diriam. É o que Rory diria se eu tentasse explicar por que estou tão abalada. Um troll é a explicação mais óbvia e racional, e é isso que repito mentalmente enquanto inspiro e expiro com um punho sobre a boca, já que o sintoma mais irritante da ansiedade é se recusar a acreditar em explicações óbvias e racionais.

Não perca o controle, imploro a mim mesma. *Deixa isso pra lá.*

Mas não consigo. É como uma farpa fincada na palma da minha mão; por mais que seja pequena, não consigo ficar em paz sabendo que ela está se infiltrando em mim. Não consigo pregar os olhos de noite. Fico deitada com a tela do celular a centímetros do rosto, encarando, com os olhos secos, o sorriso forçado e travesso de Athena.

Uma lembrança surge de maneira involuntária na minha cabeça, uma que eu esperava ter sufocado ou esquecido: Athena vestida com botas pretas e um xale verde, sentada na primeira fileira da plateia na Politics and Prose, me mostrando um sorriso radiante e cheio de expectativas com seus lábios vívidos pintados de batom. Athena, inexplicável e improvavelmente viva.

É sexta-feira e já está tarde, então não posso ligar para Brett ou minha equipe de comunicação pelos próximos dois dias. Mas que bem isso faria? Mal dá para chamar isso de problema, do ponto de vista das relações públicas. Tirando eu, quem é que se importa com essa postagem? E eu jamais conseguiria explicar por que essa conta me incomoda tanto. *Pois é, olha só, a questão é que eu roubei*, sim, O último front, *e estou me remoendo de culpa, então dá pra entender por que essas postagens me deixam tão ansiosa a ponto de vomitar?*

Por fim, já que *preciso* fazer alguma coisa, pego o celular e mando uma mensagem para Geoffrey Carlino. Isso não tem graça.

Ele não responde. Depois de cinco minutos, eu mando outra. É sério. Para com isso.

Por fim, três pontinhos surgem na parte inferior da tela. Ele está escrevendo.

Não sei do que você tá falando.

Eu mando um print do Instagram da Athena. Isso te parece familiar?

Ele começa a digitar, depois para, e enfim envia a mensagem. Não sou eu.

O caralho que não é, digito freneticamente. Sei que toda essa raiva não tem nada a ver com ele, mas mesmo assim eu clico em enviar. Quero descontar em alguém, quem quer que seja. Nem sei se o Geoff está mesmo por trás disso; tudo o que tenho é uma impressão geral, e o fato de que, de todas as pessoas que eu conheço, Geoff é a que tem mais chances de saber as senhas da Athena. Mas isso não importa. A questão não é ele. Eu preciso me sentir no controle, preciso fazer *alguma coisa* para sentir que não vou deixar barato, mesmo se for uma grande perda de tempo. Amanhã no Coco's. Ou vou publicar a gravação.

Vinte e um

— OI, JUNE. Geoff se acomoda no assento à minha frente, e tomo um susto tão grande que quase derrubo meu chá. Não achei que ele viria mesmo. Eu endireito o corpo e me concentro nele.

— Hã, oi.

Tenho uma confissão vergonhosa: mandei uma enxurrada de mensagens para ele na noite passada, fazendo todo tipo de acusação cabulosa sobre suas motivações, além de patadas cruéis sobre ter levado um pé na bunda de Athena. Geoff não respondeu. Presumi que teria deletado tudo e simplesmente me bloqueado.

Mas aqui está ele, com olheiras profundas sob os olhos inchados. Parece que passou a noite em claro.

— Você ainda acha que fui eu?

— Não.

Dou um suspiro. Parte de mim tinha a esperança de que ficasse na cara que ele era culpado, mas é nítido, só de olhar para Geoff, que ele não tem nada a ver com o assunto.

— Desculpa, é só que... — Eu agito o celular. — Aquilo mexeu comigo. E eu pensei que, de todas as pessoas que teriam acesso à conta dela...

Ele estica a mão.

— Posso dar uma olhada?

— Você ainda não viu?

— Ela me bloqueou há anos.

— Ah.

Desbloqueio o celular, entro no Instagram da Athena e o entrego para Geoff. Ele rola as fotos por um tempo, se detendo em cada uma delas; seus olhos vão de um lado a outro nas legendas. Nem imagino no que está pensando. Essa é a ex-namorada dele. É alguém que ele amou.

Geoff abaixa o celular.

— Não, não é ela.

— Como assim?

— Alguém editou uma foto antiga. — Ele me devolve o celular. — Não está vendo? A iluminação e as sombras estão todas esquisitas. Além disso, a silhueta dela parece embaçada.

— Qual foto antiga? Eu já vi todas as fotos que encontrei na internet. Não tem nenhuma com essa pose.

— Talvez não esteja em nada público. Sei lá. Só sei que eu já vi Athena assim antes.

— Então quem está por trás disso? — insisto. — Quem mais saberia a senha dela?

— E quem liga pra isso? — Geoff dá de ombros. — Você tem uma penca de haters, não tem? Pode ser qualquer um deles. Talvez seja fácil adivinhar as senhas da Athena, ou talvez algum deles seja um hacker muito talentoso, não sei. É só uma brincadeirinha.

Mas eu não acredito nisso. Tem coisa aí. Um hater aleatório não explica a aparição de Athena naquela livraria, ou o fato de seu fantasma rondar cada movimento profissional que faço. Tem alguém mexendo os pauzinhos nessa situação.

— A Athena tem alguma irmã? — pergunto. — Ou primas?

A sra. Liu me falou que Athena era filha única, mas primas se parecem bastante, não parecem? Ou talvez a sra. Liu tenha mentido. Um montão de tramoias absurdas passa pela minha cabeça. Uma irmã que acreditavam estar morta. Uma gêmea secreta, criada na China comunista, que escapou para o mundo livre e está determinada a assumir a vida da gêmea morta. Talvez seja uma boa ideia para um romance. Talvez eu devesse anotar isso e guardar para quando tiver terminado minha pseudoautobiografia.

— Eu sei o que você está imaginando. — Geoff meneia a cabeça. — Mas não é isso, eu garanto.

— Tem certeza?

— Os pais da Athena perderam contato com quase todos os parentes quando emigraram. Com certeza você já ouviu a Athena falando disso. É sério, tem umas paradas bem bizarras na história da família dela. Teve gente sendo assassinada, executada por pelotões de fuzilamento, se perdendo no mar. E talvez seja tudo invenção, e nesse caso seria ainda mais bizarro, mas não acho que seja. Eu já conversei um pouco sobre esse assunto com a sra. Liu. Toda essa dor é real.

— Você acha que...?

Deixo a voz morrer.

— O quê? Que é *ela*?

Geoff se detém. Dá para perceber que ele também já teve essa suspeita. É loucura, mas eu não descartaria a possibilidade de Athena ter fingido a própria morte e colocado o manuscrito bem onde sabia que eu ia ver. O velório pode ter sido pura encenação. A mãe pode estar de complô. Talvez ela esteja escondida agora mesmo observando tudo, escondendo o sorriso com o casaco de chuva.

Mas Geoff meneia a cabeça.

— Não, não, ela era esquisita, mas não era, tipo, doída. Ela é... *era* uma escritora. Não uma artista performática. — Ele me encara. — E você não viu quando ela...?

Se vi quando ela morreu?

É, eu vi. Vi o pânico em seus olhos, vi seu corpo se debatendo e convulsionando enquanto ela tentava desobstruir a garganta, até por fim se aquietar e começar a ficar roxa diante de mim. Não daria para ela ter fingido tudo isso. Nem a melhor atriz do mundo teria conseguido.

— Então quem está fazendo isso comigo? — questiono. — O *que* essa pessoa quer?

— E isso importa? — Geoff dá de ombros. — Só ignora. Você deixou pra lá nas outras vezes, não deixou? Cadê a casca-grossa que eu conheço? Por que está ficando incomodada agora?

— Porque... — Engulo em seco. — Dói. É só que... dói.

— Ah. — Ele se inclina para a frente. — Então agora você vai me contar a verdade?

Abro a boca, mas não sai nada. Não consigo. Aguentei firme por tempo demais. Não consigo ceder, mesmo se, de alguma maneira estranha, isso pudesse me libertar.

— Eu entendo — diz Geoff. — Se você falar, nunca mais vai poder voltar atrás.

Ele sabe. Está estampado na cara dele. Nem me dou ao trabalho de tentar convencê-lo do contrário, ou de tentar explicar os pormenores, dizer que eu tive trabalho, sim; que *O último front* é uma conquista tanto minha quanto de Athena; que não existiria em sua forma atual se não fosse por mim. Não importa. Geoff já decidiu o que pensa, e tudo bem. Não tem nada que ele possa me fazer que a internet já não tenha feito.

Pisco com raiva encarando a mesa, na tentativa de organizar os pensamentos. Não consigo convencê-lo da minha inocência, mas preciso fazer com que entenda o meu lado.

— É que eu não entendo por que todo mundo está tão obcecado pelo legado da Athena — digo por fim. — Todo mundo fala dela como se fosse uma santa.

Geoff inclina a cabeça, depois se recosta na cadeira, com as mãos entrelaçadas sobre o colo como se estivesse pronto para passar um tempo ali.

— Então a gente vai colocar as cartas na mesa?

— Eu já vi como é o processo de escrita dela — confesso.

Não sei por que estou contando isso, muito menos para Geoff. Só não consigo mais guardar isso para mim, não consigo mais ficar engolindo sapo.

— Ela era uma ladra. Pegava a dor dos outros e se apropriava dela para descrever como bem entendesse. Ela roubou tanto quanto eu. Ela roubou *de mim*. Na época da faculdade, ela...

Eu engasgo. Meu nariz arde, e eu fecho a boca com força. Nunca contei essa história para ninguém. Se eu continuar falando, vou irromper em lágrimas.

— Ela também roubava de mim — comenta Geoff. — O tempo todo.

Fico chocada.

— Você está querendo dizer que as suas histórias...?

— Não, é que... Olha, é complicado.

Ele corre os olhos por todo o estabelecimento, como se estivesse com medo de que alguém fosse ouvi-lo, depois respira fundo.

— Era mais tipo... Tá, olha, por exemplo. Volta e meia a gente brigava, né? Por coisinhas bobas, como a alergia dela a cachorro, ou abrir uma conta conjunta no banco... Enfim, na época parecia algo muito importante. E eu gritava alguma coisa desesperada, alguma coisa vulnerável, só pra no mês seguinte me deparar com essas mesmas palavras em algum conto que ela publicou. Às vezes, quando a gente brigava, ela franzia a testa e me lançava um olhar frio. Eu conhecia aquela expressão,

304

porque era a mesma que ela fazia quando estava escrevendo uma cena. E eu nunca soube se ela realmente estava *presente* durante nosso relacionamento, ou se, pra ela tudo foi uma história em andamento; se ela fazia o que fazia só pra documentar minhas reações. Eu estava a ponto de ficar louco.

Geoff aperta o ossinho do nariz.

— Às vezes ela dizia coisas que me deixavam chateado, ou fazia perguntas sobre experiências que vivi. E quanto mais o tempo passava, mais parecia que ela estava me *explorando*, me usando de matéria-prima.

É difícil sentir pena de Geoff. Afinal, este é o mesmo cara que uma vez ameaçou vazar fotos íntimas de Athena no Reddit se ela não ficasse do lado dele contra a resenha da *Locus*. Mas consigo ver a verdade e a dor em seus olhos. Athena sempre enxergou o que ela fazia como uma dádiva. Um jeito de purificar um trauma para eternizá-lo. *Entreguem-me suas feridas e machucados*, dizia-nos, *e eu lhes devolverei um diamante*. Só que para ela nunca importou que, uma vez que a arte estivesse pronta, uma vez que o privado se tornasse um espetáculo, a dor continuaria ali.

De repente, ergo os olhos até a janela. Minha respiração para e minhas mãos se fecham antes que meu cérebro se dê conta do que estou vendo: Athena, com o cabelo ondulado pairando sobre os ombros, envolta por aquele mesmo xale verde-esmeralda que ela vestiu no dia do lançamento do meu livro. Os olhos dela têm um brilho risonho. Sua boca vermelho-cereja forma um buraco pontudo em seu rosto. Ela está rindo *de deboche* ao me ver com Geoff.

Em seguida levanta a mão para acenar.

Eu pisco, e ela some.

— Tá tudo bem com você? — Geoff se vira para a janela. — O que foi que…

— Nada — respondo, abalada. — Eu só… Desculpa.

Respiro fundo. Não há ninguém do outro lado do vidro. Não tem nada que eu possa apontar, nada que prove que não estou ficando louca. Tenho uma vontade repentina de correr até a porta e perseguir aquela aparição. Mas e se não tiver ninguém lá? E se eu estiver perdendo a sanidade?

Geoff me lança um olhar solidário. Um momento silencioso se passa, e então ele se inclina para a frente e diz:

— Olha, June. Acho que você não deve querer ouvir um conselho meu, mas alguém tem que te falar isso: vai trabalhar em outra coisa. Não... Quer dizer, sai da sombra dela. Deixa isso tudo pra trás.

É um bom conselho. Imagino que seja isso que ele tenha tentado fazer nos últimos dois anos. Geoff não usa mais o Twitter, então não sei a quantas anda sua vida, mas ouvi dizer que está fazendo um bom pé-de-meia escrevendo para a TV. Ele não frequenta mais eventos literários. O nome dele não é mais motivo de piada, apenas uma referência antiga. Geoff se libertou das garras de Athena.

Mas Athena é a razão de qualquer mísero sucesso que já tive. Minha carreira de autora não existe sem ela.

Sem Athena, quem eu sou?

— Estou tentando — murmuro em um fiapo de voz. — É só que... eu não acho que ela vai me deixar em paz. Ou esses trolls, quem quer que eles sejam.

— Só ignora, June. — Geoff parece exausto. — Bloqueia todo mundo.

— Você acha que... acha que eu deveria responder? Tentar entrar em contato?

— Quê? — Ele se empertiga. — Não, claro que não, por que você...

— Só pra ver o que essa pessoa quer. Descobrir se ela quer conversar e...

— Não tem mais nada a ser dito.

Geoff parece zangado além do esperado; bem mais do que daria para justificar com essa resposta. Fico um pouco assustada. Eu me pergunto o que está passando por sua cabeça, com quais fantasmas de Athena ele tem se deparado.

— Entendeu, Junie? Ir por esse caminho não vai te levar a lugar nenhum. Deixa isso pra lá, pelo amor de deus. Não dá corda pra esses malucos.

— Tá bom. — Solto o ar devagar. — Você tem razão.

Termino de tomar meu chá em silêncio, já que não tenho nada melhor para fazer. Geoff nem chegou a pedir nada. Ele paga a conta sem eu pedir, depois me acompanha até a rua. Enquanto esperamos meu Uber, ele me lança um olhar demorado, e chego a pensar que vai me convidar para ir para casa com ele. Imagino, por um breve momento, o ato de dormir com Geoffrey Carlino, o cuidado atrapalhado ao tirar as roupas e o estímulo frenético de partes do corpo. Traumas compartilhados aproximam as pessoas, não é mesmo? Nós dois somos vítimas daquela puta narcisista, não somos? Ele é bonito, claro, mas não sinto nem um pingo de desejo. Se eu transasse com Geoff, seria só pelo escândalo, pela reviravolta narrativa que isso causaria em toda essa confusão. E, embora eu não consiga bem explicar o porquê, sei que a única pessoa que sairia por cima dessa história seria a Athena.

— Acho que te vejo por aí, então — digo. — Quem sabe.

— É, quem sabe. — Geoff olha para mim. — E, June…

— Sim?

— Vai ficar tudo bem. Essas coisas sempre parecem o fim do mundo na hora, mas não são. As redes sociais são um lugar minúsculo e isolado. Assim que você desliga a tela, ninguém mais se importa com porra nenhuma. E você também não deveria, tá?

— Eu… Tá, Geoff. Valeu.

Ele assente para mim e sai andando na direção do ponto de ônibus.

Talvez eu tenha sido muito dura. Talvez Geoffrey Carlino não seja tão escroto assim. Talvez ele fosse apenas jovem e inseguro naquela época, e tenha se metido em um relacionamento que não estava pronto para encarar. Talvez Athena tenha mesmo machucado Geoff, e talvez todos nós o tenhamos julgado rápido demais por ser um cara branco, rico, cis e hétero, enquanto Athena era Athena.

Além do mais, Geoff é uma das poucas pessoas no mundo que também entende a dor singular que é tentar amar Athena Liu. Toda a futilidade envolvida. Como Eco olhando para Narciso. Como Ícaro se lançando ao sol, só para sentir o calor na pele.

Vinte e dois

O INSTAGRAM DE ATHENA COMEÇA A POSTAR PELO ME- nos uma vez por dia. São sempre fotos impossíveis dela, viva e bem, posando com objetos deliberadamente datados: jornais, edições recentes da *New Yorker*, livros lançados após a sua morte. Às vezes ela pisca ou acena, me provocando com sua casualidade. Às vezes o rosto está contorcido em expressões estapafúrdias, com os olhos arregalados e a língua de fora. Às vezes está apertando o próprio pescoço, vesga enquanto zomba de sua morte. Ela sempre me marca no final de suas legendas.

Como vc tá, @JuniperSong?
Tá com saudade de mim, @JuniperSong?

Tento seguir o conselho de Geoff. Eu silencio a conta e em seguida, já que não consigo evitar espiar as fotos durante intervalos de escrita, compro um cofre com cronômetro onde tranco meu celular durante o dia. Tento me refugiar no trabalho, mas não consigo me perder nas palavras como fazia antes. Todas as minhas lembranças felizes com Athena estão marcadas por uma culpa persistente, então só me resta mergulhar nas ruins: conversas constrangedoras, desprezo público, pontadas constantes de inveja no meu estômago. Lembranças de Athena rindo sem a menor preocupação enquanto me perguntava sobre minha carreira penosa. De Athena morrendo no chão de sua cozinha enquanto eu ficava ali de pé, sem fazer nada.

Sonho com Athena todas as noites. Eu a vejo em seus últimos momentos: os olhos arregalados de pânico, as unhas rasgando a própria pele, os pés tamborilando o chão. Impotente, desamparada, literalmente sem voz. Ela mexe a boca, desesperada para se fazer entender. Mas nenhuma palavra sai, apenas uma série de gorgolejos horríveis e forçados, até que seus olhos se revirem por completo e as convulsões diminuam para um leve espasmo.

Esses são os sonhos tranquilos. Os piores são aqueles em que ela está de volta. Athena volta à vida por um passe de mágica, mas já não é mais a mesma. Os olhos cintilam com um brilho escarlate; o rosto adorável está desfigurado por toda a fúria do submundo e por um prazer vingativo enquanto ela salta, com os braços esticados em direção ao meu pescoço, querendo dar o troco.

Às vezes minha imaginação corre solta em plena luz do dia, e eu me convenço de inúmeras maneiras que Athena ainda pode estar viva. O caixão não foi aberto no velório, não é? Ela pode ter fingido que se engasgou. Pode ter contratado aqueles paramédicos. Tudo isso pode ser apenas uma grande pegadinha literária, uma campanha de marketing perturbadora para o próximo projeto dela. Talvez ela vá saltar de trás da porta a qualquer momento. *Bu! Te peguei, Junie!*

Mas os vivos carregam o peso de um corpo. Eles projetam sombras, deixam pegadas. Eu preferiria que Athena estivesse viva e atrás de mim, porque aí ao menos deixaria rastros: aparições públicas, inconsistências narrativas, migalhas de provas. Os vivos não conseguem aparecer e desaparecer do nada. Os vivos não conseguem te atormentar a cada esquina. O fantasma de Athena se infiltrou em cada instante consciente da minha vida. Apenas os mortos conseguem estar presentes com tanta frequência.

Eu me vejo pesquisando "fantasmas chineses" no Google Acadêmico e mergulhando fundo em toda literatura que aparece. Os chineses têm muitas palavras diferentes para fantasma: *gui, ling, yao, hunpo*. São obcecados pela ideia de uma morte sem descanso. Descubro que a palavra mais usada para fantasma, *gui*, é um homófono de um *gui* diferente, que significa retornar. Descubro que a assombração feminina é um tema recorrente nos primórdios da literatura chinesa, usado para explorar os arrependimentos de mulheres solteiras que jamais se casaram e que tiveram mortes fora do comum e violentas. Descubro um conceito chamado "fantasma sedutor", no qual tudo que as fantasmas femininas precisam para saciar seus desejos é de uma boa transa. Descubro algo chamado *jiangshi*, que, se entendi direito, é tipo um zumbi, um cadáver reanimado por um feitiço escrito em um pedaço de papel. Talvez alguém tenha reanimado Athena. Talvez eu mesma tenha lançado o feitiço quando publiquei suas palavras contra sua vontade.

Quando as fontes de textos acadêmicos deixam de oferecer conselhos úteis para exorcizar essas porcarias, começo a devorar histórias chinesas de fantasmas.

Da Dinastia Song do Sul: um ladrão de túmulos invade a tumba de uma mulher que faleceu recentemente com o coração partido e fica tão impressionado com sua beleza que estupra o cadáver dela. A infusão de sua energia masculina no corpo dela a traz de volta à vida, mas, já que ninguém mais sabe que ela ressuscitou, o ladrão de túmulos a mantém confinada como escravizada sexual sem levantar nenhuma suspeita. A garota finalmente consegue escapar e foge para a casa de seu antigo companheiro, mas ele, aterrorizado pela presença dela e convencido de que é um fantasma, atira uma panela na cabeça dela e a mata.

Do período das Seis Dinastias: depois de dez anos de casamento, a mulher morre sem dar um filho ao marido. Angustiado, ele chora sobre o cadáver da esposa. Sua dor reanima o cadáver e ela o instrui a voltar para fazer amor com ela à noite, até que a engravide. Perceba que ela não voltou completamente à vida: o marido mantém seu corpo em um quartinho separado, onde ela fica deitada, inerte, à espera de ser penetrada. Dez meses mais tarde, ela dá à luz um menino, depois prontamente volta a ser um cadáver.

Outro do período das Seis Dinastias: a esposa de um homem morre, então ele se casa com a prima dela. Um dia, a primeira esposa, gélida e revivida, se deita ao lado dele, que pede que ela vá embora. Mais tarde, a mulher repreende a prima por casar com o viúvo, e pouco tempo depois o homem e a prima morrem do nada.

As construções culturais são nítidas: muitos dos fantasmas chineses são mulheres famintas, raivosas e oprimidas. Ao me apossar do legado de Athena, eu a acrescentei a esse grupo.

Mas os métodos convencionais para afugentar fantasmas, aqueles que funcionam em todas as histórias, não me parecem suficientes. Duvido que Athena vá se contentar com oferendas de comida, incenso ou papel queimado. Mas eu tento mesmo assim. No fundo, sei que é besteira, mas estou desesperada o bastante para torcer que esses rituais ao menos consigam acalmar minha mente. Compro varetas de incenso na Amazon e frango xadrez do restaurante Kitchen No.1 e coloco ambos diante de uma foto emoldurada de Athena, mas isso só serve para deixar meu apartamento fedendo. Eu imprimo imagens de todas as coisas que imagino que Athena poderia querer no submundo: maços de dinheiro, um apartamento luxuoso, o catálogo inteiro da IKEA. Depois coloco fogo em tudo com um fósforo, mas isso só dispara o alarme de incêndio, o que irrita meus vizinhos e me rende uma bela multa do condomínio.

Mas não me sinto melhor. Eu me sinto um meme de uma pessoa branca sem noção.

A parte mais bizarra disso tudo é que, mesmo agora, não consigo parar de escrever. Estou tentando transformar toda essa desgraça em algo belo. Meu lascivo *roman à clef* vai se tornar uma história de terror. Meu horror se tornará o horror dos leitores. Vou pegar meu estado de pânico delirante e transformá-lo em um terreno fértil para a criatividade. Porque, no fim das contas, não dizem que todos os melhores romances têm um quê de loucura, um quê de verdade?

Talvez, se eu capturar todos os meus medos e confiná-los à segurança destas páginas, isso destitua seus poderes. Afinal, todos os mitos antigos alegam que ganhamos controle sobre algo assim que o nomeamos, não é? Uma vez a dra. Gaily me fez escrever à mão descrições detalhadas do meu encontro com Andrew, para depois queimá-las. Foi uma sensação boa traduzir aqueles sentimentos nebulosos e repugnantes em palavras concretas. Eu me senti bem ao vê-los se transformar em cinzas, depois em mais nada. Talvez eu não consiga fazer Athena desaparecer, mas possa aprisioná-la entre a capa de um livro.

Mas estou perdendo o rumo da narrativa. Meus pensamentos saem do meu controle, fogem para bem longe do que está contido nas páginas. Isso passou de uma sombria história literária de formação para uma história de fantasmas confusa e desvairada. As linhas gerais que cuidadosamente tracei desmoronam diante da história que Athena quer ver. Eu abandono o enredo original. Transcrevo com fervor tudo que me vem à mente, o que oscila entre a minha verdade e a verdade de fato.

Acabei me colocando em um impasse. Os dois primeiros terços do livro foram moleza, mas o que eu faço com o final? Onde deixo a protagonista, agora que há um fantasma faminto à solta e nenhuma solução à vista?

Encaro a tela do computador durante horas, testando vários finais enquanto torço para encontrar um que agrade a Athena. O fantasma me devora por inteiro. O fantasma me desfaz membro a membro e se banha no meu sangue. O fantasma se apodera do meu corpo e, como forma de reparação, toma conta da minha vida pelos anos que me restam. O fantasma me impele ao suicídio, e eu me junto a ela no submundo: duas almas infelizes e injustiçadas.

Mas nada disso provoca a catarse necessária. Athena não está satisfeita.

Frustrada, eu desabo na cama e apanho meu celular, como sempre.

A conta de Athena postou outra foto.

Ela está parada diante do espelho, com um pedaço de papel colado na testa, que diz: *O último front, de Juniper Hayward*.

É uma postagem em carrossel. Eu deslizo para a esquerda.

Athena, deitada no chão, com as mãos em volta do pescoço. *Deslizo.*

Athena, com meu livro sobre o peito, os olhos abertos. *Deslizo.*

Athena, reanimada, de pé. *Deslizo.*

Athena, com veias saltadas no pescoço e nos antebraços, rímel escorrendo dos olhos, gritando para a câmera, sorrindo e mostrando as garras como se quisesse me cortar em pedacinhos. *Deslizo.*

Athena, um borrão violento que pula em direção à lente da câmera.

Desligo o celular e o atiro do outro lado do cômodo.

Não fiquei tão desnorteada quanto dei a entender. As condições para fazer o exorcismo não são um grande mistério. Sei o que o fantasma quer e que tipo de final o faria ir embora. É uma verdade muito simples, por mais que eu odeie admitir: foi Athena quem escreveu *O último front*, e, na melhor das hipóteses, sou apenas coautora. Embora eu mereça crédito pelo romance, ela merece também.

Mas já fui longe demais para confessar tudo agora. Esse é o único limite que me recuso a ultrapassar. Se eu confessar, vou perder não só tudo que ganhei, mas também qualquer chance de futuro. Não vou só voltar à estaca zero. Vou ser condenada ao inferno tanto social quanto literário.

Fala a verdade, eu realmente mereço passar por isso? Alguém merece?

Faz dois anos que Athena morreu. Ela já deixou um legado impressionante. O mundo literário vai se lembrar dela para sempre. Ela não tem mais nada a ganhar.

Mas eu preciso sobreviver de algum jeito. E a verdade me destruiria.

Então eu simplesmente preciso continuar a conviver com esse fantasma e me acostumar a ver seu rosto quando fecho os olhos. Precisamos encontrar outra maneira de coexistir que não envolva eu lhe dar a única coisa que ela quer.

Certa tarde, estou escrevendo em uma cafeteria quando um lampejo verde-esmeralda chama minha atenção. Ergo o olhar para a janela e a vejo, com os cabelos ao vento flutuando ao redor do rosto, enquanto me encara. Está usando o mesmo xale, as mesmas botas de salto alto. Será que isso é prova de que ela é mesmo um fantasma? Os vivos trocam de roupa, não trocam? Os mortos permanecem iguais.

Nossos olhares se encontram. Ela vira para o lado, prestes a fugir.

Levanto depressa e saio correndo pelo estabelecimento. Não tenho plano algum, só quero encurralar essa aparição, sacudir seus ombros e exigir respostas. *O que você é? O que você quer?*

Mas quando consigo desviar dos clientes irritados e sair porta afora, ela já está a uma quadra de distância. Os saltos ecoam forte e com velocidade na calçada; o xale ondula ao vento. Não, ela não é um fantasma. Ela é uma *pessoa*, de carne e osso, tão mundana e sólida quanto eu. Saio em disparada o mais rápido que consigo; em duas passadas, já a alcancei. Estendo as mãos para agarrar seus ombros e me deparo com um corpo firme. Eu a *peguei*.

Ela se vira.

— Que isso, *porra?*

Não é Athena.

Eu absorvo seus olhos brilhantes e ríspidos, as sobrancelhas finíssimas, o batom vermelho sangrento ao longo dos lábios finos e enfurecidos. Sinto um embrulho no estômago.

É Diana Qiu.

— *June?*

Ela recua como se eu estivesse tentando mordê-la. Sua mão voa até a bolsa e saca um frasco de spray de pimenta.

— Caralho, fica longe de mim!

— Eu te peguei — digo, sem fôlego. — Eu te peguei.

— Não sei que merda você quer, mas fica longe de mim.

— Não tenta me passar a perna.

Consigo sentir meu coração entalado na garganta. Meu rosto está terrivelmente quente e tenso; minha cabeça gira. A realidade está escorrendo pelas minhas mãos, e estou me agarrando a ela por um triz. Tudo que sei, tudo a que consigo me apegar, é a revelação de que Diana fez isso comigo. Foi ela esse tempo todo.

— Eu sei o que você está fazendo. Eu sei que é você!

— Meu deus do céu. — Os braços dela estão tremendo, mas ela não borrifa o spray em mim. — Do que você está *falando*?

— Essas botas são *dela*. O xale é *dela*.

Quase engasgo de tanta raiva. Será que era Diana na Politics and Prose naquela noite? Será que era Diana no café Coco's? Será que faz *meses* que ela está armando essa merda pra cima de mim? Eu penso no discurso inflamado que ela fez no evento literário na Virgínia, e em todas as entrevistas e postagens de blog que ela publicou sobre mim desde então. Essa mulher está obcecada por mim. Será que isso tudo é um projeto de arte perverso dela? Assombrando Juniper Song?

— Espera aí. — Diana abaixa o frasco. — Você acha que eu estou tentando me vestir igual a *Athena Liu*?

— Para de fingir — continuo. — Você está igualzinha a ela. Você está me perseguindo!

— Essas botas são minhas! — exclama Diana. — Essas roupas são minhas! E eu estou nesta rua porque moro aqui perto, sua psicopata de merda.

— Não sou psicopata!

— As mulheres asiáticas não são todas iguais — esbraveja Diana. — Será que é tão difícil assim entender isso, sua filha da puta surtada?

Quase dou um tapa nela.

— Eu não sou surtada.

Mas, de perto, todas as semelhanças se esvaem. Essas botas não são de Athena; as preferidas dela eram franjadas e marrons, da marca Ugg. As da Diana são pretas, com fivelas e salto agulha. O cabelo de Diana é liso e com corte reto, não com pontas levemente onduladas. Ela está usando argolas, não brincos com pingente de esmeralda. E o batom é bem, bem mais vibrante do que qualquer coisa que Athena usaria.

Ela não parece com Athena. Não tem nada a ver com ela.

O que diabos eu vi na janela daquele café?

— Não sou surtada.

Mas não consigo pensar em nada que prove o contrário. Não confio nos meus próprios olhos. Não confio na minha memória. Qualquer vigor que eu tinha se esvai de uma vez, e sinto um peso no peito. O ar me escapa. Minha voz falha.

— Não sou.

Diana me observa por um longo momento, com o rosto tomado por um misto de curiosidade, pena e nojo. Por fim, ela guarda o spray de pimenta na bolsa.

— Meu deus — murmura ela, depois se afasta em disparada, olhando por cima do ombro a cada passo, como se quisesse garantir que não a estou seguindo. — Você precisa de ajuda.

De alguma forma, consigo juntar minhas coisas no café e voltar para casa. O motorista do Uber deve achar que estou bêbada, já que respiro com dificuldade e bambeio de um lado a outro no banco, agarrando o descanso de braço como se fosse a única coisa me impedindo de tombar para a frente. Fico repassando o encontro com Diana na mente. Meus dedos afundando nos ombros dela. O spray de pimenta. O nojo e o medo em seu olhar.

Por um instante, ela realmente achou que eu fosse atacá-la.

Não consigo acreditar que fiz isso. Não tem desculpa. Nem explicação. Eu *assediei* alguém em plena luz do dia.

Corro até o banheiro e me apoio na pia, com ânsia de vômito, os ombros tremendo até minha respiração se estabilizar. Um fino fio de saliva pinga na porcelana. Olho para o espelho, e o que vejo ali me dá vontade de chorar.

Meu rosto está encovado. Meu cabelo está sujo, e meus olhos injetados e minúsculos estão acompanhados de olheiras fundas e escuras. Não tenho dormido direito. Não falo com ninguém além do porteiro há dias. Estou vivendo uma existência atormentada de hora em hora, tentando me distrair com um manuscrito para que meus pensamentos não me torturem. Não aguento mais. Cansei dessa merda toda: das visões, da paranoia, dos pesadelos. Cansei de ver Athena por toda parte, de ouvir a voz e a risada dela. Não pedi nada disso. Não pedi para testemunhar a morte dela, para início de conversa. Nem ao menos queria ter ido lá naquela noite, mas ela insistiu, então eu fui, e está claro que isso me ferrou muito mais do que eu poderia imaginar.

Estou cansada.

Muito cansada.

Só quero que ela vá embora. Quero ficar bem.

Eu ligo para Rory. Ela não vai entender nada, mas vou explicar tudo desde o início. Ela não precisa saber os detalhes, só precisa me escutar, me ouvir, perceber o quanto estou sofrendo. Preciso que alguém saiba que não estou bem.

O telefone chama e chama. Ligo uma segunda vez, depois uma terceira, mas Rory não atende.

Procuro o nome da dra. Gaily na lista de contatos. Não me consulto com ela há anos, desde que me formei na faculdade, mas ainda tenho o número salvo. Ela atende na segunda chamada.

— Alô?

— Dra. Gaily? — As palavras jorram de mim, com pressa e desespero demais. — Não sei se lembra de mim. É a June Hayward, fui sua paciente há alguns anos, estudei em Yale. Fui eu que, hã...

— June, claro. Olá. — O tom dela é gentil, mas intrigado. — Como posso ajudar?

— Eu sei que tem bastante tempo… — Preciso fazer uma pausa e respirar fundo para que o choro não tome conta de mim. — Mas você disse que eu poderia ligar se precisasse fazer terapia de novo e, hã… Eu acho que não estou muito bem. Aconteceu muita coisa recentemente, e eu não estou lidando bem, e acho que isso está trazendo à tona, hã, muitos traumas do passado.

— Devagar, June. Uma coisa de cada vez. — A dra. Gaily se detém por um instante. — Você gostaria de marcar uma sessão comigo? É disso que você precisa?

— Ah. Hã, desculpa, eu sei que você deve estar ocupada, mas se você estiver disponível *agora*…

— Podemos dar um jeito.

Ela faz outra pausa. Ouço uma gaveta se abrindo; acho que ela acabou de se sentar à mesa do escritório.

— Mas antes eu preciso saber se você ainda está morando em Connecticut.

— Eu moro em Rosslyn. Na Virgínia. — Dou uma fungada. — Mas tenho plano de saúde. Bom, não sei se você aceita o meu, mas posso pagar por fora…

— Não é isso, June. Não posso oferecer uma consulta virtual se você não estiver em Connecticut. Não tenho licença para atender na Virgínia.

— Ah.

Eu enxugo o nariz, sujando a mão de ranho. Minha mente parece tão vazia de repente…

— Entendi.

— Mas posso recomendar outros profissionais.

Acho que ouço papéis sendo remexidos.

— Você disse que mora em Rosslyn, é isso?

Não consigo continuar a conversa.

— Na verdade, dra. Gaily, está tudo bem. Eu posso procurar outros profissionais sozinha. Desculpa por fazer você perder seu tempo.

— Espera — pede ela. — June, você está pensando em se machucar? Ou machucar outra pessoa? Porque posso transferir você para uma linha de ajuda.

— Não, não, eu estou bem.

Fico muito envergonhada de repente. Não queria que as coisas chegassem a esse ponto; não queria ser um problema desse tamanho.

— Não estou pensando em me matar. Estou bem, eu só... estou tendo um dia muito difícil. Só queria conversar com alguém.

— Eu entendo, Junie. — O tom dela se suaviza. — Não posso oferecer uma consulta em outro estado, mas vamos arranjar a ajuda de que você precisa, tá bom? Pode esperar um pouquinho, por favor?

— Claro — respondo, com a voz embargada. — Claro, pode ser.

— Então amanhã cedinho vou mandar algumas recomendações por e-mail. Ainda é o mesmo da sua ficha?

— Eu... É. Pode ser nesse.

— Então amanhã você terá os contatos. Cuide-se, Junie.

Ela desliga. Fico sentada de pernas cruzadas na cama, com as palmas das mãos pressionando o rosto. Eu me sinto pior do que antes. Quero sumir. Por que inventei de ligar para ela, porra? Já passou das nove da noite, e é um dia de semana. O horário comercial já acabou há horas. A dra. Gaily deve estar reclamando de mim para o marido: *Desculpa, amor, uma antiga paciente me ligou; ela estava bancando a surtada.*

A tela do celular acende. Eu o agarro, desesperada... mas não é a Rory. É uma notificação do Instagram.

É do fantasma.

Desta vez, Athena está no mesmo café em que estive mais cedo, mostrando a língua de um jeito travesso por cima do canudo. Está exatamente com as mesmas roupas que a vi usando

321

na livraria e no Coco's. As mesmas roupas que pensei ter visto esta tarde. Seus lábios estão vermelhos. Os olhos brilham.

Encontrei uma velha amiga hoje. Será que ela se lembra de mim?

Quero gritar.

Não aguento mais. Preciso saber a verdade. Não consigo seguir em frente. Isso vai me atormentar pelo resto da vida até que eu descubra, de um jeito ou de outro, quem ou o que ela é.

Preciso me libertar. Se não vou conseguir ajuda, ao menos preciso de respostas. Preciso que *alguma coisa* aconteça, ou vou explodir.

Desbloqueio o celular, vou até a conta de Athena e escrevo: tá bom. Você conseguiu minha atenção. O que você quer???

O fantasma está on-line. Ele responde na mesma hora.

escadaria do exorcista.

amanhã à noite.

às onze.

Vinte e três

ATHENA ESTÁ VIVA.

Não consigo pensar em outra explicação. A escadaria de *O Exorcista* é uma piada interna nossa. A escadaria íngreme e escura a uma quadra do campus de Georgetown, o lugar onde o padre Karras morre em *O Exorcista*, tem a fama de ser mal-assombrada. Aqueles degraus ficam tão escorregadios quando neva ou chove que me surpreendo por ninguém ter morrido enquanto praticava corrida por ali. Athena e eu viemos aqui depois de um recital de poesia uma vez, no meu primeiro inverno em Washington. Ela me desafiou a subir correndo os degraus cobertos de gelo sem pausa para descanso. Em vez disso, eu a desafiei a apostar corrida escada acima. Caí de joelho no décimo degrau, e ela passou em disparada por mim sem nem olhar para trás. E venceu.

Não sei que merda está rolando, não sei se existe uma explicação sobrenatural e distorcida por trás daquela conta de Instagram, mas sei que não é um filho da puta qualquer pregando uma peça. Só pode ser a Athena. Só Athena sabe o que esse lugar significa para mim. A metáfora é simbólica demais: minha queda enquanto ela ascende graciosamente até o topo.

Eu sei que é uma armadilha. Sei que, ao aparecer ali, vou estar na palma da mão de um fantasma. Sei que devo estar me colocando em um grave perigo, mas não tenho escolha. Esta é minha única chance de obter respostas, e estou desesperada para descobrir nem que seja um mero fragmento da verdade.

Ajo da maneira mais sensata possível. Eu me certifico de que meu celular está completamente carregado. Compro um cinto de utilidades e coloco nele uma lanterna com pilhas novinhas, um frasco de spray de pimenta (valeu, Diana) e um canivete suíço. Compro até alguns rojões chineses em uma lojinha suspeita em Chinatown, porque vi na internet que barulhos de estouro afastam fantasmas. É idiota, eu sei, mas quero me sentir preparada. Se o fantasma de Athena tentar me matar naqueles degraus, provavelmente não vou conseguir fugir do meu destino. Mas não vou me entregar de bandeja.

Penso em mandar uma mensagem para Rory, ou até para Brett, e deixar avisado aonde fui. Mas se tudo correr como imagino, talvez seja melhor não deixar nenhum registro.

Pego um Uber em Rosslyn e desço diante dos portões de Georgetown. A escadaria fica a uns cinco minutos dali, mas não quero responder às perguntas do motorista sobre o que pretendo fazer nos degraus de *O Exorcista* a essa hora. A faculdade está fechada até o fim do semestre. Sou a única zanzando pelo campus esta noite. Eu aperto o passo pela calçada silenciosa da 37th Street, de braços cruzados para me proteger do vento. Está um breu sem a luz da lua, e faz um frio congelante. O rio Potomac açoita as margens, transbordando por causa da chuva desta manhã. É tudo muito gótico e dramático. Se eu fosse um fantasma vingativo, acho que também atrairia as pessoas até aqui para matá-las. Tudo o que falta nessa cena é o lampejo sinistro de um raio, e talvez isso aconteça mesmo; nuvens de tempestade se acumularam a tarde inteira.

Não estou com medo. A essa altura, nada poderia me assustar. Eu adoraria que Athena desse o bote e me atacasse, só para eu poder confirmar que ela é real, que não estou maluca.

A escadaria está deserta. Não tem ninguém à vista a quadras de distância, e, quando me apresso para descer até o final, encontro apenas o posto de gasolina abandonado. Já são 23h05. Começo a voltar por onde vim, tentando respirar.

Eu me sinto uma idiota. Talvez Geoff tenha razão, talvez tudo não passe de uma brincadeira de mau gosto. Talvez o intuito seja só me assustar.

Estou prestes a ir embora quando ouço a voz dela.

— É *tão* bom te ver de novo!

É Athena. Sem dúvida é a voz de Athena, fingindo aquele timbre desinteressado, tão artificial que chega a ser irônico, o que torna tudo o que ela diz real. Já a ouvi usar esse tom centenas de vezes em entrevistas para rádios e podcasts.

— Faz *taaanto* tempo!

— Athena?

O som parece vir do topo da escadaria. Eu subo os últimos degraus correndo e surjo, sem fôlego, de volta na Prospect Street. As ruas ainda estão desertas.

— Fico tão feliz por você ser fã do meu trabalho.

Que porra é essa? Do que ela está falando?

— *Athena?* — chamo com um grito. — Cadê você?

— Então. — A voz dela soa mais distante desta vez. Eu me esforço para ouvir, tentando encontrar a origem do som. — Como você está?

Agora parece vir da base da escadaria. Como foi que ela conseguiu descer tão rápido?

A menos que esteja morta. A menos que ela seja um espírito, vagando no ar.

— Athena?

Ouço o som de passos na escadaria. Será que ela está fugindo de mim? Quero ir atrás dela, mas não sei para onde me virar; seus passos ecoam de uma direção, mas a voz parece vir de outra. Eu giro no mesmo lugar, vasculhando a escuridão em busca de um rosto, de um lampejo de movimento, de uma pista, de *qualquer coisa*.

— Qual você diria que é a sua maior inspiração? — pergunta Athena de repente.

Inspiração? Que brincadeira é essa?

Mas eu sei quais são as respostas certas. Sei o que vai atraí-la para fora do esconderijo.

— É você! — grito. — Você sabe disso. É óbvio que é você.

Athena solta uma gargalhada.

— Então acho que a minha pergunta é: *por quê?*

Tem alguma coisa estranha na voz dela. Acabei de reparar. Não é o tom que usa com os amigos. É agudo e artificial, como se ela estivesse atuando. É a voz que as celebridades usam em programas de TV, pouco antes de terem que escolher entre descrever sua primeira experiência sexual ou comer cérebro de macaco cozido.

Será que ela está bem? Será que está sendo feita de refém? Será que alguém está apontando uma arma para a cabeça dela?

Athena se repete, exatamente com a mesma entonação, anunciando a pergunta com a mesma risada metálica.

— Então acho que a minha pergunta é: *por quê?*

— Não tem por quê! — exclamo. — Peguei suas páginas, li tudo e as achei *tão* geniais… e eu sempre senti inveja de você, Athena, eu só queria saber qual era a sensação, e nem cheguei a pensar direito, simplesmente *aconteceu*…

— Você não achou que estava roubando meu trabalho?

Agora a voz dela ecoa de algum lugar acima de mim. Está estranhamente distorcida desta vez, como se estivesse com a cabeça debaixo d'água. Não tem nada a ver com a voz dela.

— Não pensou que fosse crime? — acrescenta.

— Claro que foi crime. Agora eu sei disso. Foi errado.

Outra risada metálica. E depois a mesma pergunta de antes, pronunciada exatamente da mesma maneira.

— Então acho que a minha pergunta é: *por quê?*

— Porque não é justo! — grito, frustrada. Ela já provou o ponto dela. Não precisa ficar brincando com meus sentimentos. — Você sabe que tipo de história as pessoas querem ouvir. Ninguém se importa com as minhas. Eu queria ter o que você tem... tinha. Mas nunca quis te machucar. Eu nunca teria te machucado, só pensei que...

A voz dela volta a ficar aguda, parecendo a de uma menininha meiga.

— Sou uma mulher sortuda, não sou?

— Eu te achava a pessoa mais sortuda do mundo — respondo, desolada. — Você tinha tudo.

— Então você está arrependida? — A voz distorcida, deturpada, mais uma vez. — Isso significa que você está pedindo desculpas, June?

— Estou.

Minhas palavras parecem minúsculas, irrelevantes contra o uivo do vento. Minha garganta dói de segurar as lágrimas. Não faço mais questão de manter a pose. Eu só quero que isso tudo acabe.

— Porra, Athena, me desculpa. Todo dia eu desejo poder voltar atrás. Vou fazer qualquer coisa pra consertar a situação; vou contar pra sua mãe, pra minha editora, vou doar tudo, cada centavo. Só me diz que está tudo bem com você. Athena, por favor. Eu não aguento mais.

Há um longo silêncio.

Quando ela finalmente responde, sua voz mudou mais uma vez. Agora perdeu o timbre agudo e artificial. Soa humana, mas nada parecida com a dela.

— Isso é uma confissão?

— É, sim — respondo, sem ar. — Me desculpa, Athena. Me desculpa, por favor. Vem aqui conversar comigo.

— Entendi.

Outra pausa. Escuto passos mais uma vez, e agora estão vindo da mesma direção da voz. Ela está bem atrás de mim.

— Obrigada, June.

Eu me viro.

Uma figura emerge das sombras.

Não é Athena.

Essa garota não se parece nada com ela. Seu rosto é mais redondo, mais sem graça. Os olhos não são enormes nem lembram os de uma corça. As pernas não são incrivelmente longas. Ela sorri com presunção ao se aproximar da luz, e tenho a vaga impressão de que eu deveria saber quem ela é, que já olhei naqueles olhos antes. Mas simplesmente não consigo identificá-la.

— Nada?

A garota cruza os braços.

— Você arruinou a minha vida, me botou pra correr do mercado editorial e nem ao menos se lembra de mim?

De repente, as peças se encaixam com violência na minha cabeça. Um rostinho pequeno em uma chamada de Zoom, uma enxurrada de e-mails furiosos, um contratempo na minha jornada literária do qual eu tinha me esquecido.

Ela está fora do projeto. Você não vai mais ter que lidar com ela.

— Candice?

— Oi, Juniper. — Ela pronuncia meu nome como se fosse venenoso. — Há quanto tempo.

Minha boca se mexe, mas nada sai. O que ela está fazendo aqui? Não tinha se mudado para onde Judas perdeu as botas, no Oregon? E desde quando Candice conhecia Athena? Athena ainda está viva? Ela está de complô nessa brincadeira? Ou será que foi Candice esse tempo todo?

— Ah, olha pra sua cara — zomba Candice. — Esperei ansiosamente por este momento.

— Eu não... por quê... — Meu cérebro entra em curto-circuito. Não consigo formular perguntas para transmitir minha confusão. — *Por quê?*

— É simples — continua Candice, cantarolando. — Você arruinou a minha vida. Agora vou arruinar a sua.

— Mas eu não...

— Você tem noção de como é difícil arranjar um emprego no mercado editorial depois que a Daniella Woodhouse faz a sua caveira? Eles me demitiram por causa de uma avaliação no Goodreads. Por causa da porra de uma avaliação no *Goodreads*. Isso te lembra alguma coisa?

— Eu não... Eu não fiz...

— Eu nem recebi rescisão.

As palavras jorram da boca de Candice como se fosse um vespeiro de crueldade. Ela fala como se tivesse guardado isso dentro de si por anos, como se fosse explodir caso não colocasse tudo para fora.

— *Conduta não profissional*, foi o que me disseram. Eu não consegui pagar meu aluguel. Dormi na porra de uma banheira durante semanas. Me candidatei a centenas de vagas para as quais eu era qualificada até demais. Mas nem sequer respondiam meus e-mails. Disseram que eu era tóxica, que eu não sabia estabelecer limites com os autores. Era isso o que você queria? Ficou se achando a maioral?

— Desculpa — consigo falar. — Eu não sei do que você está falando...

— "Eu não sei do que você está falando" — imita Candice.

— É assim que você tenta se safar de tudo? Fechando os olhinhos e fingindo ser uma idiota, porra?

— É sério, Candice, eu não...

— Meu deus, para de *mentir*! — A voz dela sobe várias oitavas de uma vez. — Você confessou. Você finalmente confessou. Eu *ouvi*.

Eu me pergunto se a Candice não está meio perturbada. Ela parece descontrolada. E perigosa.

Dou dois passos para trás. Meus pensamentos vão até o spray de pimenta no meu cinto, mas estou com medo de tentar pegá-lo. Estou com medo de que qualquer movimento brusco faça Candice surtar de vez.

— Nossa, faz *séculos* que eu sonho com este momento. — Ela está afobada e eufórica; parece chapada de adrenalina. — Eu queria ter ido a público quando me demitiram, mas quem iria acreditar em mim? Tudo que eu tinha eram suspeitas. Você agiu de um jeito tão esquisito por causa da leitura sensível. E falava do romance como se não fosse seu. Como se fosse uma *coisa* que poderia ser aparada e aperfeiçoada como você quisesse.

Ela me olha da cabeça aos pés, e a fenda voraz de sua boca a faz parecer um animal selvagem e faminto, uma fera prestes a dar o bote.

— Meu deus. Eu estava certa. Eu não acredito que eu estava *certa*.

— Não sei o que você acha que sabe.

Tento manter a respiração controlada. Minha mente está agitada em busca de possíveis explicações, de maneiras de negar tudo que acabei de gritar em meio à escuridão. *Eu estava confusa. Fui coagida.*

— Mas a Athena era minha *amiga*...

— Ah, claro. Sua maior musa — zomba Candice. — Já ouvi isso antes. Me diz, há quanto tempo você planejava roubar o trabalho dela? A morte da Athena foi mesmo um acidente?

— Não é o que parece — insisto. — Eu me esforcei muito naquele livro, ele é *meu*.

— Ah, cala a boca.

Candice se aproxima. A composição desta cena é dramática pra cacete. A luz do poste brilha atrás dela, lançando sua sombra ao longo dos degraus e por cima de mim. Parece que estamos em um filme gótico. É quando a vilã é desmascarada no momento do clímax; é quando a heroína faz um monólogo virtuoso antes de eu ser atirada no inferno, aos gritos.

— Eu sabia que você nunca iria se entregar. Essa era a parte difícil, entende? Eu saquei tudo logo no início. Você nunca iria admitir, por mais cruéis que as acusações fossem, por mais que houvesse um montão de provas. Você precisava se agarrar a uma versão dos fatos em que você não era a malvada. Não é isso? Então eu percebi que o único jeito de acabar com isso de uma vez por todas seria fazer você confessar por conta própria.

Ela ergue a voz, começando a projetá-la, como se estivesse narrando a cena para outra pessoa. Como se tivesse esperado a vida inteira para que seu monólogo recebesse quinze segundos de fama. É bizarro, mas estou bem ali, paralisada: uma plateia cativa e horrorizada.

— A ideia era te deixar mexida e abalada o suficiente para que você deixasse escapar alguma confissão circunstancial. O Instagram foi fácil. Eu conheço a assessora de imprensa da Athena, e ela ainda tinha os dados da conta. A princípio, só fiz umas besteirinhas no Photoshop. Eu não tinha certeza se estava funcionando, já que você ignorava todas as marcações. Mas aí fiquei sabendo que você atacou a Diana Qiu na rua. Ela disse que você parecia aterrorizada. Parece que brancos são mais ingênuos do que eu pensava.

Photoshop? Dados da conta do Instagram? Foi só isso?

— Então a Athena está...

— Morta e enterrada. — Candice solta uma gargalhada. — Ou será que você ainda está esperando encontrar o fantasma dela?

— Mas a escadaria...

Eu me sinto uma idiota por querer perguntar isso, mas não consigo pensar em nada melhor para dizer. Preciso que seja tudo explicado, tim-tim por tim-tim, porque a Candice tem razão: uma parte de mim ainda acredita que Athena vai surgir das sombras a qualquer momento, rindo, pronta para ouvir minha confissão.

— Como você sabia sobre a escadaria?

Eu *quero* que Athena apareça. É só para ela que eu quero confessar. Preciso de uma catarse de verdade, não de Candice Lee rindo da minha cara. Não preciso desta brincadeirinha cruel e infantil.

— Era o exercício favorito da Athena — responde Candice. — Ela não parava de falar disso no Twitter. Espera, você não sabia?

Ela percebe minha expressão, depois solta uma gargalhada.

— Você achou que era uma coisa *só de vocês*? Que hilário. Que *hilário*. Espero que eu tenha conseguido capturar isso.

Candice se empertiga. Está segurando uma câmera. Estava filmando desde o início.

Ela mexe nos botões, depois reproduz minhas próprias palavras para que eu as ouça.

"*Você sabe que tipo de história as pessoas querem ouvir. Ninguém se importa com as minhas. Eu queria ter o que você tem... tinha. Mas nunca quis te machucar. Eu nunca teria te machucado.*"

Fui pega no flagra. Sem dúvidas, é a minha voz. Ela também capturou meu rosto, e sabe-se lá de quantos ângulos. Não tem como negar nada disso.

"Mas a escadaria..." Candice acelera a gravação, e minha voz sai mais rápida, mais aguda, mais desesperada. Eu pareço idiota pra cacete. *"Como você sabia sobre a escadaria?"*

— É bem ruim, não é? — Candice larga o gravador dentro da mochila. — Ver alguém distorcer sua imagem e contar sua história do jeito que bem entender, sabendo que você não tem poder para impedir que isso aconteça. Que não tem voz. Foi assim que todos nós nos sentimos em relação a você. Horrível, né?

— Candice.

Sinto o peito murchar. Meu corpo parece chumbo. Eu sei, ao abrir a boca, que não vai adiantar nada, mas não consigo evitar falar mesmo assim. Não posso ir embora sabendo que nem ao menos tentei fazer tudo ao meu alcance.

— Olha, por favor, talvez a gente possa dar um jeito nisso...

Ela bufa, sarcástica.

— Não. Desculpa, mas você não vai conseguir se safar dessa com suborno.

— Candice, *por favor*, eu vou perder tudo!

— E o que você ia me oferecer? — Ela puxa outra câmera dos galhos acima de sua cabeça. Meu deus, quantas câmeras tem aqui? — Cinquenta mil? Cem mil? Qual é o preço da justiça, Juniper Song?

Ela aponta a câmera direto para mim, arrastando as palavras:

— Quanto você acha que a Athena merece?

Cubro o rosto com os braços.

— *Para*, Candice.

— Quanto você acha que a sra. Liu merece?

— Será que você não consegue entender? — imploro. — Nem um pouquinho? A Athena tinha *tudo*, porra. Não é justo!

— Essa é a sua justificativa?

— Mas é verdade, não é? Athena estava com a vida ganha. Gente igual a vocês... Quer dizer, pessoas diversas... É só isso que o público quer!

— Ai, meu deus. — Candice pressiona a testa com a palma da mão. — Você é mesmo maluca. Será que toda pessoa branca fala assim?

— Mas é verdade — insisto. — Só fui a única a perceber...

— Você tem noção de quanta merda a Athena teve que aturar nesse mercado? — questiona Candice. — Eles a pegaram para ser a cota asiática, a menininha exótica de estimação. Toda vez que ela tentava expandir para novos projetos, os outros insistiam que ser asiática era a *marca* dela, que era isso que o público queria. Nunca a deixaram falar sobre nada além de ser uma imigrante, do fato de metade da família dela ter morrido no Camboja, de o pai dela ter se matado no vigésimo aniversário da Praça da Paz Celestial. Trauma racial vende, não é mesmo? Tratavam Athena como um artefato de museu. Essa era a estratégia de marketing. Ser uma tragédia chinesa. Ela também se aproveitava disso, já que conhecia as regras do jogo. Tirava o máximo de proveito da situação. E se a Athena é uma história de sucesso, o que isso significa para o restante de nós?

A voz de Candice fica mais dura.

— Você sabe o que é apresentar uma ideia de livro e ouvir que eles já têm um escritor asiático? — continua ela. — Que não dá pra lançar duas histórias com minorias na mesma época? Que a Athena Liu já existe, então você é redundante? Esse mercado foi construído com base no nosso silenciamento. Ele esfrega nossa cara no chão enquanto enche de dinheiro os brancos que reproduzem estereótipos racistas sobre nós. Mas você tem razão. De vez em quando alguém nesta indústria cria consciência e dá chance a um criador não branco, e aí o circo todo se mobiliza pelo livro, como se ele fosse o único trabalho com diversidade que já existiu. Eu já estive do outro lado. Já vi tudo isso acontecer. Já estive presente quando escolhíamos o único livro diferentão da temporada, quando decidíamos quem era *erudito, bem articulado* e *atraente*, mas marginalizado o bastante para fazer valer o nosso orçamento de marketing. É horrível, sabia? Mas acho que deve ser legal ser a cota. Se as regras são tão disfuncionais, talvez seja melhor pegar o elevador da diversidade e seguir até o topo. Não foi essa lógica que você seguiu?

— Candice...

— Dá pra *imaginar* como as pessoas vão pirar com isso aqui? — Ela gesticula as mãos no ar como se tentasse formar um arco-íris. — *Impostora*. Escrito por Candice Lee.

— Candice, eu estou implorando. Não faça isso.

— Se eu não for a público, você vai?

Eu abro a boca, depois a fecho. Não consigo responder. Ela sabe que eu não consigo.

— Candice, por favor. A Athena não iria querer isso!

— E quem liga pra Athena? — Candice solta uma gargalhada ruidosa. — Foda-se a Athena. Todos nós odiávamos aquela filha da puta. Eu tô fazendo isso por mim.

Nem existe resposta para isso.

No fim, tudo se resume a interesse próprio. Manipular a história, levar vantagem. Fazer o que for preciso. Se o mercado editorial é desonesto, o melhor a fazer é garantir que seja a seu favor. Eu entendo. Também fiz isso; é só dançar conforme a música. É assim que se sobrevive nesta indústria. Se eu estivesse no lugar da Candice, se tivesse encontrado o pote de ouro narrativo que ela está carregando na mochila, eu faria a mesma coisa.

— Bom, acho que eu consegui o que queria. — Ela guarda a última câmera na mochila, fecha o zíper e a joga por cima do ombro. — Se eu fosse você, sairia das redes sociais assim que chegasse em casa. Para se poupar dessa agonia.

De repente, alguma coisa inflama no meu peito. A mesma sensação que sempre tive ao testemunhar o sucesso de Athena: a convicção amarga de que isso não é justo. Candice desfila com tranquilidade na minha frente, exibindo seus espólios de guerra, e já consigo até ver como o mercado editorial vai reagir ao seu manuscrito. Vão *surtar* por causa dela, porque a narrativa é simplesmente perfeita: artista asiática brilhante expõe a fraudadora branca, conquista uma enorme vitória pela justiça social, se rebela contra o sistema.

Desde que *O último front* foi lançado, eu tenho sido vítima de pessoas como Candice, Diana e Adele: pessoas que acham que, por serem "oprimidas" e "marginalizadas", podem fazer ou falar o que der na telha. Que acreditam que o mundo deveria colocá-las num pedestal e enchê-las de oportunidades. Que tudo bem fazer racismo reverso. Que elas podem intimidar, assediar e humilhar pessoas como eu, só porque sou branca, só porque isso é visto como desafiar o sistema, porque, nos dias de hoje, mulheres como eu mal são consideradas alvo. Racismo é ruim, mas você ainda pode mandar ameaças de morte para branquelas.

E eu sei de uma coisa: não vou permitir que Candice vá embora com meu destino nas mãos.

Anos de raiva reprimida borbulham dentro de mim. Raiva por ser tratada como um estereótipo, como se minha voz não fosse importante, como se tudo que eu sou pudesse ser resumido a apenas duas palavras: mulher branca. Então eu explodo.

Eu me lanço na cintura de Candice. Ataque o centro de gravidade, foi o que aprendi em um post do Tumblr certa vez. Se alguém te atacar na rua, mire na barriga e nas pernas. Tire o equilíbrio da pessoa; derrube-a no chão. Depois mire em um lugar que vá doer. Candice não é uma predadora fortona de um metro e oitenta. Ela é minúscula. Mulheres asiáticas são todas minúsculas. Às vezes eu olhava para Athena e imaginava como seria fácil erguê-la pela cintura. Ela e Candice são como bonequinhas de porcelana. Será que seria tão difícil assim quebrá-las?

Candice solta um grito estridente quando eu dou um encontrão nela. Aterrissamos no chão, com braços e pernas emaranhados. Ouço o som de algo sendo esmagado; espero que sejam as câmeras.

— Sai de cima *de mim*!

Ela desfere um soco na direção do meu rosto, mas está tentando golpear de baixo; não há impulso, e ela nem é tão forte, para começo de conversa. As juntas de seus dedos mal encostam no meu queixo. Ainda assim, ela é mais forte do que eu imaginava. Não consigo mantê-la presa ao chão, já que a garota não para de se debater debaixo de mim, me xingando e gritando, enquanto as mãos e os cotovelos tentam golpear tudo o que estiver a seu alcance. Eu lembro que trouxe um canivete suíço e um spray de pimenta, mas não há tempo de alcançar o cinto. Só consigo me desviar dos golpes dela.

De repente me dou conta de que estamos bem perto dos degraus. Poderíamos as duas cair rolando, ou ela poderia me chutar lá para baixo, ou *eu* poderia…

Porra, não, no que estou pensando? Já tem gente por aí que acha que eu matei Athena. Se a polícia me encontrar na base da escadaria, de pé ao lado do corpo destroçado de Candice… Como eu vou explicar isso?

Uma voz bem baixinha sussurra: *É fácil, olha só.*

Estávamos praticando corrida. Nós duas estamos com as roupas adequadas para isso; será que seria tão difícil assim de acreditar? Os degraus estavam cobertos de gelo, estava chovendo, e Candice não estava tomando cuidado ao pisar. Eu com certeza teria tempo de esconder as câmeras antes de os paramédicos chegarem. Poderia jogar a mochila no rio Potomac. Ou não, já que isso seria arriscado demais; é melhor escondê-la perto de Georgetown e voltar para buscar mais tarde. Se Candice não conseguir falar, quem vai suspeitar de mim?

É doentio, eu sei. Mas eu poderia sobreviver a uma investigação de homicídio. Só que não conseguiria sobreviver ao que Candice fará comigo se sair daqui viva.

Ela está começando a se debater menos. Está ficando cansada. Eu também, mas sou maior e mais pesada. Tudo que preciso fazer é exauri-la. Eu a prendo ao chão pelos pulsos e pressiono seu peito com os joelhos. Não quero matá-la. Se eu ao menos conseguisse mantê-la parada, se conseguisse tirar sua mochila, depois revistar o corpo dela para ver se há mais algum gravador escondido... isso seria o ideal. Assim, ambas podemos sair daqui ilesas. Caso contrário, se as coisas chegarem ao limite...

Candice grita e cospe na minha cara.

— Me *larga*!

Eu não me mexo.

— É só me dar isso aí — falo, sem fôlego. — Passa isso pra cá, e aí eu...

— Sua *filha da puta*!

Ela morde meu pulso. A dor percorre meu braço. Eu recuo, em choque. Está sangrando. Puta merda, os dentes dela e o meu braço estão todos ensanguentados. Candice se debate mais uma vez. Meus joelhos escorregam para fora de seu peito. Ela consegue se livrar de mim, se põe de pé e me chuta na barriga.

Seu pé me atinge com uma força muito maior do que eu acharia possível para um corpo tão pequeno. Não me machuca tanto, mas me atordoa e tira o ar dos meus pulmões. Eu cambaleio para trás, com os braços girando para tentar recuperar o equilíbrio, mas o chão que eu achava estar atrás de mim não existe.

Só há o vazio.

Vinte e quatro

OS MÉDICOS ME DÃO ALTA DO HOSPITAL APÓS QUATRO dias, depois que minha clavícula e meu tornozelo são colocados de volta no lugar e eu provo que consigo mancar para dentro e para fora de um carro sem precisar de ajuda. Pelo jeito não vou precisar de cirurgia, mas eles querem que eu volte em duas semanas para checar se me recuperei sozinha da concussão. O plano de saúde cobre uma parte dos custos, mas mesmo assim tenho que desembolsar milhares de dólares; porém, ainda acho que eu deveria me sentir grata por ter saído dessa praticamente só com um arranhão.

Não havia nenhum policial ao lado da minha cama quando acordei. Nem investigadores ou jornalistas. Alguém me explica que eu escorreguei no gelo enquanto caminhava. Um bom samaritano anônimo me encontrou e chamou os paramédicos pelo botão de emergência do meu celular, mas a pessoa já tinha ido embora quando a ambulância chegou.

Candice fez tudo direitinho. Qualquer acusação que eu fizer vai parecer completamente infundada. Vendo de fora, nós somos praticamente desconhecidas. Nossa última troca de e-mails aconteceu anos atrás. Não tenho o número dela no meu celular. Não há margem para suspeitar que foi um crime, pois qual seria a motivação? Faz dias que está chovendo; a água já deve ter apagado qualquer impressão digital ou prova de que as câmeras dela estiveram lá. Mesmo se eu conseguisse provar que Candice esteve na escadaria naquela noite, isso só nos levaria a uma discussão de testemunho verbal que nos custaria milhares de dólares em advogados. Além disso, tenho certeza de que também deixei alguns machucados em Candice; machucados que ela com certeza deve ter exagerado e registrado a essa altura. Não há nenhuma garantia de que eu venceria.

Não. O desenrolar dessa história, seja lá qual for, se passará no âmbito da narrativa popular.

Procuro o nome de Candice no Google durante a viagem de Uber para casa, assim como tenho feito de hora em hora desde que acordei. Concluo que é só uma questão de tempo. Eu gostaria de ver o momento exato em que a bomba estourar. Desta vez, a manchete que estou aguardando aparece no topo dos resultados da busca. O *New York Times* acabou de postar uma entrevista: EX-EDITORA CANDICE LEE FALA SOBRE ATHENA LIU, JUNIPER SONG HAYWARD E A CONFISSÃO DO SÉCULO.

Sinceramente, estou impressionada. Deixando de lado o fato de Candice conseguir alterar seu cargo de assistente editorial para editora, é difícil publicar algo no *New York Times* em apenas quatro dias, ainda mais sobre uma disputa literária que já amornou há meses. Nem mesmo Adele Sparks-Sato conseguiu que seus textos fossem publicados no jornal; ela sempre recorreu à *Vox* ou à *Slate*, ou até àquela bomba da *Reductress*.

Mas Candice tem algo que ninguém mais tinha: as gravações.

O parágrafo final depois da entrevista menciona que Candice está trabalhando em um livro sobre toda a confusão. É claro que está, porra. Ela mal começou a escrever, mas "várias editoras" já parecem estar "muito interessadas" em adquirir o manuscrito. A Eden aparece na lista de editoras que entraram em contato com o agente de Candice. A própria Daniella é citada nas últimas linhas: "É claro que adoraríamos trabalhar com a srta. Lee. Seria a forma ideal de nos redimirmos pelo papel que tivemos nessa tragédia, da qual nos arrependemos amargamente."

Então aqui estou eu, acabada.

Sobrevivo a uma semana, depois a outra, à base de analgésicos e remédios para dormir. Estar consciente é um fardo. Só acordo para comer. Não sinto gosto de nada. Eu vivo apenas de sanduíches de pasta de amendoim e, depois de alguns dias, paro de me importar até com o recheio. Meu cabelo fica embaraçado e oleoso, mas só de pensar em lavá-lo eu já fico exausta. Só me esforço o mínimo para sobreviver, mas não tenho nenhum propósito, nada que me motive a seguir em frente, a não ser marchar pela tenebrosa progressão do tempo linear. Acho que isso é o que Agamben chamaria de "vida nua".

As notícias sobre meu acidente devem ter circulado pela internet. Marnie me manda uma mensagem: Só queria ver como você tá. Fiquei sabendo do acidente, tá tudo bem? Interpreto isso como uma tentativa de tirar o peso da própria consciência caso eu morra. Nem respondo.

Fora isso, mais ninguém entra em contato. Minha mãe e Rory largariam tudo para vir me visitar se eu contasse o que aconteceu, mas eu preferiria enfiar chaves de fenda nos olhos a ter que explicar tudo. Meu celular toca uma noite, mas é só o entregador trazendo o papel higiênico que comprei, e eu choro no travesseiro, sentindo uma pena imensa de mim mesma.

Quando os analgésicos acabam e eu preciso encarar a agonia de ter um cérebro pensante, passo horas rolando o Twitter com indiferença. Minha timeline está repleta de autores implorando por atenção, como sempre. Contrato de livro. Revelação de capa. Revelação de capa. Resenha positiva. Um sorteio no Goodreads. Um apelo para que comprem os livros na pré-venda. A capa de um romance onde os dois personagens principais brancos são idênticos aos de qualquer outro livro do gênero, e os tuiteiros não têm certeza se ficam zangados com os autores, as editoras, os designers ou a Supremacia Branca em Geral.

Isso tudo fede a desespero, mas não consigo desviar o olhar. É só isso que me conecta ao único mundo do qual tenho interesse em fazer parte.

A solidão não me incomodaria tanto (estou acostumada a ficar sozinha, sempre estive sozinha) se eu conseguisse escrever. Mas não consigo. Não agora. Não quando sei que nem devo mais ter um agente. E o que é um autor sem sua plateia?

Eu já me perguntei como autores que foram cancelados (e por cancelados quero dizer por bons motivos, como assédio sexual ou injúria racial) se sentiram depois de o mercado editorial ter lhes virado as costas. Alguns tentaram voltar de fininho, geralmente por meio de empreitadas decadentes de autopublicação ou workshops esquisitos com cara de culto. Mas a maioria só desapareceu, não deixando nada além de algumas manchetes antigas recapitulando o drama. Imagino que estejam levando outra vida, em outras profissões. Talvez estejam trabalhando em escritórios. Talvez sejam profissionais da saúde, professores, corretores de imóveis ou pais em tempo integral. Eu me pergunto como se sentem quando passam por uma livraria, se são tomados por um anseio pela terra de contos de fadas que os expulsou.

Acho que no fim Geoff encontrou uma maneira de voltar. Mas ele é um cara branco, cis, hétero, rico e bonito, com margem de sobra para errar. O mundo jamais me concederia tanta tolerância.

Chego a cogitar o suicídio. Na calada da noite, quando a pressão constante do tempo parece angustiante demais, de repente me pego fazendo buscas por monóxido de carbono e navalhas. Em teoria, parece um jeito fácil de escapar dessa escuridão sufocante. Pelo menos faria meus haters se sentirem péssimos. *Viram o que vocês fizeram? Viram o que a obrigaram a fazer? Não estão com vergonha? Não queriam poder retirar tudo que disseram?*

Mas parece dar trabalho demais, e, por mais desesperada que eu esteja, não consigo aceitar a ideia de que eu vou partir deste mundo sem ter uma palavra final.

Um mês depois, Candice vende seu revelador livro de memórias para a Penguin Random House por uma soma impressionante de sete dígitos.

Rolo o anúncio para ver os comentários. Alguns comemoram com ardor; outros expressam repulsa pela monetização de uma tragédia dolorosa e pessoal. Algumas pessoas expressam incredulidade por uma autora novata receber um adiantamento tão robusto por um livro que ainda nem existe.

Eles não entendem. Não importa se Candice escreve bem ou não. E daí se ela não consegue formular um parágrafo inteiro? Quem se importa? Athena e eu já viramos notícia nacional a essa altura. Absolutamente todo mundo vai comprar o livro para entender o escândalo. Vai ficar no topo da lista de mais vendidos durante meses. Com certeza vai se tornar um dos livros mais comentados da história, e, quando isso acontecer, minha reputação vai estar arruinada para sempre. Eu serei por toda a eternidade a autora que roubou o legado de Athena Liu. A mulher branca racista, psicopata e invejosa que roubou o trabalho da asiática.

É difícil imaginar uma derrota mais absoluta e devastadora.

Mas então minha mente faz uma coisa engraçada.

Eu não caio em desespero. Não sou invadida pelos sintomas familiares de um ataque de pânico iminente. Na verdade, sinto exatamente o contrário: estou calmíssima, na mais absoluta paz. Eu me sinto *viva*. Começo a escrever frases, sonhando acordada com reviravoltas, rascunhando os contornos de uma contranarrativa. Eu sou a vítima de uma tramoia tenebrosa. Fui vítima de cyberbullying, perseguição e manipulação, que me levaram a acreditar que eu estava ficando maluca. Candice Lee pegou o amor que eu sentia por minha falecida amiga e o transformou em algo horrível e hediondo. Foi Candice quem se aproveitou de mim para fazer sua arte, não o contrário.

Porque se Candice está exibindo as gravações por aí, então também está revelando que esteve na escadaria de *O Exorcista* na noite em que eu escorreguei. E aí não vão restar dúvidas de quem foi a pessoa anônima que ligou para os paramédicos. E isso vai me dar abertura para fazer minhas próprias acusações.

A verdade é flexível. Sempre há outra maneira de contar a mesma história, outro revés para jogar na narrativa. Pelo menos isso eu aprendi a essa altura. Candice pode ter vencido esta rodada, mas não vou deixar que ela silencie minha voz. Eu vou dizer ao público no que eles deveriam acreditar. Vou rebater todas as declarações dela, atribuir novas motivações e alterar a sequência dos fatos. Vou apresentar um novo relato que será convincente justamente por se alinhar com o que o público, bem lá no fundo, quer acreditar: que eu não fiz nada de errado e que isto é, mais uma vez, um caso de pessoas intransigentes, maldosas e egoístas fabricando histórias de racismo que não existem. É a cultura do cancelamento passando dos limites. Vejam meu gesso. Vejam minha conta do hospital.

Eu vou elaborar e vender uma história sobre como as pressões do mercado editorial tornaram impossível que tanto autores brancos quanto não brancos fossem bem-sucedidos. Sobre como o sucesso de Athena foi totalmente fabricado, como ela nunca passou de uma cota. Sobre como minha farsa (já que vamos enquadrar como uma farsa, não um roubo) foi, na verdade, só uma maneira de expor como esse mercado é podre até o talo. Sobre como, no fim das contas, eu é que sou a heroína.

Começo a planejar os próximos passos. Primeiro, vou escrever uma proposta. Consigo preparar isso até o fim do dia, no máximo até amanhã de manhã, se eu ficar muito cansada. Mas com certeza vou deixar pronto até o final da semana, depois vou enviá-la por e-mail para Brett, se ele não tiver me demitido. Se *tiver*, vou pedir para conversarmos ao telefone e depois vou apresentar o projeto para ele cara a cara. Seria loucura dele recusar essa proposta.

Vou passar as próximas oito semanas anotando todos os meus pensamentos e minhas lembranças. Não vou poder reaproveitar nada da minha pseudoautobiografia. Não, naquele projeto eu estava disposta a me pintar de vilã para entreter os leitores. Nesta versão, eu preciso de redenção. Preciso fazer com que vejam meu lado da história. Athena era a sanguessuga, a vampira, o fantasma que não me deixava em paz; Candice era sua pretensa substituta perturbada. Eu sou inocente. Meu único pecado é amar demais a literatura e me recusar a deixar o trabalho *cru* de Athena ir para o lixo.

O rascunho vai ser confuso, mas tudo bem; esta história toda é muito confusa. O importante é aproveitar enquanto o mar está pra peixe. Brett e eu vamos corrigir os erros de digitação o máximo que conseguirmos, depois vamos enviar o manuscrito para chamadas de submissão que estiverem abertas. Alguém vai comprar esta história. Talvez seja até a Eden; eu estaria disposta a trabalhar com a Daniella de novo, desde que ela me apareça bem mansinha, com maços de dinheiro nas mãos. Mas minha esperança é ter outras escolhas. Haverá várias ofertas. Iremos a leilão. Na verdade, eu não ficaria surpresa se este projeto fosse vendido por um valor muito maior do que minhas obras anteriores.

Um ano depois, estarei nas livrarias do mundo todo. A cobertura da mídia, no início, vai ser cética na melhor das hipóteses, e cáustica na pior. *Mulher branca revela tudo em seu novo livro! June Hayward escreve o relato que ninguém queria ler, já que essa psicopata não consegue parar.* Diana Qiu vai ter um troço. Adele Sparks-Sato vai perder as estribeiras.

Mas alguém, em algum lugar, vai prestar bastante atenção no livro. Em seguida vai publicar uma resenha negativa, porque editoras que querem gerar engajamento sempre solicitam resenhas negativas. *E se estivermos errados?* E isso por si só vai plantar a sementinha da dúvida. Os internautas que amam discutir só por discutir vão procurar os furos na história de Candice. As calúnias vão começar. Todo mundo vai cair em cima da gente, e quando a poeira baixar, só restará a pergunta: *E se Juniper Song estiver certa?*

E, com o tempo, esta história voltará a ser minha.

Agradecimentos

IMPOSTORA: YELLOWFACE É, EM GRANDE PARTE, UMA HISTÓRIA de terror sobre a solidão em um mercado extremamente competitivo. Comparada a June e Athena, eu me sinto grata por ter o apoio dos amigos, parentes e equipe editorial mais maravilhosos que uma autora poderia querer. Preparem-se para uma chuva de agradecimentos. Obrigada ao pessoal brilhante da William Morrow e da Borough Press, que sempre transforma meus rabiscos em livros: May Chen, Ann Bissell, Natasha Bardon, David Pomerico, Liate Stehlik, Holly Rice, Danielle Bartlett, DJ DeSmyter, Susanna Peden, Robyn Watts, Vicky Leech, Elizabeth Vaziri, Mireya Chiriboga e Alessandra Roche. Todos vocês fazem eu me sentir em casa na HarperCollins. Agradeço à equipe da Liza Dawson Associates, que esteve ao meu lado durante todo o percurso: Hannah Bowman, Havis Dawson, Liza Dawson, Joanne Fallert e Lauren Banka. Agradeço a Farah Naz Rishi, Ehigbor Shultz, Akanksha Shah, James Jensen, Tochi Onyebuchi, Katicus O'Nell, Julius Bright Ross, Taylor Vandick, Shirlene Obuobi e todos da I Pomodori por rirem comigo e me incentivarem a nunca pegar leve. Agradeço a Emily Jin, Melodie Liu e Moira De Graef, minhas companheiras de luta, por me manterem lúcida. Obrigada ao Bunker por me deixar reclamar e por me fazer rir. Livrarias sempre serão lugares mágicos para mim; por isso agradeço a todas as lojas e aos livreiros que recomendaram meu trabalho para os leitores, mas quero fazer um agradecimento especial a Waterstones Oxford, Barnes & Noble Milford, Mysterious Galaxy, Porter Square Books e Harvard Book Store, onde Emmaline Crooke e Lily Rugo são as melhores que temos. Agradeço à minha mãe e ao meu pai, que acreditaram fervorosamente, antes de mim mesma, que essa história de escrever daria certo. E agradeço sempre a Bennett, cujo amor ilumina o mundo.

CONHEÇA OUTROS TÍTULOS DE R.F. KUANG

1ª edição	AGOSTO DE 2024
reimpressão	OUTUBRO DE 2024
impressão	IMPRENSA DA FÉ
papel de miolo	HYLTE 60 G/M²
papel de capa	CARTÃO SUPREMO ALTA ALVURA 250 G/M²
tipografia	ADOBE CASLON PRO